那时我在山间歌唱

梁晓声 著

梁晓声
散文精选

序

俞敏洪

"东方名家经典"系列中的散文精选集推出来了,我特别开心。开心,不仅因为这一想法的最初创意我积极参与了,而且我本人对于散文这种表达方式也情有独钟。同时,这一创意,也能够成为我和那些著名作家和散文家联结和交流的桥梁。

小说、诗歌、散文三种文体,我都很喜欢。高中之前读小说比较多,稚嫩的心灵需要故事的滋养,小说中的人物人格对读者品格和个性的塑造,常常会产生重大的影响,所以我们说:少不读水浒,老不读三国!从高中到大学,我更多地阅读诗歌,当然主要是现当代诗歌,不仅读,自己也学着写。二十世纪八十年代,诗歌的阅读和写作风靡全国,那种青年的朦胧情感和激情,需要从诗歌中汲取营养和寻找出口。当少年的幻想和青年的激荡开始退潮,我们开始面临的,是平凡的日常和绵延的岁月,这时候，我们的心灵，更加需要润物细无声的滋养。从大学毕业开始，阅读散文就成了我的习惯，并且一直持续到今天。

其实，我们从上学伊始，就一直在得到散文的滋养。十二年的中小学岁月，我们几乎每一个人，应该都或多或少背诵过一些散文，从古文的《爱莲说》《岳阳楼记》《醉翁亭记》，到现代散文《绿》《背影》《雪》，我们大部分人都耳熟能详。我们大部分人的表达能力和写作能力，也是从写作散文训练开始的。散文，尽管不如小说扣人心弦，也不如诗歌慷慨激昂，但却如涓涓细流，滋润心田。一盏茶、一杯酒，孤灯相伴，没有比反复阅读精美的散文更加能够让人心平气和的了。

散文读多了，我自己也尝试着写作。初中的时候我尝试写过小说，事实证明我的想象力太贫乏，根本成不了小说家。大学时候我尝试着写诗歌，希望通过诗歌打动心上人的芳心，结果芳心在读完我写的诗歌后瞬间枯萎。我终于发现我是一个从生活到情感都很朴素平凡的人，用朴素平凡的语言来记录自己的生活和思想，才是最适合的方式。创立新东方后，我一头扎进了新东方生死存亡的经营之中，有很长一段时间既不怎么阅读，也不怎么写作。等到终于意识到生命比生意更加重要，已经人到中年。终于重新拿起书，拿起笔，开始了只求意会的阅读和随心随意的记录。我一直认为，生命中的一些事情和情感，是需要记录的，而记录最好的方式，当然就是散文。记录，不是为了出版，不是为了宣传，而是为了自己，为了自己一生走来，能够回头去寻找过来的路径。这几年,我也出版了几本散文集,可惜由于文笔和思想欠佳,始终没有什么大气的文字出现。

每每当我阅读到优秀的散文时,我就爱不释手,到今天我还有意无意会去背诵一些特别优秀的散文段落。周围也总有朋友和家长问我,我们的孩子怎样找到优秀的散文阅读。这些询问,终于激发我产生了收集优秀的散文,并且结集出版的想法。新东方有自己的编辑队伍,现在又有了以东方甄选为主要平台的推广业务,很多现在在中国活跃的作家和散文家还和我有私交,有了这些条件,我觉得要是不做这件事情,都对不起自己。于是,我跟一些作家谈了我的想法,结果得到了他们的鼎力支持!

大部分作家都著作等身,我们从什么角度来选取作家的散文,变成一本精选集,就成了一个问题。最后,我们决定以"成长"为切入角度。我们希望,这套"东方名家散文选",更多的是为青少年进行编辑,让青少年通过阅读这些名家散文和他们的成长回忆,得到启发和励志,帮助青少年更加美好地成长。通过阅读这些文字,这些著名的作家不再是一个个神一样的存在,而是还原成一个个有血有肉的人,有欢笑有眼泪,有成功也有失落。追寻这些优秀作家的成长脚步和他们对于人生的思考,我们不仅在品味他人的人生发展,更是在潜移默化地设计自己的人生之路。也许,在不知不觉之中,我们走上了一条更加明亮的发展道路。

在我们被忙忙碌碌的日常事务所淹没的今天,我们更加需要阅读来拯救自我的心灵。新东方在过去的几年中，一直在努力推广阅读。去年一年，在东方甄选、新东方直播间和我个人的平台上，销售出去的图书就超过五百万本。其中不光包含市面上一些耳熟能详的畅销品类，还有很多平时稍显冷门的纯文学类的甚至哲学类的图书。由此我们感受到，越来越多的读者正在回归阅读的本质，越发注重阅读带来的精神上和心灵上的愉悦与滋养。因此，我们新东方的这套散文集，也是本着这样一种使命感与责任感，精心梳理编辑，推给广大读者。

在这套散文集之后，我们还会陆续推出越来越多的好作家的好作品。我们希望自己能通过大众阅读与更多的人建立联结。去年一年，我还做了一件事，就是开了一家新书店，叫"新东方·阅读空间"。买书和读书这两件事，我自己一直没有中断过。现在，我又开始写书、做书和卖书。不过，这个阅读空间作为一个实体书店，我希望它不以卖书为主，而以阅读为主。

人生在世，总要做一些绝对不会后悔的事情，而阅读，就是你怎么做都不会后悔的事情，尤其是当你阅读的是文笔和内容俱佳的散文。

让我们一起打开"东方名家经典"，开启一次愉快的精神之旅吧。

目 录

PART 1

生命底色

我的父母 / 003

母亲养蜗牛 / 007

母亲播种过什么？/ 016

父亲的演员生涯 / 022

父亲的遗物 / 032

给哥哥的信 / 039

给妹妹的信 / 045

我与儿子 / 051

关于"家"的絮语 / 056

PART 2

道阻且长

我的小学 / 061

我的中学 / 075

我和橘皮的往事 / 091

我的少年时代 / 095

致青年的我 / 099

初恋杂感 / 103

复旦与我 / 112

姻缘备忘录 / 117

中年感怀 / 127

几个春节一段人生 / 132

PART 3

坐观剧场

玉顺嫂的股 / 141

怀念赵大爷 / 151

鸳鸯劫 / 155

阳春面 / 161

紧绷的小街 / 166

王妈妈印象 / 180

宏的明天 / 192

冉的哀悼 / 200

老驼 / 207

PART 4
夹岸风光

第一支钢笔 / 217

关于歌 / 222

海子的诗 / 226

一只风筝的一生 / 231

琥珀是美丽的 / 239

我与唐诗宋词 / 246

人和书的亲情 / 250

读书与人生 / 254

读书会让寂寞变成享受 / 258

读书是最对得起付出的一件事 / 263

PART 5
人生真相

为什么我们对"平凡的人生"深怀恐惧？/ 269

积极的人生不妨做减法 / 279

我如何面对困境 / 287

解剖我的心灵 / 293

让我迟钝 / 299

最合适的，便是最美的 / 304

论温馨 / 310

沉默的墙 / 320

人生和它的意义 / 330

PART 1

生命底色

我的父母

一九四九年九月二十二日,我出生在哈尔滨市安平街一个人家众多的大院里,我的家是一间半低矮的苏式房屋。邻院是苏联侨民的教堂,经常举行各种宗教仪式,我从小听惯了教堂的钟声。

父亲目不识丁,祖父也目不识丁。原籍山东省荣城温泉寨村。上溯十八代乃至二十八代、三十八代,尽是文盲,尽是穷苦农民。

父亲十几岁时,因生活所迫,随村人"闯关东"来到了哈尔滨。

他是我们家族史上的第一个工人,建筑工人。他转折了我们这一梁姓家族的成分。我在小说《父亲》中,用两万余纪实性的文字,为他这个中国农民出身的"工人阶级"立了一篇小传。从转折的意义讲,他是我们家族史上的一座丰碑。

父亲对我走上文学道路从未施加过任何有益的影响，不仅因为他是文盲，也因为从一九五六年起——我七岁的时候，他便离开哈尔滨建设大西北去了。从此每隔两三年他才回家与我们团聚一次，我下乡以后，与父亲团聚一次更不易了。

在我的记忆中，父亲是反对我们几个孩子看"闲书"的。见我们捧着一本什么小说看，他就生气。看"闲书"是他这位父亲无法忍受的"坏毛病"。父亲常因母亲给我们钱买"闲书"而对母亲大发其火。家里穷，父亲一个人挣钱养家糊口，也真难为他。每一分钱都是他用汗水换来的。父亲的工资仅够勉强维持一个市民家庭最低水平的生活。

母亲也是文盲。外祖父去读过几年私塾，是东北某农村解放前农民称为"识文断字"的人，故而同是文盲，母亲与父亲不大一样。父亲是个崇尚力气的文盲，母亲是个崇尚文化的文盲。崇尚相左，对我们几个孩子寄托的希望也便截然对立。

父亲希望我们将来都能靠力气吃饭，母亲希望我们将来都能成为靠文化自立于社会的人。父亲的教育方式是严厉的训斥和惩罚，父亲是将"过日子"的每一样大大小小的东西都看得很贵重的。母亲的教育方式堪称真正的教育，她注重人格、品德、礼貌和学习方面。

值得庆幸的是，父亲常年在大西北，我们从小接受的是母亲的教育。母亲的教育至今仍对我为人处世深有影响。

母亲从外祖父那里知道许多书中的人物和故事，而且听过一些旧戏，乐于将书中或戏中的人物和故事讲给我们。母亲年轻时记忆强，什么戏剧什么故事，只要听过一遍，就能详细记住。有些戏中的台词唱段，几乎能只字不差地复述。

母亲善于讲故事，讲时带有很浓的个人感情色彩。我从五六岁开始，就从母亲口中听到过《包公传》《济公传》《杨家将》《岳家将》《侠女十三妹》的故事。母亲是个很善良的女人，善良的女人大多喜欢悲剧。母亲尤其愿意且善于讲悲剧故事，《秦香莲》《风波亭》《杨业碰碑》《赵氏孤儿》《陈州放粮》《王宝钏困守寒窑》《三勘蝴蝶梦》《钓金龟》《牛郎织女》《天仙配》《水漫金山寺》《劈山救母》《杜十娘怒沉百宝箱》……母亲边讲边落泪，我们边听边落泪。

我于今在创作中追求悲剧情节、悲剧色彩，不能自已地在字里行间流溢浓重的主观感情色彩，可能正是由于小时候听母亲带着她浓重的主观感情色彩讲了许多悲剧故事的结果。我认为，文学对于一个作家儿童时代的心灵所形成的直接或间接的影响，对一个作家在某一时期或某一阶段的创作风格起着"先天"的、潜意识的作用。

母亲在我们小时候给我们讲故事，当然绝非想要把我们都培养成为作家。而且仅靠听故事，一个儿童也不可能直接走上文学道路。

我们所住的那个大院，人家多，孩子也多。我们穷，因为穷而在那个大院中受着种种歧视。父亲远在大西北，因为家中没有一个男人而受着种种欺辱。我们是那个市民大院中的人下人。母亲用故事将我们吸引在而不是囚禁在家中，免得我们在大院里受欺辱或惹是生非，同时用故事排遣她自己内心深处的种种愁苦。

　　这样的情形至今仍常常浮现在我眼前：电灯垂得很低，母亲一边在灯下给我们缝补衣服，一边用凄婉的语调讲着她那些凄婉的故事。我们几个孩子，趴在被窝里，露出脑袋，瞪大眼睛凝神谛听，讲到可悲处，母亲与我们唏嘘一片。

　　如果谁认为一个人没有导师就不可能走上文学道路的话，那么我的回答是——我的第一位导师，是母亲。我始终认为这是我的幸运。

母亲养蜗牛

母亲是住惯了大杂院的。

大杂院自有大杂院的温馨。邻里处得好,仿佛一个大家庭。故母亲初住在北京我这里时,被寂寞所围的情形简直令我感到凄楚。单位只有一幢宿舍楼,大部分职工是中青年,当然不是母亲聊天的对象。由于年龄、经历、所关注事物之不同,除了工作方面的话题,甚至也不是我的聊天对象。我是早已习惯了寂寞的人,视清静为一天的好运气,一种特殊享受。而且我也早已习惯了自己和自己诉说,习惯了心灵的独白。那最佳方式便是写作。稿债多多,默默地落笔自语,成了我无法改变的生活定律了。

我们住的这幢楼,大多数日子,几乎是一幢空楼。白天是,晚上仿佛也是。人们在更多的时候不属于家,而属于摄制组。于是母亲几乎便是一位被"软禁"的老人了……

为了排遣母亲的寂寞,我向北影借了一只鹦鹉。就是电影

《红楼梦》中黛玉养在"潇湘馆"的那一只。一个时期内,它成了母亲的伴友,常与母亲对望着,听母亲诉说不休。偶尔发一声叫,或嘎唔一阵,似乎就是"对话"了。但它有"工作",是"明星",不久又被"请"去拍电影了。母亲便又陷入寂寞和孤独的苦闷之中……

幸而住在我们楼上的人家"雪中送炭",赠予母亲几只小蜗牛,并传授饲养方法,交代注意事项。那几个小东西,只有小指甲的一半儿那么大,呈粉红色,半透明,隐约可见内中居住着不轻易外出的胎儿似的小生命。其壳看上去极薄极脆,似乎不小心用指头一碰,便会碎了。

母亲非常喜欢它们,视若宝贝,将它们安置在一个漂亮的装过茶叶的铁盒儿里,还预先垫了潮湿的细沙。有了那么几个小生命,母亲似乎又有了需精心照料和养育的儿女了。七十多岁的老太太,仿佛又变成一位责任感很强的年轻的母亲。

她要经常将那小铁盒儿放在窗台上,盒盖儿敞开一半,使那些小东西能够晒晒太阳。并且,要很久很久地守着,看着,怕它们爬到盒子外边,爬丢了。就好比一位母亲守在床边儿,看着婴儿在床上爬,满面洋溢母爱,一步不敢离开。唯恐一转身之际,婴儿会摔在地下似的。连雨天,母亲担心那些小生命着凉,就将茶叶盒儿放在温水中,使沙子能被温水焐暖些。

它们爱吃的是白菜心儿、苦瓜、冬瓜之类,母亲便将这些蔬菜最好的部分,细细剁了,撒在盒儿内。一次不能撒多。多了,它们吃不完,腐烂在盒儿内,则必会影响"环境卫生",有损它们的健康。它们是些很胆怯的小生命,盒子微微一动,立即缩回壳里。它们又是些天生的"居士",更多的时候,足不出"户",深钻在沙子里,如同专执一念打算成仙得道之人,早已将红尘看破,排除一切凡间滋扰,"猫"在深山古洞内苦苦修行。它们又是那么羞涩,宛如大门不出二门不迈的名门闺秀。正应了那句话,真人不露相,露相不真人。偶尔潜出"闺阁",总是缓移"莲步",像提防好色之徒,攀墙缘树偷窥芳容玉貌似的。觉得安全,则便与它们的"总角之好"在小小的"后花园"比肩而行。或一对对,隐于一隅,用细微微的触角互相爱抚、表达亲昵……

母亲日渐一日地对它们有了特殊的感情。那种感情,是与小生命的一种无言的心灵倾诉和心灵交流。而那些甘于寂寞,与世无争、与同类无争的小生命,也向母亲奉献了愉悦的观赏乐趣。有时,我为了讨母亲的欢心,常停止写作,与母亲共同观赏……

八岁的儿子也对它们产生了浓厚的兴趣,也开始经常捧着那漂亮的小蜗牛们的"城堡"观赏。那一种观赏的眼神儿,闪烁着希望之光。都是希望之光,但与母亲观赏时的眼神儿,有着质的区别……

"奶奶,它们怎么还不长大啊?"

"快了,不是已经长大一些了么?"

"奶奶,它们能长多大呀?"

"能长到你的拳头那么大呢！"

"奶奶，你吃过蜗牛么？"

"吃？……"

"我们同学就吃过，说可好吃了！"

"哦……兴许吧……"

"奶奶，我也要吃蜗牛！我要吃辣味儿蜗牛！我还要喝蜗牛汤！我同学的妈妈说，可有营养了！小孩儿常喝蜗牛汤聪明……"

"这……"

"奶奶，你答应我嘛！"

"它们现在还小哇……"

"我有耐心等它们长大了再吃它们。不，我要等它们生出小蜗牛以后再吃它们。这样我不就永远可以吃下去了么？奶奶你说是不是？……"

母亲愕然。

我阻止他："不许你存这份念头！不许你再跟奶奶说这种话！难道缺你肉吃了吗？馋鬼，你是一头食肉动物哇？"

儿子眨巴眨巴眼睛，受了天大委屈似的，一副要哭的模样……

母亲便哄："好，好，等它们长大了，奶奶一定做给你吃。"

我说："不能什么事儿都依他！由我替奶奶保护它们，看谁敢再提要吃它们！"

儿子理直气壮地说:"吃猪肉、羊肉、牛肉可以,吃鸡肉可以,吃烤鸭可以,为什么吃蜗牛就不行?"

我晓之以理:"我们吃的是肉……"

儿子说:"我想吃的也是蜗牛肉呀,我说吃它们的壳了吗?"

我说:"你得明白,人自己养的东西,是舍不得弄死了吃的。这个道理,是尊重生命的道理……"

儿子顶撞我:"你骗小孩儿!你尊重生命了么?上次别人送给你的蚕茧儿,活着的,还在动呢,你就给用油炸了!奶奶不吃,妈妈不吃,我也不吃,全被你一个人吃了!我看你吃得可香呢!……"

我无言以对。

从此,儿子似乎更认为,首先在理论上,有极其充分的、天经地义的、无可辩驳的吃蜗牛的根据了……

从此,母亲观看那些小生命的时候,儿子肯定也凑过去观看……

先是,儿子问它们为什么还没长大,而母亲肯定地回答——它们分明已经长大了……

后来是,儿子确定地说,它们分明已经长大了。不是长大了些,而是长大了许多,而母亲总是摇头——根本就没长……

然而不管母亲怎么想,怎么说,也不管儿子怎么想,怎么说,那些小小的生命,的的确确是天天长大着。在母亲的精心饲养下,长得很迅速。壳儿开始变黑了,变硬了。不再是些仿佛不经意地用指头轻轻一碰就易破碎的小东西了，它们的头和它们的柔软的身躯，从它们背着的"房屋"内探出时，也有形有状了，憨态可掬，很有妙趣了。它们的触角，也变粗变长了，俩俩一对儿，在盒之一隅卿卿我我，"耳鬓厮磨"之际，更显得情意缱绻，斯文百种了……

那漂亮的茶叶盒儿，对它们来说未免显得小了。于是母亲将它们移入另一个盒子里，一个装过饼干的更漂亮的盒子。

"奶奶，它们就是长大了吧？"

"嗯，就是长大了呢……"

"奶奶，它们再长大一倍，就该吃它们了吧？"

"不行。得长到和你拳头一般儿大。你不是说要等它们生出小蜗牛之后再吃它们吗？"

"奶奶，我不想等到那时候，我只吃一次，尝尝什么味儿就行了……"

母亲默不作答。

我认为有必要和儿子进行一次更郑重更严肃些的谈话。

一天，趁母亲不在家，我将儿子扯至跟前，言衷辞切，对他讲奶奶抚养爸爸、叔叔和姑姑成人，一生含辛茹苦，忍辱负重，是多么的不容易。自爷爷去世后，奶奶的一半，其实也已随着爷爷而去了。爸爸的活法又是写作，有心挤出更多的时间陪奶奶，也往往心肯而做不到。爸爸的时间，常被某些不相干的人不相的事侵占了去，这是爸爸对奶奶十分内疚而无奈的。奶奶内心的孤独和寂寞，是爸爸虽理解也难以帮助排遣的。为此爸爸曾买过花，买过鱼。可养花养鱼，需要些专门的常识。奶奶养不好，花死了，鱼也死了。那些小小的蜗牛，奶奶倒是养得不错，而你还天天盼着吃了它们，你对吗？……

儿子低下头说："爸爸，我明白了……"

我问："你明白什么了？"

儿子说："如果我吃了蜗牛，便是吃了奶奶的那一点儿欢悦……"

我说："既然你明白了，以后再也不许对奶奶说吃不吃蜗牛的话了！"

儿子一副信誓旦旦的模样，诺诺连声。果然再不盼着吃辣味儿蜗牛、喝蜗牛汤了。甚至，再不关注那更漂亮的蜗牛们的新居了……

一天，我下班回到了家里，母亲已做好晚饭，一一摆上桌子。母亲最后端的是一盆汤，对儿子说："你不是要喝蜗牛汤吗？我给你做了，可够喝吧！"

我愕然。儿子也愕然。

我狠狠瞪儿子。儿子辩白："不是我让奶奶做的！……"

母亲也说："是我自己想做给我孙子喝的……"

母亲说着，朝我使眼色……

我困惑。首先拿起小勺，舀了一勺，慢呷一口，鲜极了！但我品出，那绝不是什么蜗牛汤，而是蛤蜊汤。

我对儿子说："奶奶是为你做的，你就喝吧！"

儿子迟疑地拿起小勺，喝了起来。

我问："好喝吗？"

儿子说："好喝。"

又问："奶奶对你好不好？"

儿子说："好，奶奶，等我长大了，能挣钱了，挣的钱都给你花！"

八岁的儿子动了小孩儿的感情，眼泪吧嗒吧嗒落入汤里……

母亲欣慰地笑了……

其实母亲将那些长大了的，她认为完全能够独立生活了的蜗牛放了。放于楼下花园里的一棵老树下。那儿土质松软，潮湿，很适于它们生存。而且，老树还有一个深深的树洞。大概是可供它们避寒的……

母亲依然每日将蜗牛们爱吃的菜蔬之最鲜嫩的部分，细细剁碎，撒于那棵树下。一天，母亲喜笑颜开地对我说："我又看到它们了！"

我问："谁们呀？"

母亲说："那些蜗牛呗。都好像认识我似的，往我手上爬……"

我望着母亲，见母亲满面异彩。那一刻，我觉得老人们心灵深处情感交流的渴望，真真地令我肃然，令我震颤，令我沉思……

而长大成人的儿子们和女儿们，做了父母的儿子们和女儿们，四十多岁五十多岁的儿子们和女儿们，我们还能够细致地经常洞察到这一点么？

冬天来了，树叶落光了，大地冻硬了。母亲孑然一身地走了。

我给母亲的信中写道："妈，来年春天。我会像您一样，天天剁了细碎的蔬菜，去撒在那一棵老树下……"

那些甘于寂寞的，惯于离群索居的，羞涩的，斯文的，与世无争与同类无争的蜗牛们啊，谁知它们是否会挨过寒冷的冬天？

谁知它们明年春天是否会出现在那一棵老树之下？它们真的会认识饲养过它们的我的老母亲吗？居然也会认识那样一位老母亲的儿子吗？愿上帝保佑它们！

母亲播种过什么？

预感竟是真的有过的。似乎父亲和母亲逝前，总是会传达给我一些心灵的讯息。

十月中旬，我和毕淑敏见过一面。她告诉我，她在师大进修心理学，我便向她请教。我说今年以来，无论白天还是夜晚，无论睡着还是醒着，我眼前常有这样一幅画面移动——在冬季，在北方小村外的雪路上，一只羊拉着一架爬犁，信步又从容地向村里走着。爬犁载的是一桶井水，不时微少地荡出，在桶外和爬犁上结了一层晶莹的冰。爬犁后同样信步又从容地跟随着一位少女，扎红头巾，脸蛋亦冻得通红，袖着双手。而漫天飘着清洌的小雪花儿……

并且，我向毕淑敏强调，此电影似的画面，绝非我从任何一本书中读到过的情节，也绝非我头脑中产生的构思片断。事实上一年多以来，尽管它一次比一次清晰地向我浮现，但我从未打算将它用文字写出来……

毕淑敏沉吟片刻，答出一句话令我暗讶不已。

她说："你不妨问问你母亲。"

我母亲属羊。母亲的母亲也属羊。这都是毕淑敏所不知道的。

而母亲于昏迷中入院的第二天，哈尔滨降下了入冬的第一场雪……

我的思想是相当唯物的。但受情感的左右，难免也会变得有点儿唯心起来——莫非母亲的母亲，注定了要在这一年的冬季，将她的女儿领走？我没见过外祖母，但知外祖母去世时，母亲尚是少女……

那么那一桶清澈的井水意味些什么呢？

在医院里，在母亲的病床前，以及在母亲出殡的过程中，我见到了母亲的一些干儿女。

我早知母亲有些干儿女。究竟有多少，并不很清楚。凡三十余年间，有的见过几面，有的竟不曾见过。但我清楚，在漫长的三十余年间，他们对母亲怀着很深很深的感情。

他们当年皆是我弟弟那一辈的小青年。

话说"当年"，指的是"上山下乡"运动开始以后。许多家庭的长子长女和次子次女，和我以及我的三弟一样，都恋恋不舍地告别了家庭和城市。城市中留下的大抵是各个家庭的小儿女，年龄在十六岁至十九岁之间。那个年代,这些平民家庭的小儿女啊,似些孤独的羔羊,面对今天这样明天那样的政治风云,彷徨、迷惘、无奈,亲情失落不知所依。他们中,有人当年便是丧父或失母的小儿女。

既都是平民家的小儿女,所分配的工作也就注定了不能与愿望相符。或做街头小食杂店的售货员,或做挖管道沟的临时工,或在生产环境破败的什么小厂里做学徒……

某一年夏天,是知青的我回哈尔滨探家,曾去酱油厂看过我四弟的劳动情形。斯时他们几名小工友,刚刚挥板铲出几吨酱渣,一个个只着短裤,通体大汗淋漓,坐在车间的窗台上,任穿堂凉风阵阵扑吹,唱印度电影《流浪者》中的《拉兹之歌》:

……我和任何人都没来往,
都没来往,
活在人间举目无亲……
命运啊,
我的命运啊,我的星辰,
请回答我,
为什么这样残酷作弄我……

他们心中的苦闷种种,是不愿对自己的家庭成员吐诉的。但是这些城市中的小儿女,又是多么需要一个耐心倾听他们吐诉的人啊！那倾听者，不仅应有耐心，还应有充满胸怀的爱心，还应在他们渴望安慰和体恤之时，善于安慰，善于劝解，并且，由衷地予以体恤……

于是，他们后来都非常信赖也不无庆幸地选择了母亲。

于是，母亲也就以她母性的本能，义不容辞地将他们庇护在自己身边。像一只母鸡展开翅膀，不管自家的小鸡抑或别人家的小鸡，只要投奔过来，便一概地遮拢翅下……

那些城市中的小儿女啊，当年他们并没有什么可回报母亲的，只不过在年节或母亲生病时，拎上一包寻常点心、两瓶廉价的罐头，聚于贫寒的我家看望母亲。再就是，改叫"大娘"为叫"妈"了。有时混着叫，刚叫过"大娘"，紧接着又叫"妈"。与点心和罐头相比，一声"妈"，倒显得格外的凝重了。

既被叫"妈"，母亲自然便于母性的本能之外，心生出一份油然的责任感。

母亲关心他们的许多方面：在单位与领导和工友的关系，在家中是否与亲人温馨相处；怎样珍惜友情，如何处理爱情；须恪守什么样的做人原则，交友应防哪些失误；不借政治运动之机伤害他人、报复他人，不可歧视那些被政治打入另册的人，等等……

母亲以她一名普通家庭妇女善良宽厚的本色，经常像叮咛自己的亲儿女一样，叮咛她的干儿女们不学坏人做坏事，要学好人做好事。

此世间亲情，竟延续了三十年之久。我曾很不以为意过，但母亲对我的不以为意也同样不以为意。她不与我争辩，以一种心理非常满足的、默默的矜持，表明她所一贯主张的做人态度。直至她去世前三四天，还希望能为她的一个干女儿和一个干儿子促成一次大媒……

而他们，一个帮着四弟将母亲送入医院，一个一小时后便闻讯匆匆赶到医院，三十几个小时不曾回家，不曾离开过医院！

母亲逝世后，她的干儿女们纷纷来到了弟弟家。

我说："不必在家中设灵位了吧！"

他们说："要设。"

我说："不必非守灵四十八小时吧！"

他们说："要守。"

这些三十年前的城市平民家庭的小儿女啊，三十年前是小徒工，如今仍是工人。只不过，有的"下岗"了；只不过，都做了父母了。他们都是些沉默寡言的人。我离开哈市时，仍分不清他们中几个人的名字。他们不与我多说什么，甚至根本就不主动与我说话。他们完完全全是冲他们与母亲之间那一种三十年之久的亲情，而为母亲守灵，为母亲烧纸，为母亲送葬的。

三十年间，我下乡七年，上大学三年，居京二十年，我曾给予母亲的愉快时日，可能比他们给予的还少吧？回到北京，我常默想，从今往后，我定当以胞弟胞妹看待他们啊！至于我自己的几名中学挚友与母亲之间的亲情，比三十年更长久，从我初一时

父亲希望我们将来都能靠力气吃饭,母亲希望我们将来都能成为靠文化自立于社会的人。

——《我的父母》

就开始了。那是世间另一种亲情,心感受之,欲说还休,欲说还休……

每独坐呆想,似乎有了一个答案——那时时浮现过我眼前的画面中那一桶清澈的井水,是否意味着人世间的一种温馨亲情呢?母亲的母亲,给予在母亲心里了。而母亲只不过从内心里荡出了一些,便获得了多么长久又多么足以感到欣慰的回报啊!这么想又很唯心,但请不要责怪一个儿子的痴思吧!

愿此亲情在我们中国老百姓间代代相传。

没了它,意味着是我们普通人的人生多么大的损失啊!

母亲,我爱您。

母亲,安息吧……

父亲的演员生涯

父亲去世已经一个月了。

我仍为我的父亲戴着黑纱。

有几次出门前,我将黑纱摘了下来,但倏忽间,内心涌起一种怅然若失的情感。戚戚地,我便又戴上了。我不可能永不摘下。尽管这一种个人情感在我有着不可殚言的虔意。我必得从伤绪之中解脱。也是无须别人劝慰我自己明白的。然而怀念是一种相会的形式。我们人人的情感都曾一度依赖于它……

这一个月里,又有电影或电视剧制片人员,到我家来请父亲去当群众演员。他们走后,我就独自静坐,回想起父亲当群众演员的一些微事……

一九八四年至一九八六年,父亲栖居北京的两年,曾在五六部电影和电视剧中当过群众演员。在北影院内,甚至范围缩小到我当年居住的十九号楼内,这乃是司空见惯的事。

父亲被选去当群众演员，毫无疑问地最初是由于他那十分惹人注目的胡子。父亲的胡子留得很长。长及上衣第二颗纽扣。总体银白。须梢金黄。谁见了谁都对我说：梁晓声，你老父亲的一把大胡子真帅！

父亲生前极爱惜他的胡子。兜里常揣着一柄木质小梳。闲来无事，就梳理。

记得有一次，我的儿子梁爽，天真发问："爷爷，你睡觉的时候，胡子是在被窝里，还是在被窝外呀？"

父亲一时答不上来。

那天晚上，父亲竟至于因为他的胡子而几乎彻夜失眠。竟至于捅醒我的母亲，问自己一向睡觉的时候，胡子究竟是在被窝里还是在被窝外。无论他将胡子放在被窝里还是放在被窝外，总觉得不那么对劲……

父亲第一次当群众演员，在《泥人常传奇》剧组。导演是李文化。副导演先找了父亲。父亲说得征求我的意见。父亲大概将当群众演员这回事看得太重，以为便等于投身了艺术。所以希望我替他做主，判断他到底能不能胜任。父亲从来不做自己胜任不了之事。他一生不喜欢那种滥竽充数的人。

我替父亲拒绝了。那时群众演员的酬金才两元。我之所以拒绝不是因为酬金低，而是因为我不愿我的老父亲在摄影机前被人呼来唤去的。

李文化亲自来找我，说他这部影片的群众演员中，少了一位长胡子老头儿。

"放心，我吩咐对老人家要格外尊重，要像尊重老演员们一样还不行吗？"他这么保证。

无奈我只好违心同意。

从此，父亲便开始了他的"演员生涯"——更准确地说，是"群众演员"生涯——在他七十四岁的时候……

父亲演的尽是迎着镜头走过来或背着镜头走过去的"角色"。说那也算"角色"，是太夸大其词了。不同的服装，使我的老父亲在镜头前成为老绅士、老乞丐，摆烟摊的或挑菜行卖的……

不久，便常有人对我说："哎呀晓声，你父亲真好。演戏认真极了！"

父亲做什么事都认真极了。

但那也算"演戏"吗？

我每每的一笑罢之。然而听到别人夸奖自己的父亲，内心里总是高兴的。

一次，我从办公室回家，经过北影一条街——就是那条旧北京假影街，见父亲端端地坐在台阶上。而导演们在摄影机前指手画脚地议论什么，不像再有群众场面要拍的样子。

时已中午，我走到父亲跟前，说："爸爸，你还坐在这儿干什么呀？回家吃饭！"

父亲说:"不行。我不能离开。"

我问:"为什么?"

父亲回答:"我们导演说了——别的群众演员没事儿了,可以打发走了。但这位老人不能走,我还用得着他!"

父亲的语调中,很有一种自豪感似的。

父亲坐得很特别。那是一种正襟危坐。他身上的演员服,是一件褐色绸质长袍。他将长袍的后摆,掀起来搭在背上。而将长袍的前摆,卷起来放在膝上。他不倚墙,也不靠什么。就那样子端端地坐着,也不知已经坐了多久。分明的,他唯恐使那长袍沾了灰土或弄褶皱了……

父亲不肯离开,我只好去问导演。导演却已经把我的老父亲忘在脑后了,一个劲儿地向我道歉……中国之电影电视剧,群众演员的问题,对任何一位导演,都是很沮丧的事。往往地,需要十个群众演员,预先得组织十五六个,真开拍了,剩下一半就算不错。有些群众演员,钱一到手,人也便脚底板抹油,溜了。群众演员,在这一点上,倒可谓相当出色地演着我们现实中的些个"群众"、些个中国人。

难得有父亲这样的群众演员。我细思忖,都愿请我的老父亲当群众演员,当然并不完全因为他的胡子。那两年内,父亲睡在我的办公室。有时我因写作到深夜,常和父亲一块儿睡在办公室。有一天夜里,下起了大雨。我被雷声惊醒,翻了个身,黑暗中，恍恍地，发现父亲披着衣服坐在折叠床上吸烟。我好生奇怪，不安地询问："爸，你怎么了？为什么夜里不睡，在吸烟？爸你是不是有什么心事啊？"黑暗之中，但闻父亲叹了口气。许久，才听他说："唉，我为我们导演发愁哇！他就怕这几天下雨……"

父亲不论在哪一个剧组当群众演员，都一概地称导演为"我们导演"。从这种称谓中我听得出来，他是把他自己一个迎着镜头走过来或背着镜头走过去的群众演员，与一位导演之间联得太紧密了。或者反过来说，他是把一位导演，与一个迎着镜头走过来或背着镜头走过去的群众演员联得太紧密了。

而我认为这是荒唐的。我认为这实实在在是很犯不上的。我嘟哝地说："爸，你替他操这份心干吗？下雨不下雨的，与你有什么关系？睡吧睡吧！""有你这么说话的吗？"父亲教训我道，"全厂两千来人，等着这一部电影早拍完，才好发工资，发奖金！你不明白？你一点不关心？"

我佯装没听到，不吭声。

父亲刚来时，对于北影的事，常以"你们厂"如何如何而发议论，而发感慨。不知从什么时候开始，他不说"你们厂"了，只说"厂里"了。

倒好像，他就是北影的一员。甚至倒好像，他就是北影的厂长……

天亮后，我起来，见父亲站在窗前发怔。我也不说什么。怕一说，使他觉得听了逆耳，惹他不高兴。后来父亲东找西找的。我问找什么。他说找雨具。他说要亲自到拍摄现场去，看看今天究竟是能拍还是不能拍。他自言自语："雨小多了嘛！万一能拍呐？万一能拍，我们导演找不到我，我们导演岂不是要发急吗？……"听他那口气。仿佛他是主角。

我说："爸，我替你打个电话，向你们剧组问问不就行了吗？"父亲不语，算是默许了。于是我就到走廊去打电话。其实是给我自己打电话。回到办公室，我对父亲说："电话打过了。你们组里今天不拍戏。"我明知今天准拍不成。父亲火了，冲我吼："你怎么骗我？！你明明不是给我剧组打电话！我听得清清楚楚。你当我耳聋吗？"父亲他怒赳赳地就走出去了。我站在办公室窗口，见父亲在雨中大步疾行，不免羞愧。对于这样一位太认真的老父亲，我一筹莫展……

父亲还在朝鲜人民共和国选景于中国的一个什么影片中担当过群众演员。当父亲穿上一身朝鲜民族服装后，别提多么的像一位朝鲜老人了。那位朝鲜导演也一直把他视为一位朝鲜老人。后来得知他不是，表示了很大的惊讶，也对父亲表示了很大的谢意，并单独同父亲合影留念。

那一天父亲特别高兴，对我说："我们中国的古人，主张干什么事都认真。要当群众演员，咱们就认认真真地当群众演员。咱们这样的中国人，外国人能不看重你吗？"

记得有天晚上,是一个星期六的晚上。我与妻子和父母一块儿包饺子。父亲擀皮儿。忽然父亲长叹一声,喃喃地说:"唉,人啊,活着活着,就老了……"

一句话,使我、妻、母亲面面相觑。母亲说:"人,谁没老的时候?老了就老了呗!"父亲说:"你不懂。"妻煮饺子时,小声对我说:"爸今天是怎么了?你问问他。一句话说得全家怪纳闷怪伤感的……"

吃过晚饭,我和父亲一同去办公室休息。睡前,我试探地问:"爸,你今天又不高兴了吗?"父亲说:"高兴啊。有什么不高兴的!"我说:"那么包饺子的时候叹气,还自言自语老了老了的?"父亲笑了,说:"昨天,我们导演指示——给这老爷子一句台词!连台词都让我说了,那不真算是演员了吗?我那么说你听着可以?……"我恍然大悟——原来父亲是在背台词。我就说:"爸,我的话,也许你又不爱听。其实你愿怎么说都行!反正到时候,不会让你自己配音,得找个人替你再说一遍这句话……"

父亲果然又不高兴了。父亲又以教训的口吻说:"要是都像你这种态度,那电影,能拍好吗?老百姓当然不愿意看!一句台词,光是说说的事吗?脸上的模样要是不对劲,不就成了嘴里说阴,脸上作晴了吗?"父亲的一番话,倒使我哑口无言。

惭愧的是,我连父亲不但在其中当群众演员,而且说过一句台词的这部电影，究竟是哪个厂拍的，片名是什么，至今一无所知。我说得出片名的，仅仅三部电影——《泥人常传奇》《四世同堂》《白龙剑》。

前几天，电视里重播电影《白龙剑》，妻忽指着屏幕说："梁爽，你看你爷爷！"我正在看书，目光立刻从书上移开，投向屏幕——哪里有父亲的影子……

我急问："在哪儿在哪儿？"

妻说："走过去了。"

是啊，父亲所"演"，不过就是些迎着镜头走过来或背着镜头走过去的群众角色。走得时间最长的，也不过就十几秒钟。然而父亲的确是一位极认真极投入的群众演员——与父亲"合作"过的导演们都这么说……

在我写这篇文字时，又有人打来电话——

"梁晓声？……"

"是我。"

"我们想请你父亲演个群众角色啊！……"

"……我父亲已经去世了……"

"去世了？……对不起……"

对方的失望大大多于对方的歉意。

如今之中国人，认真做事认真做人的，实在不是太多了。如今之中国人，仿佛对一切事都没了责任感。连当着官的人，都不大肯愿意认真地当官了。

有些事，在我，也渐渐地开始不很认真了。似乎认真首先是对自己很吃亏的事。

父亲一生认真做人，认真做事。连当群众演员，也认真到可爱的程度。这大概首先与他愿意是分不开的。一个退了休的老建筑工人，忽然在摄影机前走来走去，肯定地是他的一份儿愉悦。人对自己极反感之事，想要认真也是认真不起来的。这样解释，是完全解释得通的。但是我——他的儿子，如果仅仅得出这样的解释，则证明我对自己的父亲太缺乏了解了！

我想"认真"二字，之所以成为父亲性格的主要特点，也许更因为他是一位建筑工人。几乎一辈子都是一位建筑工人。而且是一位优秀的获得过无数次奖状的建筑工人。

一种几乎终生的行业，必然铸成一个人明显的性格特点。建筑师们是不会将他们设计的蓝图给予建筑工人——也即那些砖瓦灰泥匠们过目的。然而哪一座伟大的宏伟建筑，不是建筑工人们一砖一瓦盖起来的呢？

正是那每一砖每一瓦，日复一日、月复一月、年复一年地，十几年、几十年地，培养成了一种认认真真的责任感。一种对未来之大厦矗立的高度的可敬的责任感。他们虽然明知，他们所参与的，不过一砖一瓦之劳，却甘愿通过他们的一砖一瓦之劳，促成别人的冠环之功。

他们的认真乃因为这正是他们的愉悦!

愿我们的生活中,对他人之事认真,并能从中油然引出自己之愉悦的品格,发扬光大起来吧!

父亲是一个普通得不能再普通的人。父亲曾是一个认真的群众演员。

或者说,父亲是一个"本色"的群众演员。

以我的父亲为镜,我常不免地问我自己——在生活这个大舞台上,我也是演员吗?我是一个什么样的演员呢?就表演艺术而言,我崇敬性格演员。就现实中人而言,恰恰相反,我崇敬每一个"本色"的人,而十分警惕"性格演员"……

父亲的遗物

我站在椅上打开吊柜寻找东西,蓦地看见角落里那一只手拎包。它是黑色的,革的,很旧。拉锁已经拉不严了,有的地方已经破了。虽然在吊柜里,竟也还是落了一层灰尘。

我呆呆站在椅上看着它,像一条走失了多日又终于嗅着熟悉的气味儿回到了家里的小狗看着主人……

那是父亲生前用的手拎包啊!

父亲病故十余年了,手拎包在吊柜的那一个角落也放了十余年了。有时我会想到它在那儿,如同一个读书人有时会想到对自己影响特别大的某一部书在书架的第几排。更多的日子里更多的时候,我会忘记它在那儿,忘记自己曾经是儿子的种种体会……

十余年中,我不止一次地打开过吊柜,也不止一次地看见过父亲的手拎包。但是却从没把它取下过。事实上我怕被它引起思父的感伤。从少年时期至青年时期至现在,我几乎一向处在多愁善感的心态中。我觉得我这个人被那一种心态实在缠绕得太久了。我怕陷入不可名状的亲情的回忆。我承认我每有逃避的企图……

然而这一次我的手却不禁地向父亲的遗物伸了过去。近年来我内心里常涌起一种越来越强烈的倾诉愿望。但是我却不愿被任何人看出我其实也有此愿。这一种封闭在内心里的愿望，那一时刻使我对父亲的遗物倍觉亲切。尽管我知道那即使不是父亲的遗物而是父亲本人仍活着，我也断不会向父亲倾诉我人生的疲惫感。

我的手伸出又缩回，几经犹豫，最终还是把手拎包取了下来……

我并没打开它。

我认真仔细地把灰尘擦尽，转而腾出衣橱的一格，将它放入衣橱里了。我那么做时心情很内疚。因为那手拎包作为父亲的遗物，早就该放在一处更适当的地方。而十年中，它却一直被放在吊柜的一角。那绝不是该放父亲的遗物的地方。一个对自己父亲感情很深的儿子，也是不该让自己父亲的遗物落满了灰尘的啊！

我不必打开它，也知里面装的什么——一把刮胡刀。在我很小的时候，就见过父亲用那一把刮胡刀刮胡子。父亲的络腮胡子很重，刮时发出刺啦刺啦的响声。父亲死前，刮胡刀的刀刃已被用窄了，大约只有原先的一半那么宽了。因为父亲的胡子硬，每用一次，必磨一次。父亲的胡子又长得快，一个月刮五六次，磨五六次，四十几年的岁月里，刀刃自然耗损明显。如今，连一些理发店里，也用起安全刀片来了。

父亲那一把刮胡刀接近于文物了。手拎包里还有一个小小的牛皮套，其内是父亲的印章。父亲一辈子只刻过那么一枚印章——木质的，比我用的钢笔的笔身粗不到哪儿去。父亲一生离不开那印章。是工人时每月领工资要用，退休后每三个月寄来一次退休金，六十余元，一年仅用数次……

还有一对玉石健身球。是我花五十元为父亲买的。父亲听我说是玉石的，虽然我强调我只花了五十元，他还是觉得那一对健身球特别宝贵似的。他只偶尔转在手里，之后立刻归放盒中。其中一只被他孙子小时候非要去玩，结果掉在阳台的水泥地摔裂了一条纹……父亲当时心疼得直跺脚，连说："哎呀，哎呀，你呀，你呀！真败家，这是玉石的你知道不知道哇！……"

再有，就是父亲身份证的影印件了。原件在办理死亡证明时被收缴注销了。我预先影印了，留做纪念。手拎包的里面儿，还有一层。那拉锁是好的。影印件就在夹层里。

除了以上东西，父亲这一位中国第一代建筑工人，再就没留下什么遗物了。仅有的这几件遗物中，健身球还是他的儿子给他买的。

手拎包的拉锁，父亲生前曾打算换过。但那要花三元多钱。花钱方面仔细了一辈子的父亲舍不得花三元多钱。父亲曾试图自己换，结果发现皮革靶有些糟了，"咬"不住线了，自己没换成。

我曾给过父亲一只开会发的真皮手拎包。父亲却将那真皮的手拎包收起来了，舍不得用。他生前竟没往那只真皮手拎包里装过任何东西。

他那只旧拎包夹层的拉锁却是好的。既然仍是好的，父亲就格外在意地保养它，方法是经常为它打蜡。父亲还往拉锁上安了一个纽扣那么大的小锁。因为那夹层里放过对父亲来说极重要的东西——有六千元整的存折。那是父亲一生的积攒。他常说是为他的孙子，我的儿子，积攒的……

父亲逝前一个月，我为父亲买了六七盒"蛋白注射液"，大约用了近三千元钱。我明知那绝不能治愈父亲的癌症，仅为我自己获得到一点儿做儿子的心理安慰罢了。父亲那一天状态很好，目光特别温柔地望着我笑了。

可母亲走到了父亲的病床边，满脸忧愁地说："你有多少钱啊？买这种药能报销吗？你想把你那点儿稿费都花光呀？你们一家三口以后不过了呀？……"

当时，已为父亲花了一万多元，父亲单位的效益不好，还一分钱也没给报销。母亲是知道这一点的。在已无药可医的丈夫和她的儿子之间，尤其当母亲看出我这个儿子似乎要不惜一切代价地延缓父亲的生命时，她的一种很大的忧虑便开始转向我这一方面了……

当我捧着药给父亲看，告诉父亲那药对治好父亲的病疗效多么显著时，却听母亲从旁说出那种话，我的心情可想而知……

仰躺着已瘦得虚脱了的父亲低声说："如果我得的是治不好的病，就听你妈的话，别浪费钱了……"

沉默片刻，又说："儿子，我不怕死。"

再听了父亲的话，我心凄然。

那药是我求人写了条子，骑自行车到很远的医院去买回来的呀！进门后脸上的汗还没来得及擦一下呀……

结果我在父亲的病床边向母亲大声嚷嚷了起来……

"妈妈，你再说这种话，最好回哈尔滨算了！……"

我甚至对母亲说出了如此伤她老人家心的冷言冷语……

母亲是那么的忍辱负重。她默默地听我大声嚷嚷，一言不发。

而我却觉得自己的孝心被破坏了，还哭了……

母亲听我宣泄够了，离开了家，直至半夜十一点多才回家。如今想来，母亲也肯定是在外边的什么地方默默哭过的……

哦，上帝，上帝，我真该死啊！当时我为什么不能以感动的心情去理解老母亲的话呢？我伤母亲的心竟怎么那么的近于冷酷呀？！

一个月后，父亲去世了；母亲回哈尔滨……

心里总想着应向母亲认错，可直至母亲也去世了，认错的话竟没机会对母亲说过……

母亲留下的遗物就更少了。我选了一条围脖和一个半导体收音机。围脖当年的冬季我一直围着,企图借以重温母子亲情。半导体收音机是我为母亲买的,现在给哥哥带到北京的精神病院去了。他也不听。我想哪次我去看他,要带回来,保存着。

我写字的房间里,挂着父亲的遗像——一位面容慈祥的美须老人;书架上摆着父亲和我们兄弟四人一个妹妹青少年时期的合影,都穿着棉衣。

我们一家竟没有一张"全家福"。

在哈尔滨市的四弟家里,有我们年龄更小时与母亲的合影。那是夏季的合影。那时母亲才四十来岁,看上去还挺年轻……

父亲在世时,常对我儿子说:"你呀,你呀,几辈子人的福,全让你一个人享着了!"

现在上了高三的儿子,却从不认为他幸福。面临高考竞争的心理压力,使儿子过早地体会了人生的疲惫……

现在,我自己竟每每想到死这个字了。

我也不怕死。

只是觉得,还有些亲情责任未尽周全。

我是根本不相信另一个世界之存在的。

但有时也孩子气地想:倘果有冥间,那么岂不就省了投胎转世的麻烦,直接地又可以去做父母的儿子了吗?

那么我将再也不会伤父母的心了。

在我们这个阳世没尽到的孝,我就有机会在阴间弥补遗憾了。

阴间一定有些早夭的孩子，那么我愿在阴间做他们的老师。阴间一定没有升学竞争吧？那么孩子们和我双方的教与学一定是轻松快乐的。

我希望父亲做一名老校工。

我相信父亲一定会做得非常敬业。

我希望母亲为那阴间的学校养群鸡。母亲爱养鸡。我希望阴间的孩子们天天都有鸡蛋吃。

这想法其实并不使我悲观。恰恰相反，常使我感觉到某种乐观的呼唤。

故我又每每孩子气地在心里说：爸爸，妈妈，耐心等我……

给哥哥的信

亲爱的哥哥：

提笔给你写此信，真是百感交集。亦羞愧难当，无地自容！

屈指算来，弟弟妹妹们各自成家，哥哥入院，十五六年矣！这十五六年间，我竟一次也没探望过哥哥，甚至也没给哥哥写过一封信，我算是个什么样的弟弟啊！

回想从前的日子，哥哥没生病时，曾给予过我多少手足关怀和爱护啊！记得有次我感冒发烧，数日不退，哥哥请了假不上学，终日与母亲长守床边，服侍我吃药，用凉毛巾为我退烧。而那正是哥哥小学升中学的考试前夕！那一种手足亲情，绵绵温馨，历历在目。

我别的什么都不想吃，只要吃"带馅儿的点心"，哥哥就接了母亲给的两角多钱，二话不说，冒雨跑出家门。那一天的雨多大呀！家中连件雨衣连把雨伞都没有，天又快黑了，哥哥出家门时只头戴了一顶破草帽。哥哥跑遍了家附近的小店，都没有"带馅儿的点心"。哥哥为了我这个弟弟能在病中吃上"带馅儿的点心"，却不死心，冒大雨跑往市里去了。手中只攥着两角多钱，自然舍不得花掉一角多钱来回乘车。那样，剩下的钱恐怕连买一块"带馅儿的点心"也不够了。一个多小时后哥哥才回到家里，像落汤鸡，衣服裤子湿得能拧出半盆水！草帽被风刮去了，路上摔了几跤，膝盖也破了，淌着血。可哥哥终于为我买回了两块"带馅儿的点心"。点心因哥哥摔跤掉在雨水里，泡湿了。放在小盘里端到我面前时，已快拿不起来了。哥哥见点心成了那样子，一下就哭了……哥哥反觉太对不起我这个偏想吃"带馅儿的点心"的弟弟！唉，我这个不懂事的弟弟呀，明知天在下雨，明知天快黑了，干吗非想吃"带馅儿的点心"呢？不是借着点儿病由闹矫情嘛！

还记得我上小学六年级，哥哥刚上高中时，我将家中的一把玻璃刀借给同学家用，被弄丢了。当时父亲已来过家信，说是就要回哈市探家了。父亲是工人。他爱工具。玻璃刀尤其是他认为宝贵的工具。的确啊，在当年，不是哪一个工人想有一把玻璃刀就可以有的。我怕受父亲的责骂，那些日子忐忑不安。而哥哥安慰我，一再说会替我担过。果然，父亲回到家里以后，有天要为家里的破窗换块玻璃，发现玻璃刀不见了，严厉询问，我吓得不敢吱声儿。哥哥鼓起勇气说，是被他借给人了。父亲要哥哥第二天讨回来，哥哥第二天当然是无法将一把玻璃刀交给父亲的，于是推说忘了。第三天,哥哥不得不"承认"是被自己弄丢了——结果哥哥挨了父亲一耳光。那一耳光是哥哥替我挨的呀……

哥哥的病,完完全全是被一个"穷"字愁苦出来的。哥哥考大学没错,上大学也没错。因为那也是除了父亲外,母亲及弟弟妹妹们非常支持的呀!父亲自然也有父亲的难处。他当年已五十多岁了,自觉力气大不如前了。对于一名靠力气挣钱的建筑工人,每望着眼面前儿一个个未成年的儿女,便深受着父亲抚养责任的压力。哥哥上大学并非出于一己抱负的自私,父亲反对哥哥上大学,主张哥哥早日工作,也是迫于家境的无奈啊!一句话,一个"穷"字,当年毁了一考入大学就被选为全校学生会主席的哥哥……

我下乡以后,我们还经常通信是不哥哥?每当别人将哥哥的信转给我,都会禁不住地问:"谁给你写的信,字迹真好,是位练过书法的人吧?"

我将自己写的几首小诗寄给哥哥看,哥哥立刻明白——弟弟心里产生爱了!我也就很快地收到了哥哥的回信——一首词体的回信。太久了,我只能记住其中两句了——"遥遥相望锁唇舌,却将心相印,此情最可珍"。

即使在我下乡那些年,哥哥对我的关怀也依然是那么温馨,信中每嘱我万勿酣睡于荒野之地,怕我被毒虫和毒蛇咬;嘱我万勿乱吃野果野蘑,怕我中毒;嘱我万勿擅动农机具,怕我出事故;嘱我万勿到河中戏水,怕下乡前还不会游泳的我溺水……

自我大学毕业分配在北京以后,和哥哥的通信就中断了。其间回过哈市五六次，每次都来去匆匆，竟每次都没去医院探望过哥哥！这是我最自责，最内疚，最难以原谅自己的事！

哥哥，亲爱的哥哥，但是我请求你的原谅和宽恕。家中的居住情况，因弟弟妹妹们各自结婚，二十八平方米的破陋住房，前盖后接，不得不被分隔为四个"单元"。几乎每一尺空间都堆满了东西——我看在眼里，怎么能不忧愁在心中呢？怎么能让父亲母亲在那样不堪的居住条件之下度过晚年呢？怎么能让弟弟妹妹们在那样不堪的居住条件之下生儿育女呢？连过年过节也不能接哥哥回家团圆，其实，乃因家中已没了哥哥的床位呀！是将哥哥在精神病院那一张床位，当成了哥哥在什么旅馆的永久"包床"啊！细想想，于父母亲和弟弟妹妹，是多么的万般无奈！于哥哥，又是多么的残酷！哥哥的病本没那么严重啊！如果家境不劣，哥哥的病早就好了！哥哥在病中，不是还曾在几所中学代过课吗？从数理化到文史地，不是都讲得很不错吗……

我十余年中，每次回哈市，都是身负着特殊使命一样，为家中解决住房问题，为弟弟妹妹解决工作问题呀！是心中想念，却顾不上去医院探望哥哥啊！当年我其实也是心有余而力不足，豁出自尊四处求助，却往往事倍功半。

如今，我可以欣慰地告诉哥哥了——我多年的稿费加上幸逢拆迁，弟弟妹妹们的住房都已解决；弟弟妹妹们的工作都较安稳，虽收入低，但过百姓日子总还是过得下去的；弟弟妹妹们的三个女儿，也都上了高中或中专……

如今，我可以欣慰地告诉哥哥了——父母二老都还健在，早已接来北京与我同住……

望哥哥接此信后，一切都不必挂念。

春节快到了。春节前，我将雷打不动地回哈市，将哥哥从医院接出，与哥哥共度春节……今年五月，我将再次回哈市，再次将哥哥从医院接出，陪哥哥旅游半个月……如哥哥同意，我愿那之后，与哥哥同回北京——哥哥的晚年，可与我生活在一起……如哥哥心恋哈市亲情旧友多，那么，我将为哥哥在哈市郊区买一套房，装修妥善，布置周全——那里将是哥哥的家。

总之，我不要亲爱的哥哥再住在精神病院里！总之，我要竭尽全力为哥哥组建一个家庭，为哥哥积攒一笔钱，以保证哥哥晚年能过无忧无虑的正常的家庭生活！

哥哥本来早就是可以像正常人一样过家庭生活的啊！这一点是连医生们心中都清楚的啊！只不过从前弟弟顾不上哥哥，只不过从前弟弟没有那份儿经济能力……

哥哥，亲爱的哥哥——你实实在在是受了天大委屈！

哥哥，亲爱的哥哥——耐心等我，我们不久就要在一起过春节了！

哥哥，亲爱的哥哥——紧紧地拥抱你！

你亲爱的弟弟绍生
1999 年 1 月 20 日于北京

（注：十年前失去了老父亲，去年又失去了老母亲，我乃天下一孤儿了！没有老父亲老母亲的感觉，一点儿也不好。特别的不好！我宁愿要那种"上有老，下有小"的沉重，而不愿以永失父母亲的天伦亲情，去换一份卸却沉重的轻松。于我，其实从未觉得真的是什么沉重，而觉得是人生的一种福分，现在，没法再享那一种福分了！我真羡慕父母健康长寿的儿女！现在，对哥哥的义务和责任，乃我最大的义务和责任之一了。对哥哥的亲情，因十五六年间的顾不上的落失，现在对我尤其显得宝贵了。我要赶快为哥哥做。倘在将做未做之际而痛失哥哥，我想，我心的亲情伤口怕就难以愈合了。故有此信。）

给妹妹的信

妹妹：

见字如面。

得知大伟学习成绩一向优异，我很高兴。在孙女外孙女中，母亲最喜欢大伟，每每说起大伟如何如何疼姥姥，善解人意。我也认为她是个非常懂事的孩子。她学习努力，并且爱学习，不以为苦，善于从学习中体会到兴趣，这一点实在是难能可贵的。因而要由做父母的克服一切生活困难，成全孩子的学志。否则，便是家长的失责。前几次电话中，我也忘了问你的身体情况了。两年前动那次手术，愈后如何？该经常到医院去进行复查才是。

我知道，你一向希望我调动调动在哈市的战友关系、同学关系，替你们几个弟弟妹妹，转一个经济效益较好的单位，谋一份较稳定的工薪，以免你们的后顾之忧，也免我自己的后顾之忧。不错，我当年的某些知青战友、中学同学，如今已有几位当了处长、局长，掌握了一定的权力。但我不经常回哈市，与他们的关系都有点儿疏淡了，倘为了一种目的，一次次地回哈市重新联络感情，铺垫友谊，实在是太违我的性情。他们当然对我都是很好的。我一向将我和他们之间的感情、友情，视为"不动产"，唯恐一运用，就贬值了。所以，你们几个弟弟妹妹的某些困难，还是由我个人来和你们分担吧！何况，如今之事，县官不如现管。便是我吞吞吐吐地开口了，他们也往往会为难。

有一点是必须明白的——我这样一个写小说的人，与某些政府官员之间，倘论友谊，那友谊也更是从前的某种特殊感情的延续。能延续到如今，已太具有例外性。这一种友谊在现实之中的基础，其实是较为薄脆的，因而尤须珍视。好比捏的江米人儿，存在着便是美好的，但若以为在腹空时可以充饥，则大错特错了。既不能抵一块巧克力什么的，也同时毁了那美好。更何况，如说友谊也应具有相互帮助的意义，那么也只有我求人家帮我之时，而几乎没有我也能助人家之日。我一个写小说的，能指望自己在哪一方面帮助别人呢？既已注定了帮助不能互相，我也就很有自知之明，封唇锁舌，不吐求字了。

除了以上原因，大约还有天性上的原因吧！那一种觉得"上山擒虎易，开口告人难"的天性，我想一定是咱们的父亲传给我的。我从北影（北京电影制片厂）调至童影（儿童电影制片厂），搬家我也没求过任何一个人，是靠了自行车、平板车，老鼠搬家似的搬了几个星期。有天我一个人往三楼背驮一只沙发，被清洁工赵大爷撞见了，甚为愕异。后来别人告诉我，他以为我人际关系太恶，连个肯帮我搬家的人都找不到。

当然，像我这么个性极端，也不好。我讲起这件事，是想指出——哈尔滨人有一种太不可取的"长"处，那就是几乎将开口求人根本不当成一回事儿。本能自己想办法解决之事，也不论值不值得求人，哪怕刚刚认识，第二天就好意思相求，使对方犯难自己也不在乎，遭到当面回绝还不在乎。总之仿佛是习惯，是传统。好比一边走路一边踢石头，碰巧踢着的不是石头，是一把打开什么锁的钥匙，则兴高采烈。一路踢不着一把钥匙，却也不懊恼，继续地一路走一路踢将下去。石头碰疼了脚，皱皱眉而已。今天你求我，明天我求你，非但不能活得轻松，我以为反而会活得很累。

我主张首先设想我们在生活中所遇到的困难，是没有任何人可求、任何人也帮不上忙的，主张首先自己将自己置在孤立无援的境地，而这么一来，结果却很可能是——我们发现，某些困难，并非我们估计的那么不可克服。某些办成什么事的目的，即使没有达到，也并非我们估计的那么损失严重。我们会发现，有些目的，放弃了也就放弃了。企望怎样而最终没有怎样，人不是照样活着吗？我常想，我们的父亲，一个闯关东闯到东北的父亲，一个身无分文只有力气可出卖的山东汉子，当年遇到了困难又去求谁啊！我以为，有些时候，有些情况下，对于小百姓而言，求人简直意味着是高息贷款。我此话不是指求人要给人好处，而是指付出的利息往往是人的志气。没了这志气，人活着的状态，往往便自行地瘫软了。

妹妹，为了过好一种小百姓的生活而永远地打起精神来吧！小百姓的生活是近在眼前伸手就够得到的生活。正是这一种生活才是属于我们的。牢牢抓住这一种生活，便不必再去幻想别的某种生活。最近我常想，这地球上的绝大多数人，其实都在各个不同的国家，各种不同的生活水平线上，过着小百姓的生活。生活中最不可或缺的，我以为乃是温馨二字。没了温馨的生活，那还叫生活吗？温馨是某种舒适，但又不仅仅是舒适。许多种生活很舒适，但是并不温馨。温馨是一种远离大与奢的生活情境。一幢豪宅往往只能与富贵有关。富贵不是温馨。温馨是那豪宅中的小卧室，或者小客厅。温馨往往是属于一种小的生活情境。富人们其实并不能享受到多少温馨。他们因其富，注定要追求大追求奢追求华靡。而温馨甚至是可以在穷人的小破房里呈现的生活情境。

温馨乃是小百姓的体会和享受。我说这些，意思是想强调——房子小一点儿没关系，只要小百姓主人勤快，收拾得干干净净就好。工资收入低一点儿没关系，只要小百姓自己善于节俭持家就好。只要小百姓善于为了贴补生活再靠诚实的劳动挣点儿钱就好，哪怕是双休日在家里揽点儿计件的活儿。在小的住房里，靠低的工资、勤勤快快、节节俭俭、和和睦睦地生活，即为小百姓差不多都能把握得住的温馨日子，小百姓的幸福生活。这样的生活，绝对是我们想过上便能过上的。还记得我们小时候，我们将一个破家粉刷得多亮堂，收拾得多干净啊！每查卫生，几乎总得红旗。我们小时候，家里的日子又是多么困难呀！但不也有许多温馨的时候吗？

在物质生活方面，我是一个绝对的胸无大志之人。但愿你们也是。不要说小百姓只配过小日子的沮丧话，而要换一种思想方法，多体会小百姓的小日子的某些温馨，并且要像编织鸟一样，织一个小小的温馨的家，将小百姓的每一个日子，从容不迫地细细地品咂着过。你千万不要笑我阿Q精神大发扬。这不是在用阿Q精神麻痹你，而是在教你这样一个道理——任何情况之下，只要不是苦役式的命运，完全没有自由的生活，那么人至少可取两种不同的生活态度，至少可实际地选择两种不同的生活——积极的态度和消极的态度，较乐观的生活和非常沮丧的生活。而这也就意味着获得同一情况之下两种不同的生活质量……

哈市国有企业的现状是严峻的，令人担忧的。东北三省大多数国有企业的现状都是严峻的。这是一个艰难时代，对普遍的国有企业的工人来说尤其艰难。据我看来，绝非短时期内能全面改观的。国家有国家的难处，这难处不是一位英明人物的英明头脑，或一项英明决策所能一朝解决的。这个体制的负载早已太沉重了。从前中国工人的活法是七分靠国家，三分靠自己，现在看必得反过来了，必得七分靠自己，三分靠国家了。那三分，便是国家对国有企业的工人阶级的责任。它大约也只能负起这么多责任了。这责任具有历史性。

既然必得七分靠自己了,你打算怎样,该认真想想。你来信说打算提前退休或干脆辞职,我支持。这就等于与自己所依赖惯了的体制彻底解除"婚约"了。这需要很大的勇气,因为你毕竟有别于年轻人。而且得清楚,那体制不会像一个富有的丈夫似的,补偿你什么。届时你的心态应该平衡,不能被某种"吃了大亏"的想法长久纠缠住。而最主要的,是你做出决定前必得有自知之明,反复问自己什么是想干的,什么是能干的。在想干的和能干的之间,一定要确定客观实际的选择。

总之,你一旦决定了,你的困难,二哥会尽全力周济帮助的。过些日子,我会嘱出版社寄一笔稿费去的。记得抽时间去医院看望大哥。

今天,我集中精力写信。除了给你们三个弟弟妹妹写信,还要抓紧时间再写几封。告诉大伟,说二舅问她好。也替我问春雨好,嘱他干活注意安全。

余言后叙。

兄晓声
1996 年 5 月 3 日于北京

我与儿子

我曾以为自己是缺少父爱情感的男人。

结婚后,我很怕过早负起父亲的责任。因为我太爱安静了。一想到我那十二平方米的家中,响起孩子的哭声,有个三四岁的男孩儿或女孩儿满地爬,我就觉得简直等于受折磨,有点儿毛骨悚然。

妻子初孕,我坚决主张"人流"。为此她备感委屈,大哭一场——那时我刚开始热衷于写作。哭归哭,她妥协了。妻子第二次怀孕,我郑重地声明:三十五岁之前决不做父亲。她不但委屈而且愤怒了,我们大吵一架——结果是我妥协了。

儿子还没出生,我早说了无穷无尽的抱怨话。倘他在母腹中就知道,说不定会不想出生了。妻临产的那些日子,我们都惴惴不安,日夜紧张。

那时,妻总在半夜三更觉得要生了。已记不清我们度过了几个不眠之夜，也记不清半夜三更，我搀扶着她去了几次医院。马路上不见人影，从北影到积水潭医院，一往一返慢慢地小小心心地走，大约三小时。

每次医生都说："来早了，回家等着吧！"妻子哭，我急，一块儿哀求。哀求也没用。始终是那么一句话——"回家等着，没床位。"

有一夜，妻看上去很痛苦，但她咬紧牙关，一声不吭。她大概因为自己老没个准儿，觉得一次次地折腾我，有点儿对不住我。可我看出的确是"刻不容缓"了——妻已不能走。我用自行车将她推到医院。

医生又训斥我："怎么这时候才来？你以为这是出门旅行，提前五分钟登上火车就行呀！"反正我要当父亲了，当然是没理可讲的事了。总算妻子生产顺利，一个胖墩墩的儿子出世了。

而我是半点儿喜悦也没有的，只感到舒了口气，卸下了一种重负。好比一个人的头被按在水盆里，连呛几口之后，终于抬了起来……

儿子一回家，便被移交给一位老阿姨了。我和妻住办公室。一转眼就是两年。两年中我没怎么照看过儿子。待他会叫"爸爸"后，我也发自内心地喜爱过他，时时逗他玩一阵。但是从所谓潜意识来讲是很自私的——为着解闷儿。心里总是有种积怨，因为他的出生，使我有家不能归，不得不栖息在办公室。

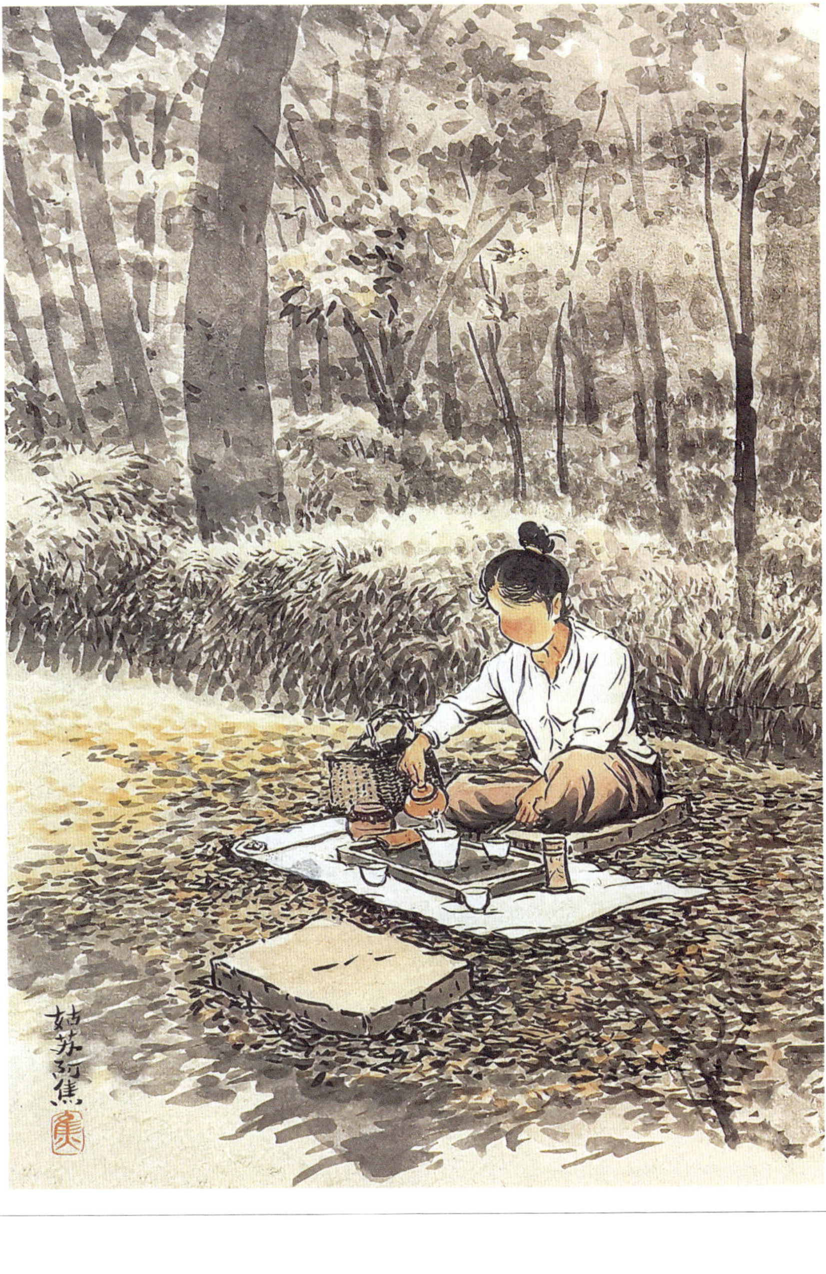
姑苏阿焦

某些困难,并非我们估计的那么不可克服。某些办成什么事的目的,即使没有达到,也并非我们估计的那么损失严重。

——《给妹妹的信》

夏天，我们住的那幢筒子楼，周围环境肮脏。一到晚上，蚊子多得不得了。点蚊香，喷药，也是起不了多大作用的。蚊子似乎对蚊香和蚊药有了很强的抵抗力。

有天早晨我回家吃早饭，老阿姨说："几次叫你买蚊帐，你总拖，你看孩子被叮成什么样了？你真就那么忙？"

我俯身看儿子，见儿子遍身被叮起至少三四十个包，脸肿着。可他还冲我笑，叫"爸……"。我正赶写一篇小说，突然我认识到自己太自私了。我抱起儿子落泪了……

当天我去买了一顶五十多元的尼龙蚊帐。上海文艺出版社的编辑修晓林初次到我家，没找到我。又到了办公室，才见着我。我挺兴奋地和他谈起我正在构思的一篇小说，他打断我说："你放下笔，先回家看看你儿子吧，他发高烧呢！"

我一愣，这才想起——我已在办公室废寝忘食地写了两天。两天内吃妻子送来的饭，没回过家门。

从这些方面讲，我真不是一位好父亲。如今儿子已经五岁了。我也已经三十九岁半了。人们都说儿子是个好儿子。许多人非常喜欢他。我的生活中，已不能没有他了。我欠儿子的责任和义务太多。至今我觉得对儿子很内疚。我觉得我太自私。但正是在那一两年内，我艰难地一步步地向文坛迈进。对儿子的责任和自己的责任，于我，当年确是难以两全之事。

儿子爱画画，我从未指导过他。尽管我也曾爱画画，指导一个五岁多的孩子,那点儿基础还是够用的。

儿子爱下象棋。我给他买了一副象棋,却难得认真陪他"杀一盘"。他常常哀求:"爸爸,和我杀一盘行不行啊?"结果他养成了自己和自己下象棋的习惯。

记得我有一次到幼儿园去接儿子,阿姨对我说:"你还是作家呢,你儿子连'一'都写不直,回家好好下功夫辅导他吧!"

从那以后,我总算对儿子的作业较为关心。但要辅导他每天写完幼儿园的两页作业,差不多也得占去晚上的两个小时。而我尤视晚上的时间更为宝贵——白天难得安静,读书写作,全指望晚上的时间。

儿子曾有段时间不愿去幼儿园。每天早晨撒娇耍赖,哭哭啼啼,想留在家里。我终于弄明白,原来他不敢在幼儿园做早操。他太自卑,太难为情,以为他的动作,定是极古怪的,定会引起哄笑。

我便答应他,做早操时,到幼儿园去看他。我说话算话。他在院内做操,我在院外做操。有了我的奉陪,他的胆量壮了。

事后我问他:"如果你连当众伸伸胳膊踢踢腿都不敢,将来你还敢干什么?比如看见一个小偷在公共汽车上扒人家腰包,你敢抓住他的手腕吗?"

他沉吟许久,很严肃地回答:"要是小偷没带刀,我就敢。"

我笑了,先有这点儿胆量也行。

我又对他说:"只要你认为你是对的,谁也别怕。什么也别怕！"

我希望我的儿子在这一点将来像我一样。谁知道呢？

总而言之，我不是位尽职的父亲。儿子天天在长大，今年就该上学了。我深知我对他的责任，将更大了。我要学会做一位好父亲，去掉些自私，少写几篇作品，多在他身上花些精力。归根到底，我的作品，也许都微不足道。但我教育出怎样的一个人交给社会，那不仅是我对儿子的责任，也是我对社会的责任。

我不希望他多么有出息——这超出我的努力及我的愿望。

关于"家"的絮语

即使旧巢倾毁了,燕子也要在那地方盘旋几圈才飞向别处——这是本能。即使家庭就要分化解体了,儿女也要回到家里看看再考虑自己去向何方——这是人性。恰恰相反的是,动物几乎从不在毁坏了巢穴的地方又筑新窝,而人几乎一定要在那样的地方重建家园……

"家"对人来说,是和"家乡"这个词连在一起的。

贺知章的名诗《回乡偶书》中有一句是"少小离家老大回"。遣词固然平实,吟读却令人回肠百结。当人的老家不复存在了,"家"便与"家乡"融为一体了。

在山林中与野兽历久周旋的猎人,疲惫地回到他所栖身的那个山洞,往草堆上一倒,也许要说一句——"总算到家了"吧?

云游天下的旅者,某夜投宿,于陋栈野店,头往枕上一挨,也许要说一句——"总算到家了"吧?

即便不说，我想，他内心里也是定会有那份儿感觉的吧？一位当总经理的友人，有次邀我到乡下小住，一踏入农户的小院，竟情不自禁地说："总算到家了……"

他的话使我愕然良久。

切莫猜疑他们夫妻关系不佳，其实很好。

为什么，人会将一个山洞，一处野店，乃至别人的家，当成自己的"家"呢？

我思索了数日，终于恍然大悟——原来人除了自己的躯壳需要一个家而外，心里也需要一个"家"的。

至于那究竟是一个怎样的所在，却因人而异了……

"家"的古字，是屋顶之下，有一口猪。猪是我们的祖先最早饲养的畜类。是针对最早的"家"而言的，是最早的财富的象征，足见在古人的观念中，财富之对于家，乃有相当重要的含义。

在当代，一个相当有趣的现实是西方的某些富豪或高薪阶层，总是以和家人待在一起的时间的多少，来体会幸福的概念的。而我们中国的某些富豪和高薪阶层，总是要把时间大量地耗费在家以外，寻求在家以外的娱乐和花天酒地。仿佛不如此，就白富豪了，白有挥霍不完的钱财了。

这都是灵魂无处安置的结果。

心灵的"家"乃是心灵得以休憩的地方。那个地方不需要格外多的财富，渴望的境界是"请勿打扰"。

是的,任何人的心灵都同样是需要休憩的。所以心灵有时不得不从人的"家"中出走,去寻找属于它的"家"……

建筑业使我们的躯壳有了安居之所,而我们的心灵自在寻找,在渴求……

遗憾的是——几乎我们每一个人都有家,而我们的心灵却似无家可归的流浪儿。朋友,你倘以这一种体会聆听潘美辰的歌《我想有个家》,则难免泪如泉涌……

PART 2
道阻且长

我的小学

我永远忘不了这样一件事：某年冬天，市里要来一个卫生检查团到我们学校检查卫生，班主任老师吩咐两名同学把守在教室门外，个人卫生不合格的学生，不准进入教室。我是不许进入教室的几个学生之一。我和两名把守在教室门外的学生吵了起来，结果他们从教员室请来了班主任老师。

班主任老师上下打量着我，冷起脸问："你为什么今天还要穿这么脏的衣服来上学？"

我说："我的衣服昨天刚刚洗过。"

"洗过了还这么脏？"老师指点着我衣襟上的污迹。

我说："那是油点子，洗不掉的。"

老师生气了："回家去换一件衣服。"

我说："我就这一件上学的衣服。"

我说的是实话。

老师认为我顶撞了她，更加生气了，又看我的双手，说："回家叫你妈把你两手的皱用砖头蹭干净了再来上学！"接着像扒乱草堆一样乱扒我的头发，"瞧你这满头虮子，像撒了一脑袋大米！叫人恶心！回家去吧！这几天别来上学了，检查过后再来上学！"

我的双手，上学前用肥皂反复洗过，用砖头蹭也未必能蹭干净。而手的生皱，不是我所愿意的。我每天要洗菜，淘米，刷锅，刷碗。家里的破屋子四处透风，连水缸在屋内都结冰，我的手上怎么不生皱？不卫生是很羞耻的，这我也懂，但卫生需要起码的"为了活着"的条件，这一点我的班主任老师便不懂了。阴暗的，夏天潮湿冬天寒冷的，像地窖一样的一间小屋，破炕上每晚拥挤着大小五口人，四壁和天棚每天起码要掉下三斤土，炉子每天起码要向狭窄的空间飞扬四两灰尘……母亲每天早起晚归去干临时工，根本没有精力照料我们几个孩子，如果我的衣服居然还干干净净，手上没皱头上没有虮子，那倒真是咄咄怪事了！我当时没看过《西行漫记》，否则一定会顶撞一句："毛主席当年在延安住窑洞时还当着斯诺的面捉虱子呢！"

我认为，对于身为教师者，最不应该的，便是以贫富来区别对待学生。我的班主任老师嫌贫爱富。我的同学中的区长、公社书记、工厂厂长、医院院长们的儿女，他们都并非品学兼优的好学生，有的甚至经常上课吃零食、打架，班主任老师却从未严肃地批评过他们一次。

对班主任老师尖酸刻薄的训斥，我只有含侮忍辱而已。

我两眼涌出泪水，转身就走。

这一幕却被语文老师看到了。

她说："梁绍生，你别走，跟我来。"扯住我的一只手，将我带到教员室。她让我放下书包，坐在一把椅子上，又说："你的头发也够长了，该理一理了，我给你理吧！"说着就离开了办公室。学校后勤科有一套理发工具，是专为男教师们互相理发用的。我知道她准是取那套理发工具去了。

可是我心里却不想再继续上学了。因为穷，太穷，我在学校里感到一点尊严也没有。而一个孩子需要尊严，正像需要母爱一样。我是全班唯一的一个免费生。免费对一个小学生来说是精神上的压力和心理上的负担。"你是免费生，你对得起党吗？"哪怕无意识地犯了算不得什么错误的错误，我也会遭到班主任老师这一类冷言冷语的训斥。我早听够了！

语文老师走出教员室，我便拿起书包逃离了学校。我一直跑出校园，跑着回家。"梁绍生，你别跑，别跑呀！小心被汽车撞了呀！"我听到了语文老师的呼喊。她追出了校园，在人行道上跑着追我。我还是跑，她紧追。"梁绍生，你别跑了，你要把老师累坏呀！"我终于不忍心地站住了。她跑到我跟前，已气喘吁吁。她说："你不想上学啦？"我说："是的。"她说："你才小学四年级，学这点文化将来够干什么用？"我说："我宁肯和我爸爸一样将来靠力气吃饭，也不在学校里忍受委屈了！"她说：

"你这种想法是错误的。凭小学四年级的文化,将来也当不了一个好工人!"我说:"那我就当一个不好的工人!"她说:"那你将来就会恨你的母校,恨母校所有的老师,尤其会恨我。因为我没能规劝你继续上学!"我说:"我不会恨您的。"她说:"那我自己也不会原谅我自己!"我满心间自卑、委屈、羞耻和不平,哇的一声哭了。她抚摸着我的头,低声说:"别哭,跟老师回学校吧,啊?我知道你们家里生活很穷困,这不是你的过错,没有什么值得自卑和羞耻的。你要使同学们看得起你,每一位老师都喜爱你,今后就得努力学习才是啊!"

我只好顺从地跟她回到了学校。

如今想起这件事,我仍觉后怕。没有我这位小学语文老师,依着我从父亲的秉性中继承下来的那种九头牛拉不动的倔犟劲儿,很可能连我母亲也奈何不得我,当真从小学四年级就弃学了。那么今天我既不可能成为作家,也必然像我的那位小学语文老师说的那样——当不了一个好工人。

一位会讲故事的母亲和从小的穷困生活,是造成我这样一个作家的先决因素。狄更斯说过——穷困对于一般人是种不幸,但对于作家也许是种幸运。的确,对我来说,穷困并不仅仅意味着童年生活的不遂人愿。

它促使我早熟,促使我从童年起就开始怀疑生活,思考生活,认识生活,介入生活。虽然我曾千百次地诅咒过穷困,因穷困感到过极大的自卑和羞耻。

我发现自己也具有讲故事的"才能",是在小学二年级。认识字了,语文课本成了我最早阅读的书籍,新课本发下来未过多久,我就先自通读一遍了。当时课文中的生字,标有拼音,读起来并不难。

一天,我坐在教室外的楼梯台阶上正聚精会神地看语文课本,教语文课的女老师走上楼,好奇地问:"你在看什么书?"我立刻站起,规规矩矩地回答:"语文课本。"老师又问:"哪一课?"我说:"下堂您要讲的新课——《小山羊看家》。""这篇课文你觉得有意思吗?""有意思。""看过几遍了?""两遍。""能讲下来吗?"我犹豫了一下,回答:"能。"上课后,老师把我叫起,对同学们说:"这一堂讲第六课——《小山羊看家》。下面请梁绍生同学先把这一篇课文讲述给我们听。"

我的名字本叫梁绍生,梁晓声是我在"文革"中自己改的名字。"文革"中兴起过一阵改名的时髦风,我在一张辞去班级"勤务员"职务的声明中首次署了现在的名字——梁晓声。

我被老师叫起后,开始有些发慌,半天不敢开口。老师鼓励我:"别紧张,能讲述到哪里,就讲述到哪里。"我在老师的鼓励下,终于开口讲了:"山羊妈妈有四个孩子,一天,山羊的妈妈要离开家……"

当我讲完后,老师说:"你讲得很好,坐下吧!"看得出,老师心里很高兴。

全班同学都很惊异，对我十分羡慕。

一个穷困人家的孩子，他没有任何值得自我炫耀的地方，当他的某一方面"才能"当众得以显示，并且被羡慕，并且受到夸奖，他心里自然充满骄傲。

以后，语文老师每讲新课，总是提前几天告诉我，嘱我认真阅读，到讲那一堂新课时，照例先把我叫起，让我首先讲述给同学们听。

我们的语文老师，是一位主张教学方法灵活的老师。她需要我这样一名学生，喜爱我这样一名学生。因为我的存在，使她在我们这个班讲的语文课生动活泼了许多。而我也同样需要这样一位老师，因为是她给予了我在全班同学面前显示自己讲故事"才能"的机会。而这样的机会当时对我是重要的，使我的意识中也有一种骄傲存在着，满足着我匮乏的虚荣心。后来，老师的这一语文教学方法，在全校推广了开来，引起区和市教育局领导同志的兴趣，先后到我们班听过课。从小学二年级至小学六年级，我和我的语文老师一直配合得很默契。她喜爱我，我尊敬她。小学毕业后，我还回母校看望过她几次。"文革"开始，她因是市教育标兵，受到了批斗。记得有一次我回母校去看她，她刚刚被批斗完，握着扫帚扫校园，剃了"鬼头"，脸上的墨迹也不许她洗去。

我见她那样子，很难过，流泪了。

她问:"梁绍生,你还认为我是一个好老师吗?"

我回答:"是的,您在我心中永远是一位好老师。"

她惨然地苦笑了,说:"有你这样一个学生,有你这样一句话,我挨批挨斗也心甘情愿了!走吧,以后别再来看老师了,记住老师曾多么喜爱你就行!"

那是最后一次见到她。

不久,她跳楼自杀了。

她不但是我的小学语文老师,还是我小学母校的少先队辅导员老师。她在同学们中组织起了全市小学的第一个"故事小组"和第一个"小记者委员会"。我小学时不是个好学生,经常逃学,不参加校外学习小组,除了语文成绩较好,算术、音乐、体育都仅是个"中等"生,直到五年级才入队。还是在我这位语文老师的多次力争下有幸戴上了红领巾,也是在我这位语文老师的力争下才成为"故事小组"和"小记者委员会"的成员。对此我的班主任老师很有意见,认为她所偏爱的是一个坏学生。我逃学并非因为我不爱学习。

那时母亲天不亮就上班去了,哥哥已上中学,是校团委副书记兼学生会主席,也跟母亲一样,早晨离家,晚上才归,全日制,就苦了我。家里还有两个弟弟一个妹妹,我得给他们做饭吃,收拾屋子和担水,他们还常常哭着哀求我在家陪他们。将六岁、四岁、二岁的小弟小妹撇在家里,我常常于心不忍,便逃学,不参加校外学习小组。班主任老师从来也没有到我家进行过家访，因而不体谅我也就情有可原，认为我是一个坏学生更理所当然。班主任老师不喜欢我，还因为穿在我身上的衣服一向很不体面，不是过于肥大就是过于短小，不仅破，而且脏，衣襟几乎天天带着锅底灰和做饭时弄上的油污。在小学没有一个和我要好过的同学。

语文老师是我小学时期在学校里的唯一的一个朋友。我至今不忘她，永远都难忘。不仅因为她是我小学时期唯一关心过我喜爱过我的一位老师，不仅因为她给予了我唯一的树立起自豪感的机会和方式，还因她将我向文学的道路上推进了一步——由听故事到讲故事。

语文老师牵着我的手，重新把我带回了学校，重新带到教员室，让我重新坐在那把椅子上，开始给我理发。语文教员室里的几位老师百思不得其解地望着她。一位男老师对她说："你何苦呢？你又不是他的班主任。曲老师因为这个学生都对你有意见了，你一点不知道？"她笑笑，什么也未回答。她一会儿用剪刀剪，一会儿用推子推，将我的头发剪剪推推摆弄了半天，总算"大功告成"。她歉意地说："老师没理过发，手太笨，使不好推子也使不好剪刀，大冬天的给你理了个小平头，你可别生老师的气呀！"

教员室没面镜子。我用手一摸，平倒是很平，头发却短得不能再短了。哪里是"小平头"，分明是被剃了一个不彻底的秃头。虮子肯定不存在了，我的自尊心也被剪掉剃平。

我并未生她的气。随后她又拿起她的脸盆，领我到锅炉房，接了半盆冷水再接半盆热水，兑成一盆温水，给我洗头，洗了三遍。只有母亲才如此认真地给我洗过头。我的眼泪一滴滴落在脸盆里。她给我洗好头，再次把我领回教员室，脱下自己的毛坎肩，套在我身上，遮住了我衣服前襟那片无法洗掉的污迹。她身材娇小，毛坎肩是绿色的，套在我身上尽管不伦不类，却并不显得肥大。教员室里的另外几位老师，瞅着我和她，一个个摇头不止，忍俊不禁。她说："走吧，现在我可以送你回到你们班级去了！"她带我走进我们班级的教室后，同学们顿时哄笑起来。大冬天的，我竟剃了个秃头，棉衣外还罩了件绿坎肩，模样肯定是太古怪太滑稽了！

她生气了，严厉地喝问我的同学们："你们笑什么？有什么可笑的？哄笑一个同学迫不得已的做法是可耻的行为！如果我是你们的班主任，谁再敢哄笑我就把谁赶出教室！"

这话她一定是随口而出的，绝不会有任何针对我的班主任老师的意思。我看到班主任老师的脸一下子拉长。班主任老师也对同学们呵斥："不许笑！这又不是耍猴！"班主任老师的话，更加使我感到被当众侮辱，而且我听出来了，班主任老师的话中，分明包含着针对语文老师的不满成分。语文老师听没听出来，我无法知道。我未看出她脸上的表情有什么变化。她对班主任老师说："曲老师，就让梁绍生上课吧！"班主任老师拖长语调回答："你对他这么尽心尽意，我还有什么话可说？"市教育局卫生检查团到我们班检查卫生时，没因为我们班有我这样一个剃了秃头、棉袄外套件绿色毛坎肩的学生而贴在我们教室门上一面黄旗或黑旗。他们只是觉得我滑稽古怪，惹他们发笑而已……

从那时起直至我小学毕业，我们班主任老师和语文老师的关系一直不融洽。我知道这一点，我们班级的所有同学也都知道这一点，而这一点似乎完全是由于我这个学生导致的。几年来，我在一位关心我的老师和一位讨厌我的老师之间，处处谨小慎微，循规蹈矩，力不胜任地扮演一架天平上的小砝码的角色。扮演这种角色，对于一个小学生的心理，无异于扭曲，对我以后的性格形成不良影响，使我如今不可救药地成了一个忧郁型的人。

我心中暗暗铭记语文老师对我的教诲，学习努力起来，成绩渐好。

班主任老师却不知为什么对我愈发冷漠无情了。

四年级上学期期末考试，我的语文和算术破天荒地拿了"双百"，而且《中国少年报》选登了我的一篇作文，市广播电台"红领巾"节目也广播了我的一篇作文，还有一篇作文用油墨抄写在儿童电影院的宣传栏上。同学对我刮目相待了，许多老师也对我和蔼可亲了。

校长在全校师生大会上表扬了我的语文老师，充分肯定了在我这个一度被视为坏学生的转变和进步过程中，她所付出的种种心血，号召全校老师向她那样对每一个学生树立起高度的责任感。

受到表扬有时对一个人不是好事。

在她没有受到校长的表扬之前,许多师生都公认,我的"转变和进步",与她对我的教育是分不开的。而在她受到校长的表扬之后,某些老师竟认为她是一个"机会主义者"了。"文革"期间,有一张攻击她的大字报,赫赫醒目的标题即是——"看机会主义者××是怎样在教育战线进行投机和沽名钓誉的!"

而我们班的几乎所有同学,都不知掌握了什么证据,断定我那三篇给自己带来荣誉的作文,是语文老师替我写的。于是流言传播,闹得全校沸沸扬扬。

四年级二班的梁绍生,
是个逃学精。
老师替他写作文,
《少年报》上登。
真该用屁崩!……

一些男同学,还编了这样的顺口溜,在我上学和放学的路上,包围着我讥骂。班主任老师亲眼看见过我被凌辱的情形,没制止。

班主任老师对我冷漠无情到视而不见的地步。她教算术,在她讲课时,连扫也不扫我一眼了。她提问或者叫同学在黑板上解答算术题时，无论我将手举得多高，都无法引起她的注意。

一天，在她的课堂上，同学们做题，她坐在讲课桌前批改作业本。教室里静悄悄的。"梁绍生！"她突然大声叫我的名字。我吓了一跳，立刻怯怯地站了起来。全体同学都停了笔。"到前边来！"班主任老师的语调中隐含着一股火气。我惴惴不安地走到讲桌前。"作业为什么没写完？""写完了。""当面撒谎！你明明没写完！""我写完了，中间空了一页。"我的作业本中夹着印废了的一页，破了许多小洞，我写作业时随手翻过去了，写完作业后却忘了扯下来。我低声下气地向她承认是我的过错。她不说什么，翻过那一页，下一页竟仍是空页。我万没想到我写作业时翻得匆忙，会连空两页。她拍了一下桌子："撒谎！撒谎！当面撒谎！你明明是没有完成作业！"我默默地翻过了第二页空页，作业本上展现出了我接着做完了的作业。她的脸倏地红了："你为什么连空两页？！想要捉弄我一下是不是？！"

我垂下头，讷讷地回答："不是。"

她又拍了一下桌子："不是？！我看你就是这个用意！你别以为你现在是个出了名的学生了，还有一位在学校里红得发紫的老师护着你，托着你，拼命往高处抬举你，我就不敢批评你了！我是你的班主任，你的小学鉴定还得我写呢！"

我被彻底激怒了！我不能容忍任何人在我面前侮辱我的语文老师！我爱她！她是全校唯一使我感到亲近的人！我觉得她像我的母亲一样，我内心里是视她为我的第二个母亲的！

我突然抓起了讲台桌上的红墨水瓶。班主任以为我要打在她脸上，吃惊地远远躲开我，喝道："梁绍生，你要干什么？！"我并不想将墨水瓶打在她脸上，我只是想让她知道，我是一个人，在忍无可忍的情况下我是会愤怒的！我将墨水瓶使劲摔到墙上。墨水瓶粉碎了，雪白的教室墙壁上出现了一片"血"迹！我接着又将粉笔盒摔到了地上。一盒粉笔尽断，四处滚去。教室里长久的一阵鸦雀无声，直至下课铃响。那天放学后，我在学校大门外守候着语文老师回家。她走出学校时，我叫了她一声。她奇怪地问："你怎么不回家？在这里干什么？"我垂下头去，低声说："我要跟您走一段路。"她沉思地瞧了我片刻，一笑，说："好吧，我们一块儿走。"我们便默默地向前走。她忽然问："你有什么事要告诉我吧？"我说："老师，我想转学。"她站住，看着我，又问："为什么？"我说："我不喜欢我们班级！在我们班级我没有朋友，曲老师讨厌我！要不请求您把我调到您当班主任的四班吧！"我说着想哭。"那怎么行？不行！"她语气非常坚决，"以后你再也不许提这样的请求！"我也非常坚决地说："那我就只有转学了！"眼泪涌出了眼眶。

她说："我不许你转学。"我觉得她不理解我，心中很委屈，想跑掉。

她一把扯住我，说："别跑。你感到孤独是不是？老师也常常感到孤独啊！你的孤独是穷困带来的，老师的孤独是另外的原因带来的。你转到其他学校也许照样会感到孤独的。我们一个孤独的老师和一个孤独的学生不是更应该在一所学校里吗？转学后你肯定会想念老师，老师也肯定会想念你的。孤独对一个人不见得是坏事……这一点你以后会明白的。再说你如果想有朋友，你就应该主动去接近同学们，而不应该对所有的同学都充满敌意，怀疑所有的同学心里都想欺负你……"

我的小学语文老师，她已成泉下之人近二十年了。我只有在这篇纪实性的文字中，表达我对她虔诚的怀念。

教育的社会使命之一，就是应首先在学校中扫除嫌贫谄富媚权的心态！

而嫌贫谄富，在我们这个国家，在我们这个国家的小学、中学乃至大学，在二十一世纪的今天，依然不乏其例。

因为我小学毕业后，接着进入了中学，而后又进入过大学，所以我有理由这么认为。

我诅咒这种现象！鄙视这种现象！

我的中学

我的中学时代是我真正开始接受文学作品熏陶的时代。比较起来,我中学以后所读的文学作品,还抵不上我从一九六三年至一九六八年下乡前这五年内所读过的文学作品多。

在小学五六年级,我已读过了许多长篇小说。我读的第一本中国长篇小说是《战斗的青春》;读的第一部外国长篇小说是《钢铁是怎样炼成的》。

而在中学我开始知道了托尔斯泰、巴尔扎克、雨果、车尔尼雪夫斯基、陀思妥耶夫斯基、高尔基等外国伟大作家的名字,并开始喜爱上了他们的作品。

我在我的短篇小说《这是一片神奇的土地》中有几处引用了希腊传说中的典故,某些评论家们颇有异议,认为超出了一个中学生的阅读范围。我承认我在引用时,有自我炫耀的心理作怪。但说"超出"了一个中学生的阅读范围,证明这样的评论家根本不了解中学生，起码不了解六十年代的中学生。

我的中学母校是哈尔滨市第二十九中学，一所普通的中学。在我的同学中，读长篇小说根本不是什么新鲜事。不分男女同学，大多数都开始喜欢读长篇小说了。古今中外，凡是能弄到手的都读。一个同学借到或者买到一本好小说，首先会在几个亲密的同学之间传看。传看的圈子往往无法限制，有时扩大到几乎全班。

外国一位著名的作家和一位著名的评论家之间曾经有过下面的有趣而明智的谈话：

作家："最近我结识了一位很有天才的评论家。"

评论家："最近我结识了一位很有天才的作家。"

作家："他叫什么名字？"

评论家："青年。你结识的那位有天才的评论家叫什么名字？"

作家："他的名字也叫青年。"

青年永远是文学的最真挚的朋友，中学时代正是人的崭新的青年时代。他们通过拥抱文学拥抱生活，他们是最容易被文学作品感动的最广大的读者群。今天我们如果进行一次有意义的社会调查，结果肯定也是如此。

我在中学时代能够读到不少真正的文学作品，还应当感激我的母亲。母亲那时已从铁路上被解雇下来,又在一个加工棉胶鞋鞋帮的条件低劣的小工厂参加工作,每月可挣三十几元钱贴补家庭生活。

我们渴望读书。只要是为了买书,母亲给我们钱时从未犹豫过。母亲没有钱,就向邻居借。

家中没有书架,也没有摆书架的地方。母亲为我们腾出一只旧木箱,我们买的书,包上书皮儿,看过后存放在箱子里。

最先获得买书特权的,是我的哥哥。

哥哥也酷爱文学。我对文学的兴趣,一方面是母亲以讲故事的方式不自觉地培养的结果,另一方面是受哥哥的熏染。

我之所以走上文学道路,哥哥起的作用,不亚于母亲和我的小学语文老师的作用。

六十年代的教学,比今天更体现对学生素养的普遍重视。哥哥高中读的已不是"语文"课本,而是"文学"课本。

哥哥的"文学"课本,便成了我常常阅读的"文学"书籍。有一次哥哥上"文学"课竟找不到课本了,因为我头一天晚上从哥哥的书包里翻出来看没有放回去。

一册高中生的"文学"课本,其文学内容之丰富,绝不比目前的一本什么文学刊物差,甚至要比目前的某些文学刊物的内容更丰富,水平更优秀。收入高中"文学"课本中的,大抵是古今中外优秀文学作品的章节。古今中外的诗歌、散文、小说、杂文,无所偏废。

"岳飞枪挑小梁王""鲁提辖拳打镇关西""杜十娘怒沉百宝箱",鲁迅、郁达夫、茅盾、叶圣陶的小说,郭沫若的词,闻一多、拜伦、雪莱、裴多菲的诗,马克·吐温的小说,欧·亨利的小说,高尔基的小说……货真价实的一册综合性文学刊物。

那时的高中"文学"课多么好!

我相信,六十年代的高中生可能有不愿上代数课的,有不愿上物理课、化学课、政治课的,但如果谁不愿上"文学"课则太难理解了!

我到北大荒后,曾当过小学老师和中学老师,教过"语文"。七十年代的中小学"语文"课本,让我这样的老师根本不愿拿起来,远不如"扫盲运动"中的工农课本。

当年,哥哥读过的"文学"课本,我都一册册保存起来,成了我的首批"文学"藏书。哥哥还很舍不得将它们给予我呢!

哥哥无形中取代了母亲家庭"故事员"的角色。每天晚上,他做完功课,便捧起"文学"课本,为我们朗读,我们理解不了的,他就用心启发我们。

一个高中生朗读的"文学",比一位没有文化的母亲讲的故事当然更是文学的"享受"。某些我曾听母亲讲过的故事,如《牛郎织女》《天仙配》《白蛇传》,由哥哥照着课本一句句朗读给我们听,产生的感受也大不相同。从母亲口中,我是听不到哥哥从高中"文学"课本读出来的那些文学词句的。我从母亲那里获得的是"口头文学"的熏陶,我从哥哥那里获得的才是真正的文学的熏陶。

感激六十年代的高中"文学"课本的编者们！

哥哥还经常从他的高中同学们手中将一些书借回家里来看。他和他的几名要好的男女同学还组成了一个"阅读小组"。哥哥的高中母校是哈尔滨一中，是重点学校。在他们这些重点学校的喜爱文学的高中生之间，阅读外国名著蔚然成风。他们那个"阅读小组"还有一张大家公用的哈尔滨图书馆的借书证。

哥哥每次借的书，我都请求他看完后迟还几天，让我也看完。哥哥一向满足我的愿望。

可以说我是从大量阅读外国作品开始真正接触文学的。我受哥哥的影响，非常崇拜苏俄文学，至今认为苏俄文学是世界上伟大的文学。当代苏联文学不但继承了俄罗斯文学传统，在借鉴西方现代派文学方面，也比我们捷足先登。当代苏联文学可以明显地看到现实主义和现代派文学的有机结合。苏联电影在这方面进行了更为成功的实践。

回顾我所走过的道路，连自己也能看出某些拙作受苏俄文学的潜移默化的影响，而在文字上则接近翻译体小说。后来才在创作实践中渐渐意识到自己中国民族文学语言的基本功很弱，才开始注重对中国小说的阅读，才开始在实践中补习中国传统小说这一课。

我除了看自己借到的书，看哥哥借到的书，小人书铺是中学时代的"极乐园"。

那时我们家已从安平街搬到光仁街住了。像一般的家庭主妇们新搬到一地,首先关心附近有几家商店一样,我首先寻找的是附近有没有小人书铺。令我感到庆幸的是,那一带的小人书铺真不少。

从我们家搬到光仁街后到我下乡前,我几乎将那一带小人书铺中我认为好的小人书看遍了。

我看小人书,怀着这样的心理:自己阅读长篇小说时头脑中想象出来的人物是否和小人书上画出来的人物形象一致。二者接近,我便高兴。二者相差甚远,我则重新细读某部长篇小说,想要弄明白个所以然。有些长篇小说,就是在这样的情况下读过两遍的。

谈到读长篇,我想到了《红旗谱》,我认为它是中华人民共和国成立以来中国最优秀的长篇小说。由《红旗谱》我又想起两件事。

我买《红旗谱》,只有向母亲要钱。为了要钱才去母亲做活的那个条件低劣的街道小工厂找母亲。

那个街道小工厂,二百多平方米的四壁颓败的大屋子,低矮、阴暗、天棚倾斜,仿佛随时会塌下来。五六十个家庭妇女,一人坐在一台破旧的缝纫机旁,一双接一双不停歇地加工棉胶鞋鞋帮,到处堆着毡团。空间毡绒弥漫,所有女人都戴口罩。几扇窗子一半陷在地里,无法打开,空气不流通,闷得使人头晕。耳畔脚踏缝纫机的声音响成一片,女工们彼此说话,不得不摘下口罩，扯开嗓子。话一说完，就赶快将口罩戴上。

她们一个个紧张得不直腰，不抬头，热得汗流浃背。

有几个身体肥胖的女人，竟只穿着件男人的背心。我站在门口，用目光四处寻找母亲，却认不出在这些女人中，哪一个是我的母亲。

负责给女工们递送毡团的老头问我找谁，我向他说出了母亲的名字。

我这才发现，最里边的角落，有一个瘦小的身躯，背对着我，像八百度的近视眼写字一样，头低垂向缝纫机，正做活。

我走过去，轻轻叫了一声："妈……"

母亲没听见。

我又叫了一声。

母亲仍未听见。

"妈！"我喊起来。

母亲终于抬起了头。

母亲瘦削而憔悴的脸，被口罩遮住三分之二。口罩已湿了，一层毡绒附着上面，使它变成了毛茸茸的褐色。母亲的头发上衣服上也落满了毡绒，母亲整个人都变成了毛茸茸的褐色。这个角落更缺少光线，更暗。一只可能是一百度的灯泡，悬吊在缝纫机上方，向窒闷的空间继续散热，一股蒸蒸的热气顿时包围了我。缝纫机板上水淋淋的，是母亲滴落的汗。母亲的眼病常年不愈，红红的眼睑夹着黑白混浊的眼睛，目光呆滞地望着我，问："你到这里来干什么？找妈有事？"

"妈，给我两元钱……"我本不想再开口要钱。亲眼看到母亲是这样挣钱的，我心里难受极了。可不想说的话，说了，我追悔莫及。

"买什么？"

"买书……"

母亲不再多问，手伸入衣兜，掏出一卷毛票，默默点数，点够了两元钱递给我。

我犹豫地伸手接过。

离母亲最近的一个女人，停止做活，看着我问："买什么书啊？这么贵！"

我说："买一本长篇。"

"什么长篇短篇的！你瞧你妈一个月挣三十几元钱容易吗？你开口两元，你妈这两天的活白做了！"那女人将脸转向母亲，又说，"大姐你别给他钱！你是当妈的，又不是奴隶！供他穿，供他吃，供他上学，还供他花钱买闲书看吗？你也太顺他意了！他还能出息成个写书的人咋的？"

母亲淡然苦笑，说："我哪敢指望他能出息成个写书的人呢！我可不就是为了几个孩子才做活的吗！这孩子和他哥一样，不想穿好的，不想吃好的，就爱看书！反正多看书对孩子总是有些教益的，算我这两天白做了呗！"说着，俯下身继续蹬缝纫机。

那女人独自叹道:"唉,这老婆子,哪一天非为了儿女们累死缝纫机旁!……"

我心里内疚极了,一转身跑出去。

我没有用母亲给我那两元钱买《红旗谱》。

几天前母亲生了一场病,什么都不愿吃,只想吃山楂罐头,却没舍得花钱给自己买。

我就用那两元钱,几乎跑遍了街道里的大小食品商店,终于买到了一听山楂罐头,剩下的钱,一分也没花。母亲下班后,发现了放在桌上的山楂罐头,沉下脸问:"谁买的?"我说:"妈,我买的。用你给我那两元钱为你买的。"说着将剩下的钱从兜里掏出来也放在桌上。"谁叫你这么做的?"母亲生气了。我讷讷地说:"谁也没叫我这么做,是我自己……妈,我今后再也不向你要钱买书了!……"

"你向妈要钱买书妈不给过你吗?那你为什么还说这种话?一听罐头,妈吃不吃又能怎么样呢?还不如你买本书,将来也能保存给你弟弟们看……"

"我……妈,你别去做活了吧!……"我扑在母亲怀里,哭了。母亲变得格外慈爱。

她抚摸着我的头发,许久又说:"妈妈不去做活,靠你爸每月寄回家那点钱,日子没法过啊……"《红旗谱》这本书没买,我心里总觉得是一个很大愿望没实现。那时我已有了六七十本小人书,我便想到了出租小人书。我的同学中就有出租过小人书的。一天少可得两三毛钱，多可得四五毛钱，再买新书，以此法渐渐增多自己的小人书。

一个星期天，我将自己的全部小人书背着母亲用块旧塑料布包上，带着偷偷溜出家门，来到火车站。在站前广场，苏联红军烈士纪念碑下，铺开塑料布，摆好小人书，坐一旁期待。

火车站是租小人书的好地方。我的书摊前渐渐围了一圈人，大多是候车或转车的外地人。我不像我的那几个租过小人书的同学，先收钱。我不按小人书的页数决定收几分钱，厚薄一律二分。我预想周到，带了一截粉笔，画线为"界"。要求看书者们必须在"界"内，我自己在"界"外。这既有利于他们，也方便于我。他们可以坐在纪念碑台阶上，我盘腿坐在他们对面，精力集中地注意他们，防止谁贪小便宜将我的书揣入衣兜。看完了的，才许跨出"界"外，一手还书，一手交钱。我"管理"有方，"生意"竟很"兴隆"，心中无比喜悦。

"喂，起来，起来！"背后一个声音忽然对我吆喝，一只皮鞋同时踢我屁股。我站起来，转身一看，是位治安警察。"你们，把书都放下！"戴着白手套的手，朝那些看书的人指。人们纷纷站起，将书扔在塑料布上，扫兴离去。治安警察命令："把书包起来。"我情知不妙，一声不敢吭，赶紧用塑料布将书包起来，抱在怀里。那治安警察将它一把从我怀中夺过去，迈步就走。

我扯住他的袖子嚷："你干什么呀你？""干什么？"他一甩胳膊挣脱我的手，"没收了！""你凭什么没收我的书呀？""凭

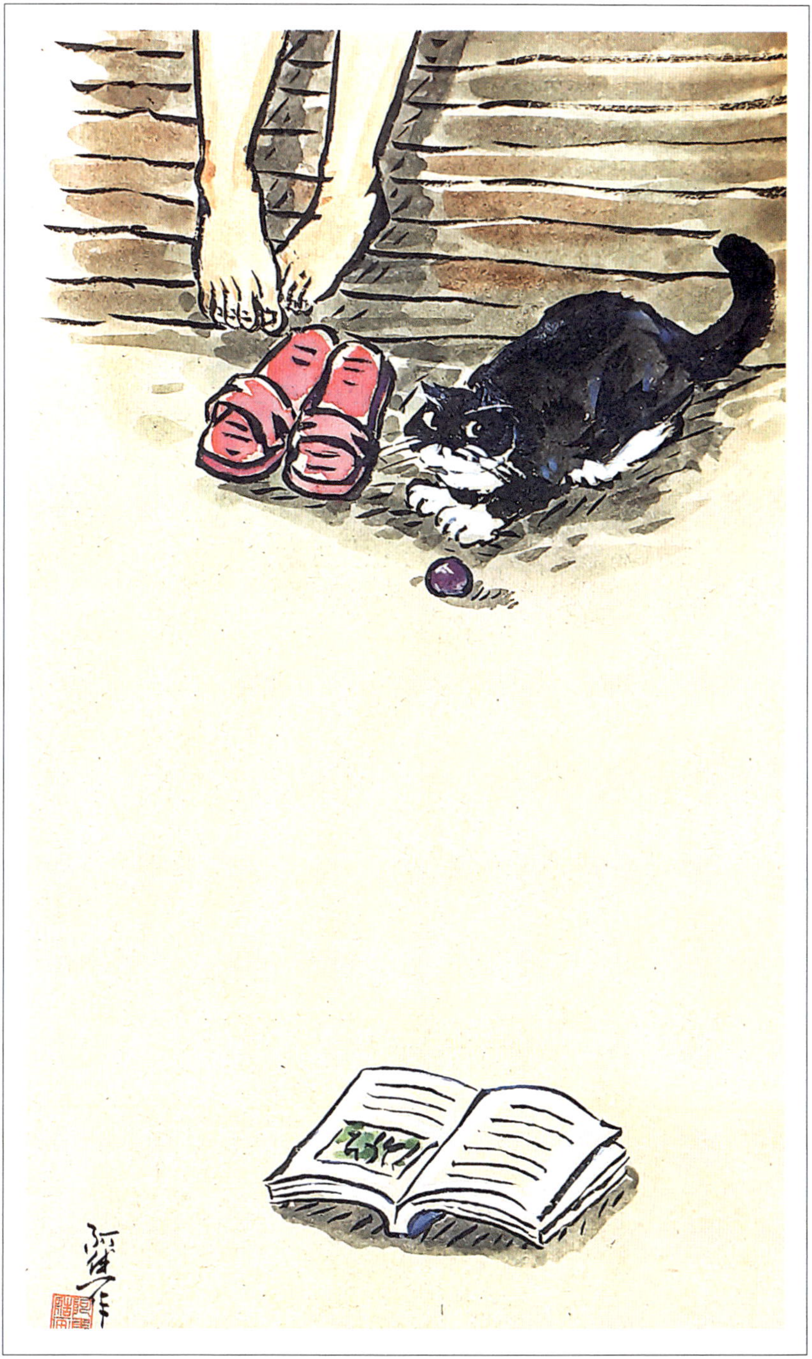

家中很安静,弟弟妹妹们各自趴在里屋炕上看小人书。我则可以手捧一本自己喜爱的文学作品,坐在小板凳上,守在炉前看锅。

——《我的中学》

什么?"他指指写有"治安"二字的袖标,"就凭这个!这里不许出租小人书你知道不知道?""我……我不知道,我今后再也不到这儿来出租小人书了!……"我央求他,快急哭了。"那么说你今后还要到别的地方去出租啦?""不,我不是那个意思,我今后哪儿也不去出租了,你还给我,还给我吧!……""一本不还!"那个治安警察真是冷酷,说罢大步朝站前派出所走去。

我哇的一声哭了,我追上他,哭哭啼啼,由央求而哀求。他被我纠缠火了,厉声喝道:"再跟着我,连你也扯到派出所去!"我害怕了,不敢继续哀求,眼睁睁看着他扬长而去……我失魂落魄地往家走。那种绝望的心情,犹如破了产的大富翁。

经过霁虹桥时,真想从桥上跳下去。

回到家里,我越想越伤心,又大哭了一场,哭得弟弟妹妹们莫名其妙。母亲为了多挣几元钱,星期日也不休息。哥哥问我为什么哭,我不说。哥哥以为我不过受了点别人的欺负,未理睬我,到学校参加什么活动去了。

母亲那天下班挺晚。母亲回到家里,见我躺在炕上,坐到炕边问我怎么了。

我因为我那六七十本小人书全部被没收一下子急病了。我失去了一个"世界"呀!我的心是已经迷上了这个"世界"的呀!我流着泪,用嘶哑的声音告诉母亲,我的小人书是怎样在火车站被一个治安警察没收的。母亲缓缓站起,无言地离开了我。我迷迷糊糊睡着了,梦中从那个治安警察手中夺回了我全部的小人书。我迷迷糊糊睡了两个多小时，由于嗓子焦灼才醒过来。窗外，天黑了，屋里拉亮了灯。

我一睁开眼睛，首先发现的，竟是我包小人书的那个塑料布包！我惊喜地爬起，匆匆忙忙地打开塑料布，内中包的果然是我的那些小人书！

外屋，传来嘭、嘭、嘭的响声，是母亲在用铁丝拍子拍打带回家里的毡团。母亲每天都必得带回家十几斤毡团，拍打松软了，以备第二天絮鞋帮用。

"妈！……"我用沙哑的声音叫母亲。母亲闻声走进屋里。我不禁喜笑颜开，问："妈，是你要回来的吧？"母亲"嗯"了一声，说："记着，今后不许你出租小人书！"说完，又到外屋去拍打毡团。我心中一时间对母亲充满了感激。母亲是连晚饭也没顾上吃一口便赶到火车站去的。母亲对那个治安警察说了多少好话，是否交了罚款，我没问过母亲，也永远地不知道了……

三天后的中午，哥哥从外面回来，一进门就告诉我，要送我一样礼物，并叫我猜是什么。那一天是我的生日，生活穷困，无论母亲还是我们几个孩子，是从不过生日的。我以为哥哥骗我，不猜。

哥哥神秘地从书包取出一本书："你看！《红旗谱》！"

对我来说，再也没有比它更使我高兴的生日礼物了！哥哥又从书包取出了两本书："还有呢！"

我激动地夺过一看——《播火记》！这是《红旗谱》的两本

下部！我当时还不知道《红旗谱》的下部已经出版。我放下这本，拿起那本，爱不释手。哥哥说："是妈叫我给你买的。妈给了我一张五元的钱，我手一松，就连同两本下部也给你买回来了。"我说："妈叫你给我买一本，你却给我买了三本，妈会责备你吧？"哥哥说："不会的。"我放下书，心情复杂地走出家门，走到胡同口母亲做活的条件低劣的街道小工厂。

我趴在低矮的窗上向里面张望，在那个角落，又看到了母亲瘦小的身影，背朝着我，俯在缝纫机前。缝纫机左边，是一大垛轧好的棉胶鞋鞋帮；右边，是一大堆拍打过的毡团。母亲整个人变成了毛茸茸的褐色。

我心里对母亲说："妈，我一定爱惜买的每一本……"却没有想到只有将来当一位作家才算对得起母亲。至今我仍保持着格外爱惜书的习惯。小时候想买一本书需鼓足勇气才能够开口向母亲要钱，现在见了好书就非买不可。平日没时间逛书店，出差到外地，则将逛书店当成逛街市的主要内容。往往出差归来，外地的什么特产都没带回，带回一捆书，而大部分又是在北京的书店不难买到的。

买书其实莫如借书。借的书，要尽量挤时间早读完归还。买的书，却并不急于阅读了。虽然如此，依旧见了好书就非买不可。

由于我迷上了文学作品，学习成绩大受影响。我在中学时代,是个中等生。对物理、化学、地理、政治一点兴趣也提不起来,每次考试勉强对付及格。俄语初一上学期考试得过一次最高分——九十五,以后再没及格过。我喜欢上的是语文、历史、代数、几何课。代数、几何所以也能引起我的学习兴趣,因为像旋转魔方。公式定理是死的,解题却需要灵活性。我觉得解代数或几何题也如同写小说。一篇同样内容的小说,要达到内容和形式的高度完美统一,必定也有一种最佳的创作选择。一般的多种多样,最佳的可能仅仅只有一种。重审我自己的作品,平庸的,恰是创作之前没有进行认真选择角度的。所谓粗制滥造,原因概出于此。

初二下学期,我的学习成绩令母亲和哥哥替我忧郁了,不得不开始限制我读小说。我也唯恐考不上高中,遭人耻笑,就暂时中断了我与文学的"恋爱"。

"文革"风起云涌后,同一天内,我家附近那四个小人书铺,遭到"红卫兵"的彻底"扫荡"。

我记得很清楚,那一天我到通达街杂货店买咸菜,见杂货店隔壁的小人书铺前,一堆焚书余烬,冒着袅袅青烟。窗子碎了。租小人书的老人,泥胎似的呆坐屋里,我常去看小人书,他对我很熟悉。我们隔窗相望一眼,彼此无话可说,我心中对他充满同情。

"文革"对全社会也是一场"焚书"运动,却给我个人带来了占有更多读书的机会。我们那条小街住的大多是"下里巴人"，竟有四户收破烂的。院内一户，隔街对院一户，街头两户。

"文革"初期，他们每天都一手推车一手推车地载回来成捆成捆的书刊。我们院子里那户收破烂的户前屋内书刊铺地。收破烂的姓卢，我称他"卢叔"。他每天一推回书刊来，我是第一个拆捆挑拣的人。书在那场"文革"中成了起祸的根源。不知有多少人，忍痛将他们的藏书当废纸卖掉了。而我成了一个地地道道的"发国难财"的人。《怎么办》《猎人笔记》《白痴》《美国悲剧》《妇女乐园》《白鲸》《堂·吉诃德》……这些我原先连书名也没听说过的，或在书店里看到了想买而买不起的书，都是从"卢叔"收回来的书堆里寻找到的。寻找到一两本时，我打声招呼，就拿走了。寻找到五六本时，不好意思白拿走，象征性地交给"卢叔"一两毛钱，就算买下来。学校停课，我极少到学校去，在家里读那些读也读不完的书，同时担起了"家庭主妇"的种种责任。

最使我感到愉快的时刻，是冬天里，母亲下班前，我将"大碴子"淘下饭锅的时刻。那时刻，家中很安静，弟弟妹妹们各自趴在里屋炕上看小人书。我则可以手捧一本自己喜爱的文学作品，坐在小板凳上，守在炉前看锅。"大碴子"粥起码两个小时才能熬熟，两个小时内可以认认真真地读几十页书。有时书中人物的命运引起我的沉思和联想，凝视着火光闪耀的炉口，不免出神入化。

一九六八年我下乡前，已经有满满的一木箱书，我下乡那一天，将那一木箱整理了一番，底下铺纸，上面盖纸，落了锁。

我把钥匙交给母亲替我保管，对母亲说："妈，别让任何人开我的书箱啊！这些书可能以后在中国再也不会出版了！"

母亲理解地回答："放心吧，就是家里失了火，我也叫你弟弟妹妹先把你的书箱搬出去！"

对较多数已经是作家的人来说，通往文学目标的道路用写满字迹的稿纸铺垫。这条道路不是百米赛跑，是漫长的"马拉松"，是必须一步步进行的竞走。这也是一条时时充满了自然淘汰现象的道路。缺少耐力，缺少信心，缺少不断进取精神的人，缺少在某一时期内自甘寂寞的勇气的人，即使"一举成名"，声誉鹊起，也可能"昙花一现"。始终"竞走"在文学道路上的大抵是些"苦行僧"。

我和橘皮的往事

多少年过去了,那张清瘦而严厉的、戴六百度黑边近视镜的女人的脸,仍时时浮现在我眼前,她就是我小学四年级的班主任老师。想起她,也就使我想起了一些关于橘皮的往事……

其实,校办工厂并非今天的新事物。当年我的小学母校就有校办工厂,不过规模很小罢了。专从民间收集橘皮,烘干了,碾成粉,送到药厂去。所得加工费,用以补充学校的教学经费。

有一天,轮到我和我们班的几名同学,去那小厂房里义务劳动。一名同学问指派我们干活的师傅,橘皮究竟可以治哪几种病?师傅就告诉我们,可以治什么病,尤其对平喘和减缓支气管炎有良效。

我听了暗暗记在心里。我的母亲,每年冬季都被支气管炎所困扰,经常喘做一团,憋红了脸,透不过气来。可是家里穷,母亲舍不得花钱买药,就那么一冬季又一冬季地忍受着,一冬季比一冬季气喘得厉害。看着母亲喘做一团，憋红了脸透不过气来的痛苦样子，我和弟弟妹妹每每心里难受得想哭。我暗想，一麻袋又一麻袋，这么多这么多橘皮，我何不替母亲带回家一点儿呢？

当天，我往兜里偷偷揣了几片干橘皮。

以后，每次义务劳动，我都往兜里偷偷揣几片干橘皮。

母亲喝了一阵子干橘皮泡的水，剧烈喘息的时候，分明地减少了，起码我觉着是那样。我内心里的高兴，真是没法儿形容。母亲自然问过我——从哪儿弄的干橘皮？我撒谎，骗母亲，说是校办工厂的师傅送给的。母亲就抚摸我的头，用微笑表达她对她的一个儿子的孝心所感受到的那一份儿欣慰。那乃是穷孩子们的母亲们普遍的最由衷的也是最大的欣慰啊！

不料想，由于一名同学的告发，我成了一个小偷，一个贼。先是在全班同学眼里成了一个小偷，一个贼，后来是在全校同学眼里成了一个小偷，一个贼。

那是特殊的年代。哪怕小到一块橡皮、半截铅笔，一旦和"偷"字连起来，足以构成一个孩子从此无法洗刷掉的耻辱，也足以使一个孩子从此永无自尊可言。每每在大人们互相攻讦之时，你会听到这样的话——"你自小就是贼！"——那贼的罪名，却往往仅因为一块橡皮、半截铅笔。那贼的罪名，甚至足以使一个人背负终生。即使往后别人忘了，不再提起了，在他或她心里，也是铭刻下了。这一种刻痕，往往扭曲了一个人的一生，改变了一个人的一生，毁灭了一个人的一生……

在学校的操场上,我被迫当众承认自己偷了几次橘皮,当众承认自己是贼。当众,便是当着全校同学的面啊!

于是我在班级里,不再是任何一个同学的同学,而是一个贼。于是我在学校里,仿佛已经不再是一名学生,而仅仅是,无可争议地是一个贼,一个小偷了。

我觉得,连我上课举手回答问题,老师似乎都佯装不见,目光故意从我身上一扫而过。我不再有学友了。我处于可怕的孤立之中。我不敢对母亲讲我在学校的遭遇和处境,怕母亲为我而悲伤……

当时我的班主任老师,也就是那一位清瘦而严厉的,戴六百度近视镜的中年女教师,正休产假。她重新给我们上第一堂课的时候,就觉察出了我的异常处境。放学后她把我叫到了僻静处,而不是教员室里,问我究竟做了什么不光彩的事?我哇地哭了……

第二天,她在上课之前说:"首先我要讲讲梁绍生(我当时的本名)和橘皮的事。他不是小偷,不是贼。是我吩嘱他在义务劳动时,别忘了为老师带一点儿橘皮。老师需要橘皮掺进别的中药治病。你们再认为他是小偷,是贼,那么也把老师看成是小偷,是贼吧!……"

第三天,当全校同学做课间操时,大喇叭里传出了她的声音。说的是她课堂里所说的话……从此我又是同学的同学,学校的学生,而不再是小偷不再是贼了。从此我不想死了……我的班主任老师,她以前对我从不曾偏爱过,以后也不曾。在她眼里,以前和以后,我都只不过是她的四十几名学生中的一个,最普通最寻常的一个……

但是,从此,在我心目中,她不再是一位普通的老师了。尽管依然像以前那么严厉,依然戴六百度的近视镜……

我常想,我永远忘不了我的小学四年级时的班主任老师。没有她,我不太可能成为作家。也许我的人生轨迹将彻底地被扭曲、改变,也许我真的会变成一个贼,以我的堕落报复社会。也许,我早已自杀了……

以后我受过许多险恶的伤害。但她使我永远相信,生活中不只有坏人,像她那样的好人是确实存在的……因此我应永远保持对生活的真诚热爱!

我的少年时代

怎么的,自己就成了一个四十多岁的人了呢?

仿佛站在人生的山头上,五十岁的年龄已正在向我招手。如俗话常说的——"转眼间的事儿"。我还看见六十岁的年龄拉着五十岁的手。我知道再接着我该从人生的山头上往下走了,如太阳已经过了中午。不管我情愿不情愿,我必须接受这样一个现实……

于是茫然地,不免频频回首追寻消失在岁月里的童年和少年时代。

我是一个穷人家的孩子。父亲是建筑工人,中国的第一代建筑工人。我六岁的时候他到大西北去了,以后我每隔几年才能见到他一面,在十年"文革"中我只见过他三次。我三十三岁那一年他退休了,在我三十三岁至四十岁的七年中,父亲到北京来,和我住过一年多。一九八八年五月他再次来北京，已是七十七岁的老人了。这一年的十月，父亲病逝在北京。

父亲靠体力劳动者的低微工资养活我和弟弟妹妹们。我常觉得我欠父亲很多很多。我总想回报，其实没能回报。如今这一愿望再也不可能实现。

母亲也是七十多岁的老人了。在我的印象中，母亲就没穿过新衣服。我是扯着母亲的破衣襟长大的。如今母亲很是有几件新衣服了，但她不穿。她说，都老太婆了，还分什么新的旧的。年轻时没穿过体面的，老了，更没那种要好的情绪了……

小胡同，大杂院，破住房，整日被穷困鞭笞得愁眉不展的母亲，窝窝头、野菜粥、补丁连补丁的衣服、露脚趾的鞋子……这一切构成我童年和少年时期的物质的内容。

那么精神的呢？想不起有什么精神的，却有过一些渴望——渴望有一个像样的铅笔盒，里面有几支新买的铅笔和一支书写流利的钢笔；渴望有一个像样的书包；渴望在过队日时穿一身像样的队服；渴望某一天一觉醒来睁开眼睛，惊喜地发现家住的破败的小泥土房变成了起码像个样子的房子，也就是起码门是门，窗是窗，棚顶是棚顶，四壁是四壁。而在某一隅，摆着一张小小的旧桌子，并且它是属于我的。我可以完全占据它写作业，学习……如果这些渴望都可以算是属于精神的，那么就是了。

小学三年级起我是"特困生""免费生"。初中一年级起我享受助学金，每学期三元五角。现在回想起来似乎是不可思议的事情。每学期三元五角,每个月七角钱。为了这每个月七角钱的助学金,常使我不知如何自我表现,才能觉得自己是一个够资格享受助学金的学生。那是一种很大的精神负担和心理负担。用今天时髦的说法,"活得累"。对于童年和少年时期的我,由于穷困所逼,学校和家都是缺少亮色和欢乐的地方……

回忆不过就是回忆而已。写出来则似乎便有"忆苦"的意味。我更想说的其实是这样两种思想——我们的共和国它毕竟在发展和发达着。咄咄逼人的穷困虽然仍在某些地方和地区存在着,但就大多数人而言,尤其在城市里,当年那一种穷困,毕竟是不普遍的了。如果恰恰读我这一篇短文的同学,亦是今天的一个贫家子弟,我希望他或她能产生这样的想法——梁晓声能从贫困的童年和少年度过到人生的中年,我何不能?我的中年,将比他的中年,还将是更不负年龄的中年呐!

一个人的童年和少年,十分幸福,无忧无虑,被富裕的生活所宠爱着,诚然是令人羡慕的,诚然是一件幸事。我祝愿一切下一代人,都有这样的童年和少年。

但是,如果一个人的童年和少年不是这样,也不必看成是一件很不幸的事。不必以为,自己便是天下最不幸的人了,更不必耽于自哀自怜。我的童年和少年,教我较早地懂了许多别的孩子尚不太懂的东西——对父母的体恤,对兄弟姐妹的爱心,对一切被穷困所纠缠的人们的同情,而不是歧视他们,对于生活负面施加给人的磨难的承受力,自己要求于自己的种种责任感,以及对于生活里一切美好事物的本能的向往，和对人世间一切美好情感的珍重……

这些，对于一个人的一生，都是有益处的。也可以认为，是生活将穷困施加在某人身上，同时赏赐于某人的补偿吧。倘人不用心灵去吸收这些，那么穷困除了是丑恶，便什么对人生多少有点儿促进的作用都没有了……

愿人人都有幸福的童年和少年……

致青年的我

嗨,亲爱的同志,我又梦到你了!

虽然你已经二十八岁,即将从复旦大学毕业了,但我梦到的却是少年时期的我也就是你。咱家的砖炉子砌在外屋的门旁,那儿两米左右的一角,便是厨房占据的地方。炉旁是水缸,缸旁是案板,架在两摞砖上。断砖多,整砖少,正可错缝叠压,挺稳。那是冬季的傍晚,天黑得早,静悄悄地外边下着雪,在鞋厂上班的母亲还没回家。家里也静悄悄的,四弟三弟和小妹人手一本小人书,皆趴炕上看着。

那应该是一九六七年的冬季,春节前的几天。母亲终于攒够了一笔钱,哥哥便也终于住院了。哥哥一出院,咱家的生活随之正常化了——你很能耐。在你的出色指挥下,在四弟和三弟的协助下,将家中的火炕火墙都"清"了一遍。南方人不太明白那是什么活儿;便是扒开土坯的炕面和火墙砖的一部分,用铲子将内部的烟油刮净，之后重新砌上。这么一来，火炕和火墙就容易烧热了。并且，还将炉子也重砌了一遍。将墙的下半部"滚"出浪花般的图案。没刷子，便用扫炕笤帚。"滚"图案是有点儿技术活儿，做得蛮好，那一个冬季咱家不但漂亮了，也的确暖和多了。我梦到你坐在炉旁小凳上也在看书，一边看锅。锅里煮着高粱米粥，不时时关注，要么会潽锅，要么会将粥煮焦。炉火透出炉口，暖暖地映在你脸上，也将书页映得微红。

那是你和我关于咱俩少年时期的幸福回忆对吧？那种幸福在咱俩的整个少年时期是稀少的对吧？一年后咱俩下乡了，少年时期也就结束了；开始被叫作知青了。

你当时在看什么小说呀？我不记得了，告诉我。

嘿！你这家伙，为什么都不望我一眼？为什么气呼呼的？

什么？大声点儿——我当年为啥不留在上海？

你怎么敢以质问的口气跟我说话？别忘了你已经不是少年了，而是青年了！

岂有此理！

不错，当年创作专业的老师希望我留校；作家前辈茹志鹃希望我留在上海去《上海文学》工作（它即将复刊或创刊），而复旦校医院的一位与我同龄的女医生明确向我表示了爱心——可我还是离开上海去了北京。

你嘟哝什么呢？

现在可以告诉你了——我当年坚决地去往北京，不是因为北京对我更有吸引力，而是因为，比之于上海，北京与哈尔滨的距离近了一半！并且，我已没钱买上海至北京的列车票了。我在当年的文化部报到时，曾恳求他们将我转到黑龙江人民出版社，但他们没那种职权，我有什么办法？应届毕业生有半个月的假期，难道，已经三年多没往家里寄过钱的我，可以写信让妈妈给我寄路费吗？两年后我才享受北京电影制片厂的探亲假，那实在是出于无奈，并非不想家！在那两年里，我也曾试图调回哈尔滨，甚至往电线杆上贴过对调工作的启事，被北影的同志见到过，一时传为笑谈。北影门槛高，对调谈何容易！

你呀你呀，你误解大了！你有所不知——当我怀着内疚的心情告诉爸妈，我一时难以调回哈尔滨时，爸妈都说不必不必！都说他们愿意我这个儿子成为北京人。那时，他们脸上洋溢出一种异样的欣慰的光彩。于是我明白，我这个最能为咱们家撑起屋顶的人居然成了北京人，比朝夕与他们生活在一起还使他们高兴！当年乃至其后二三十年内，思想如咱爸咱妈那样荣耀高于需要的父母委实不少；而以成了"首都人"为人生追求的莘莘学子更其普遍，仿佛全中国只有北京才能实现人生价值……

"剖析自己就只剖析自己，不许捎上爸妈！"

你别生气，我不批判爸妈，我只不过在陈述事实。何况，事实也有另一面，那就是北京电影制片厂对我如同学期最长的"文学修道院"，使我在文学创作方面受益多多。

现在情况已很不同——许多大学毕业生的就业观开始变得清

醒,他们的父母对儿女的期许也变得特别实际了。但另一个问题随之而来——若去年前年已在"京上广深"就业的大学生回到各省会城市,估计三分之一左右是找不到工作的;另外三分之一将被迫改行,而那意味着学非所用;并且,他们的工资也会少了一半。若继续在城市坐标系"下潜",去往三线城市谋职,或许三分之二的人找不到工作。工资却仅能拿到曾经的三之一。"京上广深"每年为应届大学毕业生提供就业岗位,估计约等于其他城市所提供的就业岗位的总和。经济、科技、文化、艺术、传媒、出版业发展态势的不均衡造成了此种状况,如何解决尚是难题……

什么?我操心的太多了?

你这是什么话!作家当然要多关注一些现实问题。

嗨,嗨!别低头,我还没说完!瓦西里同志!这家伙,他装睡了!

总是如此,每次我刚与他聊到兴头上,他就给我难堪!……

初恋杂感

我的初恋发生在北大荒。

许多读者总以为我小说中的某个女性，是我恋人的影子。那就大错特错了。她们仅是一些文学加工了的知青形象而已。是很理想化了的女性。她们的存在，只证明作为一个男人，我喜爱温柔的，善良的，性格内向的，情感纯真的女性。

有位青年评论家曾著文，专门研究和探讨过一批男性知青作家笔底下的女性形象，发现他们（当然包括我）倾注感情着力刻画的年轻女性，尽管千差万别，但大抵如是。我认为这是表现在一代人的情爱史上惨淡的文化现象和倾向。开朗活泼的性格，对于年轻的女性，当年太容易成为指责与批评的目标。在和时代的对抗中，最终妥协的大抵是她们自己。

文章又进一步论证，纵观大多数男性作家笔下缱绻呼出的女性，似乎足以得出结论——在情爱方面，一代知青是失落了的。

我认为这个结论是大致正确的。

我那个连队,有一排宿舍——破仓库改建的,东倒西歪。中间是过廊,将它一分为二。左面住男知青,右面住女知青。除了开会,互不往来。

幸而知青少,不得不混编排。劳动还往往在一块儿。既一块儿劳动,便少不了说说笑笑,却极有分寸。任谁也不敢超越。男女知青打打闹闹,是违反行为规范和道德准则的,是要受批评的。

但毕竟都是少男少女,情萌心动,在所难免。却都抑制着。对于当年的我们,政治荣誉是第一位的。情爱不知排在第几位。

星期日,倘到别人的连队去看同学,男知青可以与男知青结伴而行,不可与女知青结伴而行。为防止半路汇合,偷偷结伴,实行了"批条制"——离开连队,由连长或指导员批条,到了某一连队,由某一连队的连长或指导员签字。路上时间过长,便遭讯问——哪里去了?刚刚批准了男知青,那么随后请求批条的女知青必定在两小时后才能获准。堵住一切"可乘之机"。

如上所述,我的初恋于我实在是种"幸运",也实在是偶然降临的。

那时我是位尽职尽责的小学教师,二十三岁。已当过班长、排长。获得过"五好战士"证书,参加过"学习毛主席积极分子代表大会"。但没爱过。

我探家回到连队，正是九月，大宿舍修火炕，我那二尺宽的炕面被扒了，还没抹泥。我正愁无处睡，卫生所的戴医生来找我——她是黑河医校毕业的，二十七岁。在我眼中是老大姐。我的成人意识确立得很晚。

她说她回黑河结婚。她说她走之后，卫生所只剩卫生员小董一人，守着四间屋子，她有点不放心。卫生所后面就是麦场。麦场后面就是山了。她说小董自己觉得挺害怕的。最后她问我愿不愿在卫生所暂住一段日子，住到她回来。

我犹豫。顾虑重重。

她说："第一，你是男的，比女的更能给小董壮壮胆。第二，你是教师，我信任。第三，这件事已跟连里请求过，连里同意。"

我便打消了重重顾虑，表示愿意。

那时我还没跟小董说过话。

卫生所一个房间是药房（兼作戴医生和小董的卧室），一个房间是门诊室，一个房间是临时看护室（只有两个床位），第四个房间是注射室消毒室蒸馏室。四个房间都不大。我住临时看护室，每晚与小董之间隔着门诊室。

除了第一天和小董之间说过几句话，在头一个星期内，我们几乎就没交谈过。甚至没打过几次照面。因为她起得比我早，我去上课时，她已坐在药房兼她的卧室里看医药书籍了。她很爱她的工作，很有上进心。巴望着轮到她参加团卫生员集训班，毕业后由卫生员转为医生。下午，我大部分时间仍回大宿舍备课——

除了病号，知青都出工去了，大宿舍里很安静。往往是晚上十点以后回卫生所睡觉。

"梁老师，回来没有？"

小董照例在她的房间里大声问。

"回来了！"

我照例在我的房间里如此回答。

"还出去么？"

"不出去了。"

"那我插门啦？"

"插门吧。"

于是门一插上，卫生所自成一统。她不到我的房间里来，我也不到她的房间里去。

"梁老师！"

"什么事？"

"我的手表停了。现在几点了？"

"差五分十一点。你还没睡？"

"没睡。"

"干什么呐？"

"织毛衣呢！"

我清清楚楚地记得，只有那一次，我们隔着一个房间，在晚上差五分十一点的时候，大声交谈了一次。

我们似乎谁也不会主动接近谁。我的存在，不过是为她壮胆，好比一条警觉的野狗——仅仅是为她壮胆。仿佛有谁暗中监视着我们的一举一动，使我们不得接近。亦不敢贸然接近。但正是这种主要由我们双方拘谨心理营造成的并不自然的情况，反倒使我们彼此暗暗产生了最初的好感。因为那种拘谨心理，最是特定年代中一代人的特定心理。一种荒谬的道德原则规范了的行为。如果我对她表现得过于主动亲近，她则大有可能猜疑我"居心不良"。如果她对我表现得过于主动亲近，我则大有可能视她为一个轻浮的姑娘。其实我们都想接近。想交谈。想彼此了解。

小董是牡丹江市知青，在她眼里，我也属于大城市知青，在我眼里，她并不美丽，也谈不上漂亮。我并不被她的外貌吸引。

每天我起来时，炉上总是有一盆她为我热的洗脸水。接连几天，我便很过意不去。于是有天我也早早起身，想照样为她热盆洗脸水。结果我们同时走出各自的住室。她让我先洗，我让她先洗，我们都有点不好意思。

那一天中午我回到住室，见早晨没来得及叠的被子叠得整整齐齐，房间打扫过了，枕巾有人替我洗了，晾在衣绳上。窗上，还有人替我做了半截纱布窗帘，放了一瓶野花。桌上，多了一只暖瓶，两只带盖的瓷杯，都是带大红喜字的那一种。我们连队供销社只有两种暖瓶和瓷杯可卖。一种是带"语录"的，一种是带大红喜字的。

我顿觉那临时栖身的看护室,有了某种温馨的家庭气氛。甚至由于三个耀眼的大红喜字,有了某种新房的气氛。

我在地上发现了一截姑娘们用来扎短辫的曲卷着的红色塑料绳。那无疑是小董的。至今我仍不知道,那是不是她故意丢在地上的。我从没问过她。

我捡起那截塑料绳,萌生起一股年轻人的柔情。受一种莫名其妙的心理支配,我走到她的房间,当面还给她那截塑料绳。那是我第一次走入她的房间。

我腼腆至极地说:"是你丢的吧?"

她说:"是。"

我又说:"谢谢你替我叠了被子,还替我洗了枕巾……"

她低下头说:"那有什么可谢的……"

我发现她穿了一身草绿色的女军装——当年在知青中,那是很时髦的。还发现她穿的是一双半新的有跟的黑色皮鞋。

我心如鹿撞,感到正受着一种诱惑。

她轻声说:"你坐会儿吧。"

我说:"不……"立刻转身逃走。回到自己的房间,心仍直跳,久久难以平复。

晚上,卫生所关了门以后,我借口胃疼,向她讨药。趁机留下纸条,写的是——我希望和你谈一谈,在门诊室。我都没有勇气写"在我的房间"。一会儿,她悄悄地出现在我面前。我们也不敢开着灯谈,怕突然有人来找她看病,从外面一眼发现我们深更半夜地还待在一个房间里……

黑暗中，她坐在桌子这一端，我坐在桌子那一端，东一句，西一句，不着边际地谈。从那一天起，我算多少了解了她一些：她自幼失去父母，是哥哥抚养大的。我告诉她我也是在穷困的生活环境中长大的。她说她看得出来，因为我很少穿件新衣服。她说她脚上那双皮鞋，是下乡前她嫂子给她的，平时舍不得穿……

我给她背我平时写的一首首小诗，给她背我记在日记中的某些思想和情感片段——那本日记是从不敢被任何人发现的……

她是我的第一个"读者"。

从那一天起，我们都觉得我们之间建立了一种亲密的关系。

她到别的连队去出夜诊，我暗暗送她，暗暗接她。如果在白天，我接到她，我们就双双爬上一座山，在山坡上坐一会儿，算是"幽会"。却不能太久。还得分路回连队。

我们相爱了。拥抱过。亲吻过。海誓山盟过。都稚气地认为，各自的心灵从此有了可靠的依托。我们都是那样地被自己所感动。亦被对方所感动。觉得在这个大千世界之中，能够爱一个人并被一个人所爱，是多么幸福多么美好！但我们都没有想到过没有谈起过结婚以及做妻子做丈夫那么遥远的事。那仿佛的确是太遥远的未来的事。连爱都是"大逆不道"的，那种原本合情合理的想法，却好像是童话……

爱是遮掩不住的。

后来就有了流言蜚语，我想提前搬回大宿舍。但那等于"此地无银三百两"。继续住在卫生所，我们便都得继续承受种种投射到我们身上的幸灾乐祸的目光。舆论往往更沉重地落在女性一方。

后来领导找我谈话，我矢口否认——我无论如何不能承认我爱她，更不能声明她爱我。不久她被调到了另一个连队。我因有着我们小学校长的庇护，除了那次含蓄的谈话，并未受到怎样的伤害。你连替你所爱的人承受伤害的能力都没有，这真是令人难堪的事！

后来，我乞求一个朋友帮忙，在两个连队间的一片树林里，又见到了她一面。那一天淅淅沥沥地下着雨，我们的衣服都湿透了。我们拥抱在一起流泪不止……

后来我调到了团宣传股。离她的连队一百多里，再见一面更难了……

我曾托人给她捎过信，却没有收到过她的回信。我以为她是想要忘掉我……

一年后我被推荐上了大学。据说我离开团里的那一天，她赶到了团里，想见我一面，因为拖拉机半路出了故障，没见着我……

一九八三年，《这是一片神奇的土地》获奖，在读者来信中，有一封竟是她写给我的！

算起来，我们相爱已是十年前的事了。

我当即给她写了封很长的信，装信封时，即发现她的信封上，根本没写地址。我奇怪了，反复看那封信。信中只写着她如今在一座矿山当医生，丈夫病故了，给她留下了两个孩子……最后发现，信纸背面还有一行字，写的是——想来你已经结婚了，所以请原谅我不给你留下通讯地址。一切已经过去，保留在记忆中吧！接受我的衷心的祝福！

信已写就，不寄心不甘。细辨邮戳，有"桦川县"字样。便将信寄往黑龙江桦川县卫生局。请代查卫生局可有这个人。然而空谷无音。

初恋所以令人难忘，盖因纯情耳！

纯情原本与青春为伴。青春已逝，纯情也就不复存在了。

如今人们都说我成熟了。自己也常这么觉得。

近读青年评论家吴亮的《冥想与独白》，有一段话使我震慑——

"大概我们已痛感成熟的衰老和污秽……事实上纯真早已不可复得，唯一可以自慰的是我们还未泯灭向往纯真的天性。我们丢失的何止纯真一项？我们大大地亵渎了纯真，还感慨纯真的丧失，怕的是遭受天谴——我们想得如此周到，足见我们将永远地离远纯真了。号啕大哭吧，不再纯真又渴望纯真的人！"

他正是写的我这类人。

复旦与我

我曾写过一篇散文,题目是《感激》。

在这一篇散文中,我以感激之心讲到了当年复旦中文系的老师们对我的关爱。在当年特殊的时代背景下,对我,他们的关爱还体现为一种不言而喻的、真情系之的保护。非是时下之人言,老师们对学生们的关爱所能包含的。在当年,那一份具有保护性质的关爱,铭记在一名学生内心里,任什么时候回忆起来都是凝重的。

我还讲到了另一位并非中文系的老师。

那么他是复旦哪一个系的老师呢?

事隔三十余年,我却怎么也不能确切地回忆起来了。

我所记住的只是一九七四年,他受复旦大学之命在黑龙江招生。中文系创作专业的两个名额也在他的工作范围以内。据说那一年复旦大学总共从黑龙江生产建设兵团招收了二十几名知识青年,他肩负着对复旦大学五六个专业的责任感。而创作专业的两个名额中的一个,万分幸运地落在了我的头上。

事情大致是这样的——为了替中文系创作专业招到一名将来或能从事文学创作的学生,他在兵团总部翻阅了所有知青文学创作作品集。当年,兵团总部每隔两年举办一次文学创作学习班,创作成果编为诗歌、散文、小说、报告文学、通讯报道与时政评论六类集子。一九七四年,兵团已经培养起了一支不止百人的知青文学创作队伍,分散在各师、各团,直至各基层连队。我是他们中的一个,在基层连队抬木头。兵团总部编辑的六类集子中,仅小说集中收录过我的一篇短篇《向导》。那是我唯一被编入集子中的一篇,它曾发表在《团战士报》上。

《向导》的内容是这样的:一个班的知青在一名老职工的率领下进山伐木。那老职工在知青们看来,性格孤僻而专断——这一片林子不许伐,那一片林子也坚决不许伐,总之已经成材而又很容易伐到的树,一棵也不许伐。于是在这一名老"向导"的率领之下,知青离连队越来越远,直至天黑,才勉强凑够了一爬犁伐木,都是歪歪扭扭、拉回连队也难以劈为烧材的那一类。而且,老"向导"为了保护一名知青的生命,自己还被倒树砸伤了。即使他在危险关头那么舍己为人,知青们的内心里却没对他起什么敬意,反而认为那是他自食恶果。伐木拉到了连队,指责纷起。许多人都质问:"这是拉回了一爬犁什么木头?劈起来多不容易?你怎么当的向导?"——而他却用手一指让众人看:远处的山林,已被伐得东秃一片,西秃一片。他说:"这才几年工夫?别只图今天我们省事儿,给后人留下的却是一座座秃山!那要被后代子孙骂的……"

这样的一篇短篇小说在当年是比较特别的。主题的"环保"思想鲜明。而当年中国人的词典里根本没有"环保"一词。我自己的头脑里也没有。只不过所见之滥伐现象,使我这一名知青不由得心疼罢了。

而这一篇仅三千字的短篇小说,却引起了复旦大学招生老师的共鸣,于是他要见一见名叫梁晓声的知识青年。于是他乘了十二个小时的列车从佳木斯到哈尔滨,再转乘八九个小时的列车从哈尔滨到北安,那是那一条铁路的终端,往前已无铁路了,改乘十来个小时的长途汽车到黑河,第二天上午从黑河到了我所在的团。如此这般的路途最快也需要三天。

而第四天的上午,知识青年梁晓声正在连队抬大木,团部通知他,招待所里有位客人想见他。

当我听说对方是复旦大学的老师,内心一点儿也没有惊喜的非分之想。认为那只不过是招生工作中的一个过场,按今天的说法是作秀。而且,说来惭愧,当年的我这一名哈尔滨知青,竟没听说过复旦这一所著名的大学。一名北方青年,当年对南方有一所什么样的大学,一向不会发生兴趣的。但有人和我谈文学,我很高兴。

我们竟谈了近一个半小时。

我对于"文革"中的"文艺"现象"大放厥词"，备觉宣泄。

他从自己的包里取出一本当年的"革命文学"的"样板书"《牛田洋》，问我看过没有，有什么读后感。

我竟说："那样的书翻一分钟就应该放下，不是任何意义上的文学作品！"

而那一本书中，整页整页地用黑体字印了几十段"最高指示"。

如果他头脑中有着当年流行的"左"，则我后来根本不可能成为复旦的一名学子。倘他行前再向团里留下对我的坏印象，比如"梁晓声这一名知青的思想大有问题"，那么我其后的日子更加不好过了。

我记得清清楚楚，我们分手时，他说的是"你跟我说过的那些话，不要再跟别人说了，那将会对你不利"。这是关爱。在当年，也是保护性的。后来我知道，他确实去见了团里的领导，当面表达了这么一种态度——如果复旦大学决定招收该名知青，那么名额不可以被替换。没有这一位老师的认真，当年我根本不可能成为复旦学子。我入学几年后，就因为转氨酶超标，被隔离在卫生所的二楼。他曾站在卫生所平台下仰视着我，安慰了我半个多小时。三个月后我转到虹桥医院，他又到卫生所去送我……至今想来，点点滴滴，备觉温馨。进而想到——从前的大学生（他似乎是一九六二年留校的）与现在的大学生是那么不同。虽然我已不认得他是哪一个系哪一个专业的老师了，但却肯定地知道他非是中文系的老师。而当年在我们一团的招待所里，他这一位并非中文系的老师，和我谈到了古今中外那么多作家和作品。这是耐人寻味的。

　　大千世界，芸芸众生。人皆一命，是谓生日。但有人是幸运的，能获二次诞辰。大学者，脱胎换骨之界也。"母校"说法，其意深焉。复旦乃百年名校，高深学府；所育桃李，遍美人间。是复旦当年认认真真地给予了我一种人生的幸运。她所派出的那一位招生老师身上所体现出的认真，我认为，当是复旦之传统精神的一方面吧！我感激，亦心向复旦之精神也。故我这一篇粗陋的回忆文字的题目是《复旦与我》，而不是反过来，更非下笔轻妄。我很想在复旦百年校庆之典，见到一九七四年前往黑龙江生产建设兵团招生的那一位老师。

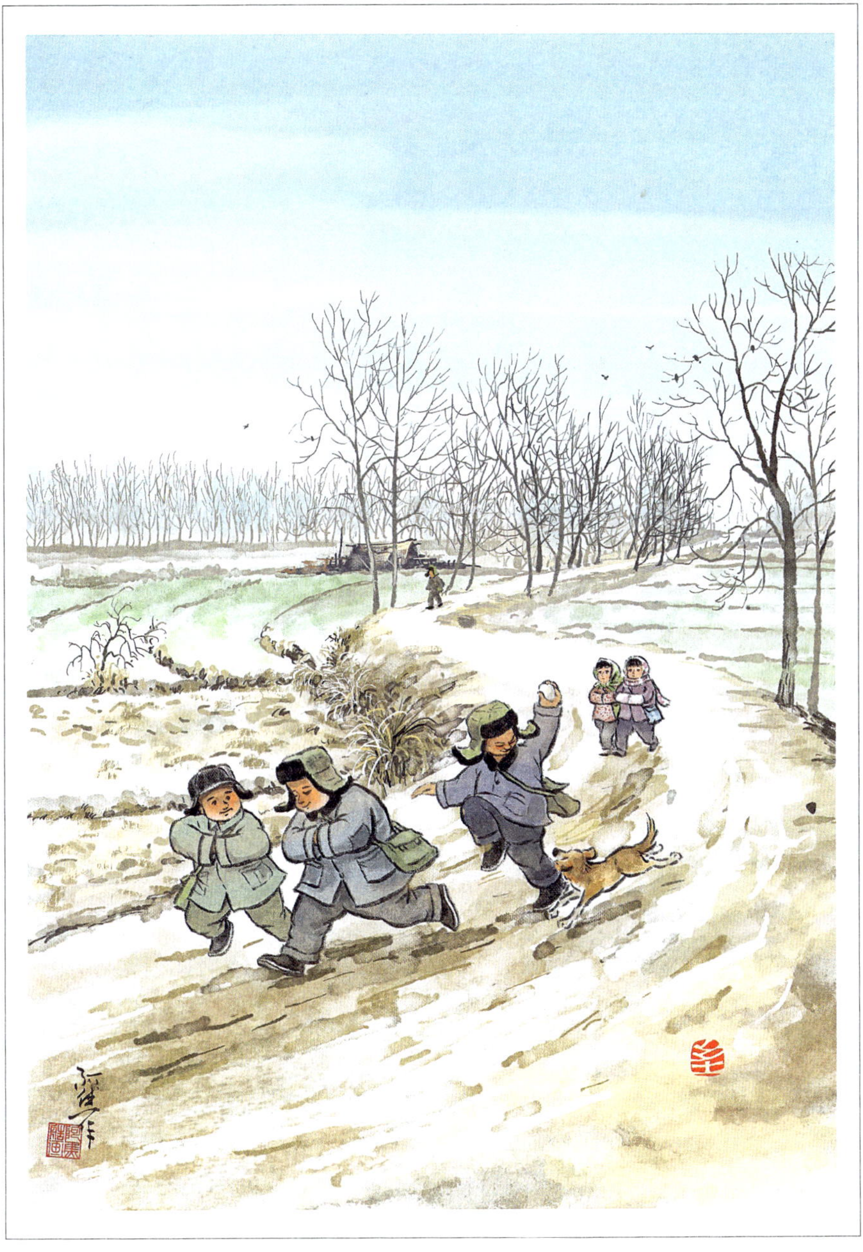

一个人的童年和少年,十分幸福,无忧无虑,被富裕的生活所宠爱着,诚然是令人羡慕的,诚然是一件幸事。

——《我的少年时代》

姻缘备忘录

屈指算来，为人夫十三载矣。

人生真是匆匆得令人恐慌。

十七年前，我从上海复旦大学毕业，成为北京电影制片厂文学部最年轻的编辑之后，曾受到过许多关注的目光。十年"文革"在我的同代人中遗留下了一大批老姑娘，每几个家庭中便有一个。一名二十八岁的电影制片厂的编辑，还有"复旦"这样的名牌大学的文凭（尽管不是正宗的），看去还斯斯文文，书卷气浓，了解一下品德——不奸不诈，不纨绔不孟浪，行为检束，于是同事中热心的师长们和阿姨们，都觉得把我"推荐"给自己周围的某一位老姑娘简直就是一件义不容辞的历史责任……

然而当年我并不急着结婚。

我想将来成为我妻子的那个姑娘，必定是我自己在某种"缘"中结识的。

我期待着那奇迹，我想它总该多多少少有点儿浪漫色彩的吧？

也觉得组建一个小家庭对我而言条件很不成熟。我毫无积蓄，基本上是一个穷光蛋。每月四十九元工资，寄给老父老母二十元，所剩也只够维持一个单身汉的最低生活水平，平均一天还不到一元钱。

结婚之前总得"进行"恋爱，恋爱就需要一些额外的消费。但我如果请女朋友或曰"对象"吃一顿饭，那一个月肯定就得借钱度日。而我自己穷得连一块手表都没有，兵团时期的手表大学毕业前卖了，分配到北影一年后还买不起一块新表。

当然，我不给老父、老母寄钱，他们也能吃得上穿得上。他们也一而再，再而三地叮嘱我，为自己结婚积蓄点儿钱吧！但我每月照寄不误。我自幼家贫，二十八岁时家里仍很穷，还有一个生病的哥哥常年住在医院里。我觉得我可以三十八岁时再结婚，却不能不在二十八岁时以自己的方式报答父母的养育之恩。对老父亲、老母亲我总有一种深深的负疚感——总认为二十八岁了才开始报答他们（也不过就是每月寄给他们二十元钱）已实在是太晚了，方式也太简单了……

在期待中我由二十八岁而三十二岁，奇迹并没有发生，"缘"也并没到来。我依然地行为检束，单身汉生活中没半点儿浪漫色彩。

四年中我难却师长们和阿姨们的好意，见过两三个姑娘，她们的家境都不错，有的甚至很好。但我那时忽然生出想调回哈尔滨市，能近在老父母身旁尽孝的念头，结果当然是没"进行"恋也没"进行"爱……

念头终于打消，我自己为自己"相中"了一个姑娘，缺乏"自由恋爱"的实践经验，开始和结束前后不到半个小时。人家考验我而我不能理解为什么对我还需要考验（又不是入党）。误会在半小时内打了一个结，后来我知道是误会，却已由痛苦而渐渐索然。这也足见"自由是有代价的"这话有理。

于是我现在的妻子某一天走入了我的生活，她单纯得很有点儿发傻，二十六岁了决然的不谙世故。说她是大姑娘未免"抬举"她，充其量只能说她是一个大女孩儿，也许与她在农村长到十四五岁不无关系……她是我们文学部当年的一位党支部副书记"推荐"给我的。那时我正写一部儿童电影剧本，我说悠悠万事唯此为大，待我写完了剧本再考虑。

一个月后我把这件事都淡忘了。可是"党"没有忘记，毅然地关心着我呢。

某天"党"郑重地对我说："晓声啊，你剧本写完了，也决定发表了，那件事儿，该提到日程上来了吧？"

倏忽地我觉得我以前真傻，"恋爱"不一定非要结婚嘛！既然我的单身汉生活里需要一些柔情和女性带给我的温馨，何必非拒绝"恋爱"的机会呢！

这一闪念其实很自私，甚至也可以说挺坏。

于是我的单身汉宿舍里，隔三日岔五日的，便有一个剪短发的、大眼睛的大女孩儿"轰轰烈烈"而至，"轰轰烈烈"而辞。我的意思是——当年她的生气勃勃，走起路来快得我跟不上。我的单身宿舍在筒子楼，家家户户走廊里做饭。她来来往往于晚上——下班回家绕个弯儿路过。一听那上楼的很响的脚步声，我在宿舍里就知道是她来了。没多久，左邻右舍也熟悉了她的脚步声，往往就向我通报——哎，你的那位来啦！

我想，"你的那位"不就是人们所谓之"对象"的别一种说法吗？我还不打算承认这个事实呢！

于是我向人们解释——那是我"表妹"，亲戚。人们觉得不像是"表妹"，不信。我又说是我一位兵团战友的妹妹，只不过到我这儿来玩的。人们说凡是"搞对象"的，最初都强调对方不过是来自己这儿玩玩的……

而她自己却俨然以我的"对象"自居了。邻居跟她聊天儿，说以后木材要涨价了，家具该贵了。她听了真往心里去，当着邻居的面儿对我说——那咱们凑钱先买一个大衣柜吧！

搞得我这位"表哥"没法儿再窘。于是的，似乎从第一面之后，她已是我的"对象"了。非但已是我的"对象"了，简直就是我的未婚妻了。有次她又来，我去食堂打饭的一会儿工夫，回到宿舍发现，我压在桌子玻璃板下的几位女知青战友、大学女同学的照片，竟一张都不见了。我问那些照片呢？她说她替我"处理"了，说下次她会替我带几张她自己的照片来，而纸篓里多了些"处理"的碎片……她吃着我买回的饺子,坦然又天真。显然的,她丝毫也没有恶意,仿佛只不过认为,一个未来家庭的未来的女主人,已到了该在玻璃板下预告她的理所当然的地位的时候了。

我想,我得跟她好好地谈一谈了。于是我向她讲我小时候是一个怎样的穷孩子,如今仍是一个怎样的穷光蛋,以及身体多么不好,有胃病、肝病、早期心脏病,等等。并且,我的家庭包袱实在是重哇!而以为这样的一个男人也是将就着可以做丈夫的,意味着在犯一种多么糟糕、多么严重的大错误啊!一个女孩子在这种事上是绝对将就不得、凑合不得、马虎不得的。但是嘛,如果做一个一般意义上的好朋友,我还是很有情义的。当时的情形恰如一首歌里唱的——我向她讲起了我的童年/她瞪着大而黑的眼睛痴痴地呆呆地望着我……

我曾以这种颇虚伪也颇狡猾的方式,成功地吓退过几个我认为与我没"缘"的姑娘。

然而事与愿违,她被深深地感动了,哭了。仿佛一个善良的姑娘被一个穷牧羊人的命运感动了——就像童话里所常常描写的那样……

她说:"那你就更需要一个人爱护你了啊!"

于是我明白——她正是从那一时刻开始真正爱上了我。

我一向期待的所谓"缘",也正是从那一时刻显现了面目,促狭地向我眨眼的……

三个月后到了年底。

某天晚上她问我:"你的棉花票呢?"

我反问:"怎么,你家需要?"

我翻出来全给了她。

而她说:"得买新被子啦。"

我说:"我的被子还能盖几年。"

她说:"结婚后就盖你那床旧被呀?再怎么不讲究,也该做两床新被吧?"

我瞪着她一时发愣。

我暗想——梁晓声你还有什么好说的?看来这个大女孩儿,似乎注定了就是那个叫"上帝"的古怪老头赐给你的妻子。在她该出现于你生活中的时候,她最适时地出现了……

十个月后我们结婚了。我陪我的新娘拎着大包小包乘公共汽车光临我们的家,那年在下三十二岁,没请她下过一次"馆子"。

她在我十一平方米的单身宿舍里生下了我们的儿子。三年后我们的居住条件有所改善,转移到了同一幢筒子楼的一间十三平方米的住室里……

妻子曾如实对我说——当年完全是在一种人道精神的感召下才决定了爱我。当年她想——我若不嫁给这个忧郁的男人,还有哪一个傻女孩儿肯嫁给他呢?如果他一辈子讨不上老婆,不就成了社会问题?

我相信她的话，相信她当年肯定是这么想的。细思忖之，完全可能像她说的那样。当年肯真心爱这样的一个穷光蛋，并且准备同时能做到真心地视我的老父老母弟弟妹妹为自己亲人的，除了她，我还没碰着。

她是唯一没被我的"自白"吓退的姑娘……十三年间我的工资由四十九元而五十几元而七十几元而八十几元、九十几元……

一九九二年底，我的基本工资升至一百二十五元……

十三年间她的工资由五十几元而六十几元、七十几元、八十几元渐次升至一百多元……

一九九二年以前她的工资始终高于我的工资十几元。

一九九二年我们的工资一度接近，但她有奖金，我没有奖金，实际工资仍比我高。

现在，她的单位经济效益不错，实际工资则比我高得多了。

我有稿费贴补，生活还算小康。而我们的起点，却是从一穷二白开始的，着实过了五六年拮据日子呢！

我几乎整个儿影响了她——我不喜欢娱乐，尤其不喜欢户外娱乐，故我们这三口之家，是从来也不曾出现在娱乐场所的。最传统的消遣方式，也不过就是于周末晚上，借一盘或租一盘大人孩子都适合看的录像带，聚一处看个小半通宵。我对豪奢有本能的反感——所以我的家是一个俭约的家，从大到小，没一样东西是所谓"名牌"。我们结婚时的一张木床，当年五十七元凭结婚证买的。我不能容忍一日三餐浪费太多的时间精细操作，一向强调快、简、淡的原则。而她是喜欢烹饪的，为我放弃爱好，练就了一种能在十几分钟内做成一顿饭的本事，她常抱怨自己变成了急行军中的炊事员。我还不许她给我买衣服，买了也不穿。我的衣服鞋子，大抵是散步时自己从早市上买的。看着自己能穿，绝不砍价，一手钱，一手货，买了就走。仿佛自己买的，穿起来才舒适。大上其当的时候，也无悔，不在乎。有时她见我穿得不土不洋，不伦不类，枉自叹息，却无可奈何。而在这一点上至今我决不让步。我偏执地认为，一个男人为买一件自己穿的衣服而逛商场是荒诞不经的，他的老婆为他穿的衣服逛商场也是不可原谅的毛病。因为那时间从某种意义讲已不完全属于她，而属于他们。现代人的闲暇已极有限，为一件衣服值得吗！她当然也因她当妻子的这一种"特权"被粗暴取消与我争执过，但最终还是屈从于我，彻底放弃了"特权"，不得不对我这个偏执的丈夫实行"无为而治"……

儿子一天天长大了，渐渐地我觉得自己老之将至了，精力早已大不如前。每每看妻子，似乎才于不经意间发现似的——她也早已不是当年的大女孩儿，脸上有了些许女人的岁月沧桑的痕迹……

我最感激的，是我老父亲、老母亲住在北京的日子里，她对他们的孝心。我老父亲生病时期，我买了一辆三轮车，专为带老父亲去医院。但实际上，因为我那时在厂里挂着行政职务，倒是她经常蹬着三轮车带我老父亲去医院。不知道老人家是我父亲的，还以为是她父亲呢。知道了却原来是我的父亲，无不感慨多多。如今，将公公当自己的父亲一样孝顺的儿媳，尤其年轻的儿媳们，不是很多的……

我最感到安慰的，是我打算周济弟弟妹妹们的生活时，她一向是理解的，支持的。我的稿费的一半左右有计划地用于周济弟弟妹妹们的生活。我总执拗地认为我有这一义务。能尽好这一义务便感到高兴。在各种社会捐助中，尤其对穷人，对穷人孩子的捐助，倘我哪一次错过，下一次定加倍补上。不这么做，我就良心不安。贫困在我身上留下的印痕太深，使我成为一个本能的毫无怨言的低消费者。旧的家具、旧的电视机，不一定非要换成新的，换成名牌。几千元我拿得出来的情况下，倘我无动于衷，我便会觉得自己未免"为富不仁"了，尽管我不是"大款"，几千元不知凝聚着我多少"爬格子"的心血。没有一个在此方面充分理解我对穷人的思想感情并支持我的妻子，那么家里肯定经常吵闹无疑……

好丈夫是各式各样的。除了吸烟我没有别的坏毛病，除了受过两次婚外情感的渗透我没什么"过失"。我非是"登徒子"式的男人，也从不"拈花捻草""招蜂惹蝶"。事实上，在男女情感关系中我很虚伪。如果我不想，即或与女性经年相处，同行十万八千里,她们也是难以判断我究竟喜爱不喜爱她们的。我自认为,我在这一方面常显得冷漠无情,并且,我不认为这多么好。虚伪怎么会反而好呢?其实我内心里对女性是充满温爱的。一个女性如果认为我的友爱对她在某一时期某种情况之下极为重要,我今后将不再自私。

最重要的,我的妻子赞同我对友爱与情爱的理解。在这一前提下,我才能学做一个坦荡的男人。我不认为婚外恋是可耻之事,但我也不喜欢总在婚外恋情中游戏的一切男人和女人。爱过我的都是好女孩儿和好女人,我对她们的感激是永远的。真的,我永远在内心里为她们的幸福祈祝着……

我对妻子坦坦荡荡毫无隐私,我想这正是她爱我的主要之点。我对她的坦荡理应获得她对我的婚外情感的尊重,实际上她也做到了。她对我"无为而治",而我从她的"家庭政策"中领悟到了一个已婚男人怎样自重和自爱……

好妻子也是各式各样的。以前的那个大女孩儿,用时间充分证明了她是一个好妻子——最适合于我的"那一个"。

我给未婚男人们的忠告是——如果你选择妻子,最适合你的那一个,才是和你最有"缘"的那一个。好的并不都适合,适合的大抵便是对你最好的了……

信不信由你!

中年感怀

我越来越意识到，自己几乎每一天都在失去着一些东西。而所失去的东西，对任何人都是至可宝贵的。

首先是健康。

如果有人看到我于今写作时的样子，定会觉得古怪且滑稽——由于颈椎病，脖子上套着半尺宽的硬海绵颈圈，像一条挣断了链子的狗。由于腰椎病，后背扎着一尺宽的牛皮护腰带。由于颈和腰都不能弯曲，一弯曲头便晕，写作时必得保持从腰到颈的挺直姿势。仅仅靠了颈圈和护腰带，还是挺直不到头不晕的姿势，就得有夹得住稿纸的竖架相配合。小稿纸有小的竖架，大稿纸有大的竖架。大的竖架一立在桌上，占去半个桌面。不像是在写作，像是在制图。大小两个竖架，都是中国人民大学一位退了休的老师让人替她送给我的，可以调换两个倾斜度。我已经使用一年多了，却还没和她见过面。颈圈、护腰带、竖架，自从写作时依赖于这三样东西，写作之前所做的预备，就如工厂里的技工临上车床似的了。有几次那样子去为客人开门，着实将客人吓了一跳……

于是从此失去了以前写作时的良好状态。每每回想以前，常不由得心生惆怅。看见别人不必"武装"一番再写作，也不由得心生羡慕。

朋友们都劝——快用电脑哇！

是啊，迟早有一天，我也会迫不得已地用起电脑来的。我说"迫不得已"，乃因对"笔耕"这一种似乎已经很原始的写作方式实在情有独钟，舍不得告别呢！汲足一笔墨水儿，摆正一沓稿纸，用早已定型了的字体，工工整整地写下题目，标下页码"1"，想着要从这个"1"开始，一页页标下去，一直标到"100""500"，乃至"1000"，那一份儿从容，那一份儿自信，那一份儿骑手跨上骏马时的感受，大概不是面对显示屏，手敲按键所能体验到的啊！

想想连这一份儿写作者的特殊的体验也终将失去了，尽管早已将买电脑的钱存着了，还是一味儿地惆怅。

健康其实是人人都在失去着的。一年年的岁数增加着，反而一年比一年活得硬朗的人，毕竟是极少数。人也是一台车床，运转便磨损。不运转着生产什么，便似废物。宁磨损着而生产什么，不似废物般还天天进行保养，这乃是绝大多数人的活法。人到四十多岁以后，感觉到自我磨损的严重程度了，感觉到自我运转的状况大不如前了，肯定都是要心生惆怅的。

也许惆怅乃是中年人的一种特权吧？这一特权常使中年人目光忧郁。既没了青年的朝气蓬勃，也达不到老者们活得泰然自若那一种睿智的境界。于是中年人体会到了中年的尴尬。体会到了这一种无奈的尴尬的中年人，目光又怎么能不是忧郁的呢？心情又怎么能不常常陷入惆怅呢？

我和我的中年朋友们相处时，无论他们是我的作家同行抑或不是我的作家同行，每每极其敏感到他们的忧郁和他们的惆怅。也无论他们被认为是乐观的人抑或自认为是乐观的人，他们的忧郁和惆怅都是掩盖不了的。好比窗上的霜花，无论多么迷人毕竟是结在玻璃上的。太阳一出，霜花即化，玻璃就显露出来了。而那定是一块被风沙扑打得毛糙了的玻璃。他们开怀大笑时眸子深处隐藏着忧郁和惆怅；他们踌躇满志时眸子深处隐藏着忧郁和惆怅；他们作小青年状时，眸子深处隐藏着忧郁和惆怅；他们装得什么都不在乎时，眸子深处尤其隐藏着忧郁和惆怅。他们的眸子是我的心境。两个中年男人开怀大笑一阵之后，或两个中年女人正亲亲热热地交谈着的时候，忽然地目光彼此凝视住，忽然都从对方眼里看到了那一种企图隐藏到自己的眸子后面而又没有办法做到的忧郁和惆怅，我觉得那一刻是生活中很感伤的情境之一种，比从对方发中一眼发现了一缕苍发是更令中年人感伤的。

全世界的中年人本质上都是忧郁和惆怅的。成功者也罢，落魄者也罢，在这一点上所感受到的人生况味儿，其实是大体相同的。于是中年人几乎整代整代地被吸入了一个人类思想的永恒的黑洞——人生的意义究竟何在？

中年人比青年人更勤奋地工作，更忙碌地活着，大抵因为这乃是拒绝回答甚至回避思考的唯一选择。而比青年人疏懒了，比青年人活得散漫了，又大抵是因为开始怀疑着什么了。

中年人的忧郁和惆怅，对这世界是无害的，只不过构成着人类社会一道特殊的风景线罢了。而人类社会好比是一幅大油画，本不可以没有几笔忧郁的色彩惆怅的色彩。没有，人类社会就是一个大幼儿园了。

中年人的忧郁和惆怅，衬托着少女们更加显得纯洁烂漫，衬托着少年们更加显得努力向上，衬托着青年男女们更加生动多情，衬托着老人们更加显得清心寡欲，悠然淡泊。少女们和少年们，青年们和老者们的自得其乐，归根结底是中年人们用忧郁和惆怅换来的呀！中年人为了他们，将人生况味儿的种种苦涩，都默默地吞咽了，并且尽量关严"心灵的窗户"，不愿被他们窥视到。

中年人的忧郁和惆怅，归根结底也体现着社会的某种焦虑和不安。中年人替少男少女们，替青年们，替老者们，也将社会的某种焦虑和不安，最大剂量地默默地默默地吞咽到肚子里去了。因为中年人大抵是做了父母的人，是身为长兄长姐的人，是仍身为长子长女的人，这是中年人们的一种本能，也是人类的一种本能。

中年人成熟了,又成熟又疲惫。咬紧牙关扛着社会的焦虑和不安,再吃力也只不过就是眸子里隐藏着忧郁和惆怅。

他们的忧郁和惆怅,一向都是社会的一道凝重的风景线。

谁叫他们,不,谁叫我们是中年人了呢!……

几个春节一段人生

倘你是少年,你肯定已度过了十几个春节;

倘你是青年,你肯定已度过了二十几个春节;

倘你是中年,你肯定已度过了四五十个春节;

倘你是老年,你肯定已度过了六七十个乃至更多次春节……

其实,我想说的是——那么,你究竟能清楚地记得几次春节的情形呢?你能将你度过的每一次春节的欢乐抑或伤感,都记忆犹新地一一道来么?

我断定你不能。许许多多个春节,哦,我不应该用许许多多这四个字。因为实际上,能度过一百个以上春节的人,真是太少太少了!

我们的记忆竟是这么对不起我们!它使我们忘记我们在每一年最特殊的日子里所体会的那些欢乐,那些因欢乐的不可求而产生的感伤，如同小学生忘记老师的每一次课堂提问一样……

难道春节对于我们每一个人来说，不是每年中最特殊的日子么？此外，对于我们中国人来说还有什么比春节更特殊的日子呢？生日？——生日是世界性的，不是"中国特色"的。而且，一家人一般不会是同一个生日啊。

春节仿佛是家庭的生日。一个人过春节，是没法儿体会全家团聚其乐融融那一种亲情交织的温馨的，也没法儿体会那一种棉花糖般膨化了的生活的甜。

中国人盼望春节，欢庆春节，是因为春节放假时日最长，除了能吃到平时没精力下厨烹做的美食，除了能喝到平时舍不得花钱买的美酒，最主要的，更是在期盼平时难以体会得到的那一种温馨，以及那一种生活中难忘的甜呀！

那温馨，那甜，虽因贫富而有区别，却也因贫富而各得其乐。于是我们理解了为什么杨白劳在大年三十夜仅仅为喜儿买了一截红头绳，喜儿就高兴得跳起来，唱起来……

大年三十夜使红头绳仿佛不再是红头绳，而是童话里的一大笔财富似的！

人家姑娘有花儿戴，
我爹没钱不能买。
扯上二尺红头绳，
欢欢喜喜扎起来……

《白毛女》中这段歌,即使今天,那甜中有苦、苦中有甜的欢悦,也是多么令人怆然啊!

浪迹他乡异地的游子,春节前,但凡能够,谁不匆匆地动身往家里赶?

有家的人们,不管是一个多么穷多么破的家,谁不尽量将家收拾得像个样子?起码,在大年三十夜,别的都做不到,也要预先备下点儿柴,将炉火烧得旺一些……

我对小时候过的春节,早已全然没了印象。只记得四五岁时,母亲刚刚生过四弟不久的一个春节,全家围着小炕桌在大年三十晚上吃饺子,我一不小心,将满满一碗饺子汤洒在床上了,床上铺的是新换的床单。父亲生气之下,举起了巴掌,母亲急说:"大过年的,别打孩子呀!"

父亲的巴掌没落在我头上,我沾了春节的光。

新棉衣被别的孩子扔的鞭炮炸破了,不敢回家,躲在邻居家哭——这是我头脑中保留的一个少年时的春节的记忆。这记忆作为小情节,被用在《年轮》里了。

也还记得上初二时的一个春节——节前哥哥将家中的一对旧木箱拉到黑市上卖了二十元钱。母亲说:"今年春节有这二十元钱,该可以过个像样的春节了。"

时逢做店员的邻家大婶儿通告,来了一批猪肉,很便宜,才四角八分一斤。那是在国库里冻了十来年的储备肉,再不卖给百姓，就变质了。所以便宜，所以不要票。我极力动员母亲，将那二十元都买肉。既是我的主张，那么我当然自告奋勇去买。在寒冷的晚上，我走了十几里路，前往那郊区的小店。排了整整一夜，第二天早上买到了大半扇猪肉。用绳子系在身后，背着走回了家。四十来斤大半扇猪肉，去了皮和骨，只不过收拾出二十来斤肉。那猪肉瘦得没法儿形容……

一九六八年，大约是初二或初三，既上不了学又找不到工作的我，去老师家里倾诉苦闷。夜晚回家的路上，遇着两个男人架着一个醉汉。他们见我和他们同路，就将那醉汉交付给我了，说只要搀他走过两站路就行了。我犹豫未决之间，他们已拔腿而去。怎么办呢？醉汉软得如一摊泥。我不管他，他躺倒于地，岂不是会冻死么？我搀他走过两站，又走过两站，直走到郊区的一片破房子前。亏他还认得自家门。我一直将他搀进屋。

至今记得，他叫周翔，是汽车修理工，妻子死了，有四个孩子。他一到家就吐了。吐罢清醒了。清醒了的他，对我很是感激。以后几天，一直到正月十五，我几乎天天去他家，而他几乎天天不在家。我就替他收拾屋子，照顾儿子，做饭、洗衣，当起用人来。终于我明白，他天天白日不在家，无非是找地方去借酒浇愁。而他借酒浇愁，是因为他自己刚刚失去了工作！……我真傻，竟希望这样的人为我找工作……

半年后，六月，我义无反顾地下乡了。

周翔和那一年的春节，彻底结束了我的少年时代。我一直觉得,是那一年的春节和周翔其人使我开始成熟了,而不是"上山下乡"运动……兵团生活的六年中,我于春节前探过一次家。和许多知青一样,半夜出火车站,背着几十斤面,一路上急急往家赶,心里则已在想着,如果母亲看见我,和她这个儿子将要交给她的一百多元钱,该多高兴呀——全家又可美美地过一次春节了,虽然远在四川的父亲不能回家有点儿遗憾……

那么,另外五个春节呢?当然全是在北大荒过的。

可究竟怎么过的呢?努力回忆也回忆不起来了。我曾是班长、教师、团报道员、抬木工。从连队到机关再被贬到另一个连队,命运沉浮,过春节的情形,则没什么不同。无非看一场电影,一场团或连宣传队的演出,吃一顿饺子几样炒菜,蒙头大睡——当知青时,过春节的第一大享受对于我来说,不是别的,是可以足足地补几天觉……

上大学的第一个春节是在上海市虹桥医院的肝炎隔离病房度过的……

第二个第三个春节都没探家,全班只剩我一个学生在校……

在北影工作十年,只记住一个春节——带三四岁的儿子绕到宿舍楼后去放烟花。儿子曾对我说,那是他最温馨的回忆。所以那也是我关于春节的最温馨的回忆之一……

在儿童电影制片厂十余年,头脑中没保留下什么关于春节的特殊印象。只记得头几年的三十儿晚上,和老厂长于蓝同志相约了,带上水果、糖、瓜子花生之类,去看门卫战士们——当年的他们，都调离了。如今老厂长于蓝已退休，我也不再担任什么职务，好传统也就没继承下来……

怎么的？大半截人生啊！整整五十年啊！五十个春节，头脑中就保留下了一点点支离破碎的记忆么？是的。真的！就保留下了这么一点点支离破碎的记忆。

虽然是支离破碎的记忆，但除了六八年的春节而外，却又似乎每忆起来，都是那么温馨。一九六八年的春节，我实际上等于初二或初三后就没在自己家，在周翔家当用人来着……

如今我们中国人过春节的内容更丰富了。利用春节假期进行旅游，以至于"游"到国外去，早已不是什么新潮流了。亲朋好友的相互拜年迎来送往，也差不多基本上被电话祝福所代替了。人们越来越希望，能在节假日期间留给自己和家庭更多的"自控时段"，以享受家庭生活的温馨。

改革开放使一部分中国人富了起来，使大部分中国人的生活水平居住水平明显提高，春节之内容的物质质量也空前提高。吃饺子已不再是春节传统的"经典内容"。如果统计一下定会发现，在城市，春节期间包饺子的人比从前少多了。而在九十年代以前，谁家春节没包饺子，那可能会是因为发生了冲淡节日心情的不幸。而现在是因为——几乎每一个小店平日都有速冻饺子卖，吃饺子像吃方便面一样是寻常事了。尽管有不少"下岗"者，但祥林嫂那种在春节无家可归冻死街头的悲剧，毕竟是少有所闻了……

我们中国人过春节的内容和方式，分明正变化着。在乡村，传统的习俗仍被加以珍惜，不同程度上被保留着。在城市，春节的传统习俗，正受到日新月异的现代生活方式和生活质量的冲击，甚至已经发生了彻底的变化……

依我想来，我们中国人大可不必为春节传统内容的瓦解而感伤，从某种角度看，不妨也认为是生活观念的解放……

只要春节还放一年中最长的节假，春节就永远是我们中国人"总把新桃换旧符"的春节。毕竟，亲情是春节最高质量的标志。亲情是在我们内心里的，不是写在日历上的。

一个人，只要是中国人，无论他或她多么了不起，多么有作为，一旦到了晚年，一旦陷入对往事的回忆，春节必定会伴着流逝的心情带给自己某些欲说还休的惆怅。因为春节是温馨的，是欢悦的。那惆怅即使绵绵，亦必包含着温馨，包含着欢悦啊！……

哪怕仅仅为了我们以后回忆的滋味是美好的，让我们过好每一次春节吧！

我以为，事实上若我们能对春节保持一份"平平淡淡才是真"的好心情，那么，我们中国人的每一次春节，便都会是人生中难忘的回忆。

PART 3
坐观剧场

玉顺嫂的股

九月出头，北方已有些凉。

我在村外的河边散步时，晨雾从对岸铺过来。割倒在庄稼地里的苞谷秸不见了，一节卡车的挂斗车厢也被隐去了轮，像江面的一条船了。

这边的河岸蕤生着狗尾草，草穗的长绒毛吸着显而易见的露珠，刚浇过水似的。四五只红色或黄色的蜻蜓落在上边，翅子低垂，有一只的翅膀几乎是在搂抱着草穗了。它们肯定昨晚就那么落着了，一夜的霜露弄湿了它们的翅膀，分明也冻得够呛，不等到太阳出来晒干双翅，大约是飞不起来的。我竟信手捏住了一只的翅膀，指尖感觉到了微微的水湿。可怜的小东西们接近着麻木了，由麻木而极其麻痹。那一只在我手中听天由命地缓缓地转动着玻璃球似的头，我看着这种世界上眼睛最大的昆虫因为秋寒到来而丧失了起码的警觉，一时心生出忧伤来。"穿花蛱蝶深深见，点水蜻蜓款款飞"的季节过去了,它们的好日子已然不多,这是确定无疑的。它们不变得那样还能怎样呢?我轻轻将那只蜻蜓放在草穗上了,而小东西随即又垂拢翅膀搂抱着草穗了。河边的土地肥沃且水分充足,狗尾草占尽生长优势,草穗粗长,草籽饱满,看去更像狗尾巴了。

"梁先生……"

我一转身,见是个少年。雾已漫过河来,他如在云中,我也是。我在村中见到过他。

我问:"有事?"

他说:"我干妈派我,请您到她家去一次。"

我又问:"你干妈是谁?"

他腼腆了,讷讷地说:"就是……就是……村里的大人都叫她玉顺嫂那个……我干妈说您认识她……"

我立刻就知道他干妈是谁了……

这是个极寻常的小村,才三十几户人家,不起眼。除了村外这条河算是特点,此外再没什么吸引人的方面。我来到这里,是由于盛情难却。我的一位朋友在此出生,他的老父母还生活在村里。村里有一位民间医生善推拿,朋友说治颈椎病是他"绝招"。我每次回哈尔滨,那朋友是必定得见的,而每次见后,他总是极其热情地陪我回来治疗颈椎病。效果姑且不谈,某类盛情却是只有服从的。算这一次,我已来过三次,认识不少村人了。玉顺嫂是我第二次来时认识的——那是在冬季,也是在河边。我要过河那边去,她要过河这边来,我俩相遇在桥中间。

"是梁先生吧?"——她背一大捆苞谷秸,望着我站住,一脸的虔敬。

我说是。她说要向我请教问题。我说那您放下苞谷秸吧。她说背着没事儿,不太沉,就几句话。

"你们北京人,知道的情况多,据你看来,咱们国家的股市,前景到底会怎么样呢?……"

我不由一愣,如同鲁迅在听祥林嫂问他:人死后究竟是有灵魂的吗?

她问得我心里咯噔一下。

我是从不炒股的。然每天不想听也会听到几耳,所以也算了解点儿情况。

我说:"不怎么乐观。"

"是么?"——她的双眉顿时紧皱起来了。同时,她的身子似乎顿时矮了,仿佛背着的苞谷穗一下子沉了几十斤。那不是由于弯腰所致,事实上她仍尽量在我面前挺直着腰。给我的感觉不是她的腰弯了,而是她的骨架转瞬间缩巴了。

她又说:"是么?"——目光牢牢地锁定我,竟有些发直,我一时后悔。

"您……也炒股?"

"是啊,可……你说不怎么乐观是什么意思呢?不怎么好?还是很糟糕?就算暂时不好,以后必定又会好的吧?村里人都说会的。他们说专家们一致是看好的。你的话,使我不知该信谁了……只要沉住气,最终还是会好的吧?……"

她一连串的发问,使我根本无言以对。也根本料想不到,在这么一个仅三十几户人家的小村里,会一不小心遇到一名股民,还是农户!

我明智地又说:"当然,别人们的看法肯定是对的……至于专家们,他们比我有眼光。我对股市行情太缺乏研究,完全是外行,您千万别把我的话当回事儿……否极泰来,否极泰来……"

"我不明白……"

"就是……总而言之,要镇定,保持乐观的心态是正确的……"

我敷衍了几句,匆匆走过桥去,接近着是逃掉……

在朋友家,他听我讲了经过,颇为不安地说:"她肯定是玉顺嫂,你说了不该那么说的话……"

朋友的老父母也不安了,都说那可咋办?那可咋办?

朋友告诉我:村里人家多是王姓,如果从爷爷辈论,皆五服内的亲戚关系,也皆闯关东的山东人后代,祖父辈的人将五服内的亲戚关系带到了东北。排论起来,他得叫玉顺嫂姑。只不过,如今不那么细论了,概以近便的乡亲关系相处。三年前,玉顺嫂的丈夫王玉顺在自家地里起土豆时,一头栽倒死去了。那一年他们的儿子在上技校,他们夫妻已攒下了八万多元钱,是预备翻盖房子的钱。村里大部分人家的房子都翻盖过了，只她家和另外三四家住的还是从前的土坯房。丈夫一死，玉顺嫂没了翻盖房子的心思。偏偏那时，村里人家几乎都炒起股来。

村里的炒股昏热，是由一个叫王仪的人煽呼起来的。那王仪曾是某大村里的中学的老师，教数学，且教得一向极有水平，培养出了不少尖子生，他们屡屡在全县甚至全省的数学竞赛中取得名次及获奖。他退休后，几名考上了大学的学生表达师恩，凑钱买了一台挺高级的笔记本电脑送给他。不知从何日起，他便靠那台电脑在家炒起股来，逢人每喜滋滋地说：赚了一笔或又赚了一笔。村人们被他的话挑拨得眼红心动，于是有人就将存款委托给他代炒。他则一一爽诺，表示肯定会使乡亲们都富起来。委托之人渐多，玉顺嫂最终也把持不住欲望，将自家的八万多元钱悉数交付给他全权代理了。

起初人们还是相信他经常报告的好消息的。但再消息闭塞的一个小村，还是会有些外界的情况说法挤入的。于是又有人起疑了，天天晚上也看起电视里的《财经频道》来。以前，人们是从不看那类频道的，每晚只选电视剧看。也开始看那类频道了，疑心难免增大，有天晚上便相约了到王仪家郑重"咨询"。王仪倒也态度老实，坦率承认他代每一户人家买的股票全都损失惨重。还承认，其实他自己也将两口子多年辛苦挣下的十几万全赔进去了。他煽呼大家参与炒，是想运用大家的钱将自家损失的钱捞回来……

他这么替自己辩护：我真的赚过！一次没赚过我也不会有那种想法。我利用了大家的钱确实不对，但从理论上讲，我和大家双赢的可能也不是一点儿没有！

愤怒了的大家哪里还愿多听他"从理论上"讲什么呢？就在他家里，当着他老婆孩子的面，委托给他的钱数大或较大的人，对他采取了暴烈的行动，把他揍得也挺惨。即使对于农民，当今也非仓里有粮，心中不慌的时代，而同样是钱钞为王的时代了。他们是中国挣钱最不容易的人。明知钱钞天天在贬值已够忧心忡忡的，一听说各家的血汗钱几乎等于打了水漂儿，又怎么可能不急眼呢？兹事体大，什么"五服"内"五服"外的关系，当时对于拳脚丝毫不是障碍了。

第二天，王仪离家出走了，以后就再没在村里出现过。他的家人说，连他们也不知他的下落了。

各家惶惶地将所剩无几的股渣清了仓。

从此，这小村的农民们闻股变色，如同真实存在的股市是真真实实的蟒蛇精，专化形成性感异常的美女生吞活咽幻想"共享富裕"的人。但人们转而一想，也就只有认命。可不嘛，这些个农民炒的什么股呢？说到底自己被忽悠了也得怨自己，好比自己割肉喂猛兽了，而且是猛兽并没扑向自己，自己主动割上赶着喂的，疼得要哭叫起来也只能背着人哭，到旷野上去叫呀！

有的人，一见到或一想到玉顺嫂，心灵还会备受道义的拷问与折磨——大家是都认命清仓了，却唯独玉顺嫂仍蒙在鼓里！仍在做着股票升值的美梦！仍整天沉浸于她当初那八万多元已经涨到了二十多万的幸福感之中。告诉她八万多已损失到一万多了也赶紧清仓吧，于心不忍，怕死了丈夫不久的她承受不住真话的沉重打击；不告诉呢，又都觉得自己简直不是人了！我的朋友及他的老父母尤其受此折磨，因为他们家与玉顺嫂的关系真的在"五服"之内，是更亲近的……

朋友正讲着，玉顺嫂来了。朋友一反常态，当着玉顺嫂的面一句接一句数落我，极尽讽刺挖苦之能事，无非是说我这个人一向不懂装懂，自以为是，由于长期被严重的颈椎病所纠缠，看什么事都变成了不可救药的悲观主义者云云。

朋友的老父母也参与演戏，说我也曾炒过股，亏了几次，所以一谈到股市心里就没好气，自然念衰败经。

我呢，只有嘿嘿讪笑，尽量表现出承认自己正是那样的。

玉顺嫂是很容易骗的女人。她高兴了，劝我要多住几天，说大冬天的，按摩加上每晚睡热乎乎的火炕，颈椎病必有减轻……

我说是的是的，我感觉痛苦症状减轻多了，这个村简直是我的吉祥地……

玉顺嫂走后，我和朋友互相看看，良久无话。我想苦笑，却连一个苦的笑都没笑成。

朋友的老父母则都喃喃自语。

一个说："这算干什么？这算干什么？……"

另一个说："往后还咋办？还咋办？……"

我跟那礼貌的少年来到玉顺嫂家,见她躺在炕上。

她一边坐起来一边说:"还真把你给请来了,我病着,不下炕了,你别见怪啊!……"

那少年将桌前的一把椅子摆正,我看出那是让我坐的地方,笑笑,坐了下去。

我说不知道她病了。如果知道,会主动来探望她的。

她叹口气,说她得了风湿性心脏病,一检查出来已很严重了,地里的活儿是根本干不了了,只能慢慢腾腾地自己给自己弄口饭吃了。

我心一沉,问她儿子目前在哪儿。

她说儿子已从技校毕业了,在南方打工。知道家里把钱买成了股票后,跟她吵了一架,赌气又一走,连电话也很少打给她了。

我心不但一沉,竟还疼了一下。

她望着少年又说,多亏有他这个干儿子,经常来帮他做点儿事。问他:"是叫的梁先生吗?"

我替少年回答是的,夸了他一句。

玉顺嫂也夸了他几句,话题一转,说她是请我来写遗嘱的。

我一愕,急安慰她不要悲观,不要思虑太多,没必要嘛。

玉顺嫂又叹口气,坚决地说:有必要啊!你也不必安慰我了,安慰我的话我听多了,没一句能对我起作用的。何况你梁先

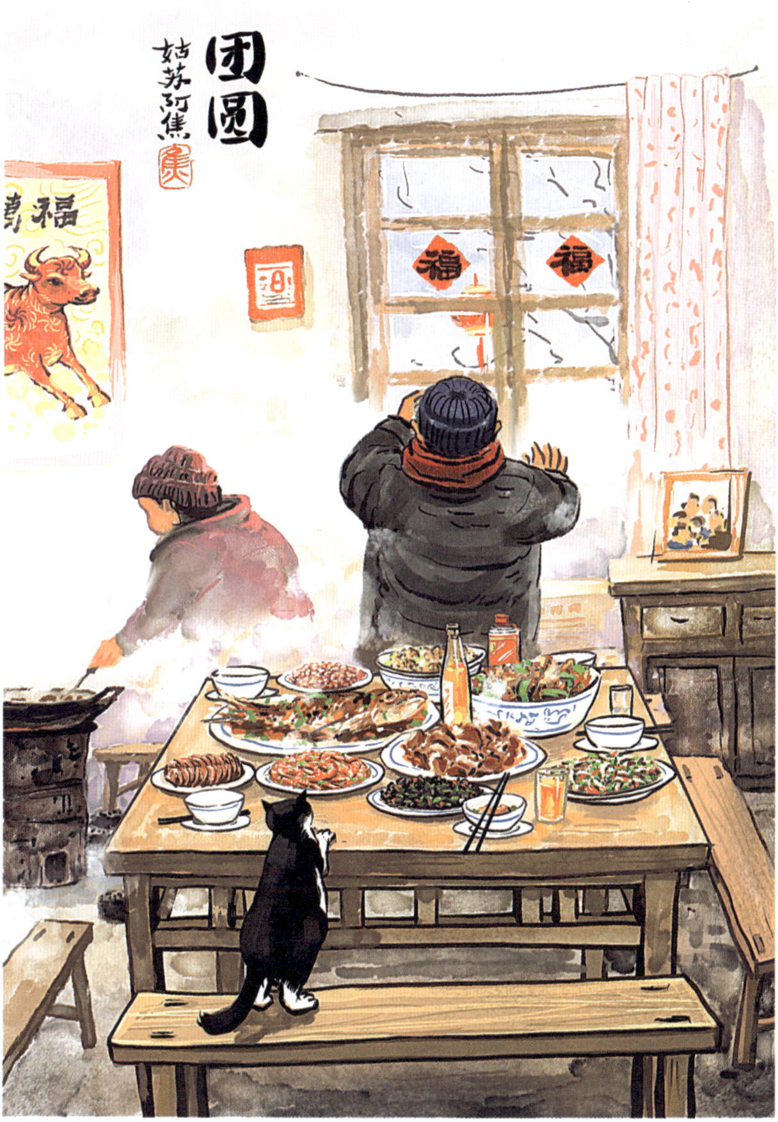
团圆
姑苏阿焦

只要春节还放一年中最长的节假,春节就永远是我们中国人"总把新桃换旧符"的春节。

——《几个春节一段人生》

生是一个悲观的人,悲观的人劝别人不要悲观,那更不起作用了!你来都来了,就耽误你点儿时间,这会儿就替我把遗嘱写完吧……"

那少年从抽屉里取出纸,笔以及印泥盒,一一摆在桌上。

在玉顺嫂那种充满信赖的目光的注视之下,我犹犹豫豫地拿起了笔。

按照她的遗嘱,子虚乌有的二十二万多元钱,二十万留给她的儿子;一万元捐给村里的小学;一万元办她的丧事,包括修修她丈夫的坟;余下三千多元,归她的干儿子……

我接着替她给儿子写了封遗书:她嘱咐儿子务必用那二十万元给自己修一处农村的家园,说在农村没有了家园的农民的儿子,人生总归是堪忧的。并嘱咐儿子千万不要也炒股,那份儿提心吊胆的滋味实在不好……

我回到朋友家里,将写遗嘱之事一说,朋友长叹道:"我的任务总算完成了。希望由你这位作家替她写遗嘱,成了她最大的心愿……"

我张张嘴,再一个字也没说出来。

序、家信、情书、起诉状、辩护书,我都替人写过不少。连悼词,也曾写过几次的。遗嘱却是第一次写,然而是多么不靠谱的一份遗嘱啊!值得欣慰的是,同时代人写了一封语重心长的遗书;一位母亲留给儿子的遗书;一封对得住作家的文字水平的遗书……

这么一想，我心情稍好了点儿。

第二天下起了雨。

第三天也是雨天。

第四天上午天终于放晴，朋友正欲陪我回哈尔滨，几个村人匆匆来了，他们说玉顺嫂死在炕上了。

朋友说："那，我还真不能陪你走了……"

他眼睛红了。

我说："那我也留下来送玉顺嫂入土吧，我毕竟是替她写过遗嘱的人。"

村人们凑钱将玉顺嫂埋在了她自家的地头，她丈夫的坟旁。也凑钱替她丈夫修了坟。她儿子没赶回来，唯一能与之联系的手机号码被告诉停机了。

没人敢作主取出玉顺嫂的股钱来用，都怕被他那脾气不好的儿子回来了问责，惹出麻烦。

那是一场极简单的丧事，却还是有人哭了。

丧事结束，我见那少年悄悄问我的朋友："叔，干妈留给我的那份儿钱，我该跟谁要呢？"

朋友默默看着少年，仿佛聋了，哑了。他求助地将目光望向我。

我胸中一大团纠结，郁闷得有些透不过气来，同样不知说什么好……

怀念赵大爷

"赵大爷不在了……"妻下班一进家门,戚戚地说。

我不禁一怔:"调走了?还是不干了?"

"去世了……"

我愕然。顿时想到了宿舍区传达室门外贴的那张讣告——赵德喜同志因病医治无效,于四月十四日晚去世,终年六十岁。行文简短得不能再简短……那天,我看见了讣告。可我怎么也没想到赵德喜是赵大爷,此前我不知他的名字。当时我驻足讣告前,心想赵德喜是谁呢?我怎么不认识呢?我许久说不出话,一阵悲伤袭上心头。以后的几天里,我的心情总是好不起来……

赵大爷是我们儿童电影制片厂的勤杂工,也是长期临时工,一个一辈子没结过婚的单身汉,一个一辈子没有过家的人,只在农村有一个弟弟……

一九九八年底,我刚调到童影,接到女作家严亭亭的信,信中嘱我一定替她问赵大爷好。她在童影修改过剧本,赵大爷给她留下了非常善良的印象。

童影的人不分男女老少,都称他赵大爷。我自然也一向称他赵大爷。那时我的父亲还在世。有次我和他打招呼,他挺郑重地对我说:"可不兴这么叫了,你老父亲比我大二十来岁,在老人家面前我算晚辈呢!"

我说:"那我该怎么称你啊?"他说:"就叫我老赵吧!"我说:"那你以后也不许叫我梁老师了。"他说:"那我又该怎么称你啊?"我说:"叫我小梁吧。"过后他仍称我"梁老师",而我仍称他"赵大爷"……

儿子有次写作文,题目是《我最尊敬的一个人》。儿子问我:"爸,谁值得我尊敬啊?"我说:"怎么能没有值得你尊敬的人呢?你好好想!"儿子想了半天,终于说:"赵大爷!"我问为什么。儿子说,赵大爷对工作最认真负责了,一年四季,每天早早起来,把咱们周围的环境打扫得干干净净。每年开春,赵大爷总给院里院外的月季花修枝、浇水。每年元旦、春节,人们晚上只管放鞭炮开心,而第二天一清早,赵大爷一个人默默地扫尽遍地纸屑。赵大爷总在为我们干活儿……

儿子那篇作文得了优。记得我曾想将儿子的作文给赵大爷看。为的是使他获得一份小小的愉悦,使他知道,一位像他那样默默地为大家尽职尽责服务的人，人们心里是会感激他的。起码，一个孩子在父亲的启发下，明白了他便是一个值得尊敬的人。可是后来我没有这么做，不是想法改变了，而是忘了。现在我好悔，赵大爷是该得到那样一份小小的愉悦的，在他生前。

赵大爷无疑是穷人中的一个。五年多以来，我从未见他穿过一件哪怕稍微新一点儿的衣服。我给过他一些衣服，棉的、单的、毛的，却不曾见他穿。想必是自己舍不得穿，捎回农村去了吧？他不但负责清除宿舍楼七个门洞的垃圾，还要负责清除厂里的垃圾。他干的活儿不少，并且是要天天干的。哪一天不干，宿舍区和厂区的环境都会大不一样。据我所知，他每月只拿一百五十元。在今天，每月只拿一百五十元，干他天天必干的那种脏活儿，而且干得认真负责，任劳任怨的人，恐怕是太难找了！

干完他应该干的活儿，他还经常帮人修自行车。他极愿帮助别人。据我所知，他大概是个完全没有文化的人。然而在我看来，他又是一个极其文明的人，一个极其文明的穷人。我从未见他跟谁吵过架，甚至从未见他和谁大声嚷嚷过。一些所谓有知识有文化的文明人，包括我这样的，心里稍不平衡，则脏话冲口而出。

我却从未听到赵大爷口中吐出一个脏字。我完全相信，在别人高消费的比照下，穷是足以使人心灵晦暗的。

然而在我看来，赵大爷的心灵是极其明澈的，似乎从没滋生过什么嫉仇或妒憎。他日复一日默默干他的活儿，月复一月挣他那一百五十元钱。从不窥测别人的生活，从不议论别人的日子。他从垃圾里捡出瓶子罐头盒，纸箱破鞋之类，积聚多了就卖，所得是他唯一的额外收入……

这使我养成了习惯，旧报废书，替他积聚。就在他去世前一天，我还想，又够卖点儿钱了，该拎给赵大爷。

每逢年节，我都想着他，送一包月饼、一盘饺子、一条鱼、一些水果什么的……

赵大爷，我心里是很尊敬你的啊！你穷，可是你善；你没文化，可是你文明；你虽与任何名利无缘，可是你那么敬业，敬业于扫院子、清除垃圾那一份脏活儿……

你就那么默默地走了，使我直觉得欠下了你许多……

好人赵大爷，穷人赵大爷，文明而善良的穷人赵大爷，干脏活而内心干净的赵大爷，穿破旧的衣服而受我及一家人敬爱的赵大爷，我们一家，和在传达室每日与你相处的老阿姨，将长久长久地缅怀你……

鸳鸯劫

冯先生是我的一位画家朋友,擅画鸳鸯,在工笔画家中颇有名气。近三五年,他的画作与拍卖市场结合得很好,于是他十分阔绰地在京郊置了一幢大别墅,还建造了一座庭院。

那庭院里蓄了一塘水,塘中养着野鸭、鸳鸯什么的,还有一对天鹅。

冯先生搬到别墅后不久,有次亲自驾车将我接去,让我分享他的快乐。

我俩坐在庭院里的葡萄架下,吸着烟,品着茶,一边观赏着塘中水鸟们优哉游哉地游动,一边东一句西一句地闲聊。

我问:"它们不会飞走吗?"

冯先生说:"不会的。是托人从动物园买来的,买来之前已被养熟了。没有人迹的地方,它们反而不愿去了。"

我又问:"天鹅与鸳鸯,你更喜欢哪一种?"

答曰:"都喜欢。天鹅有贵族气;鸳鸯,则似小家碧玉,各有其美。"

又说:"我也不能一辈子总画鸳鸯啊!我卖画的渠道挺多,不仅在拍卖行里卖,也有人亲自登门购画。倘属成功人士,多要求为他们画天鹅。但也有普通人前来购画,对他们来说,能购到一幅鸳鸯戏荷图,就心满意足了。画鸳鸯是我最擅长的,技熟于心,画起来快,所以价格也就相对便宜些。普通人的目光大抵习惯于被色彩吸引,你看那雄鸳鸯的羽毛多么鲜丽,那正是他们所喜好的嘛!我卖画给他们,也不仅仅是为了钱。他们是揣着钱到这儿来寻求对爱情的祝福的。我满足了他们的心理需求,自己也高兴。"

我虚心求教:"听别人讲,鸳鸯鸳鸯,雄者为鸳,雌者为鸯;鸳不离鸯,鸯不离鸳,一时分离,岂叫鸳鸯。不知道其中有没有什么典故?"

冯先生却说,他也不太清楚,他只对线条、色彩,以及构图技巧感兴趣,至于什么典故不典故,他倒从不关注。

三个月后,已是炎夏。

某日,我正睡午觉,突然被电话铃惊醒,抓起一听,是冯先生。

他说:"惊心动魄!惊心动魄呀!哎,我刚刚目睹了一个惊心动魄的事件!这会儿我的心还怦怦乱跳呢,不说出来,我受的那种刺激肯定无法平息!"

我问:"光天化日,难道你那保卫森严的高档别墅区里发生了溅血凶案不成?"

他说:"那倒不是,那倒不是。但我的庭院里,刚刚发生了一场事关生死存亡的大搏斗!"

我说:"你别制造悬念了,快讲,讲完了放电话,我困着呢!"

于是,冯先生语气激动地讲述起来。

冯先生中午也是要休息一个多钟头的,但他有一个习惯,睡前总是要坐在他那大别墅二层的落地窗前,俯视庭院里的花花草草,静静地吸一锅烟。那天,他磕尽烟灰正要站起身来的时候,忽见一道暗影自天而降,斜坠向庭院里的水塘。他定睛细看,"哎呀"一声,竟是一只苍鹰,企图从水塘里捕捉一只水鸟。水鸟们受此惊吓,四散而逃。两只天鹅猝临险况,反应迅疾,扇着翅膀跃到了岸上。苍鹰一袭未成,不肯善罢甘休,旋身飞上天空,第二次俯冲下来,盯准的目标是那只雌鸳鸯。而水塘里,除了几株荷,再没什么可供水鸟们藏身的地方。偏那些水鸟,因久不飞翔,飞的本能已经大大退化。

冯先生隔窗看呆了。

正在那雌鸳鸯命悬一线之际,雄鸳鸯不逃窜了。它一下子游到了雌鸳鸯前面,张开双翅,勇敢地扇打俯冲下来的苍鹰。结果苍鹰的第二次袭击也没成功。那苍鹰似乎饿急了,它飞上空中,又开始第三次进攻。而雄鸳鸯也又一次飞离水面,用显然弱小的双翅扇打苍鹰的利爪,拼死保卫它的雌鸳鸯。力量悬殊的战斗,就这样展开了。

令冯先生更加吃惊的是,塘岸上的一对天鹅,一齐展开双翅,扑入塘中,加入了保卫战。在它们的带动之下,那些野鸭呀、鹭鸶呀,都不再恐惧,先后参战。水塘里一时间情况大乱……待冯先生不再发呆,冲出别墅时,战斗已经结束。苍鹰一无所获,不知去向。水面上,羽毛零落,有鹰的,也有那些水鸟的……我听得也有几分发呆,困意全消。待冯先生讲完,我忍不住关心地问:"那只雄鸳鸯怎么样了?"

他说:"惨!惨!几乎是遍体鳞伤,两只眼睛也瞎了。"

他说他请了一位宠物医院的医生,为那只雄鸳鸯处理伤口。医生认为,如果幸运的话,它还能活下去。于是他就将一对鸳鸯暂时养在别墅里了。

到了秋季,我带着几位朋友到冯先生那里去玩儿,发现他的水塘里增添了一道"风景"——雌鸳鸯将它的一只翅膀,轻轻地搭在雄鸳鸯的身上,在塘中缓缓地游来游去,不禁使人联想到一对挽臂散步的恋人。

而那只雄鸳鸯已不再有往日的美丽,它的背上、翅膀,有几处地方呈现出裸着褐色创疤的皮。那几处地方,是永远也不会再长出美丽的羽毛了……更令人动容的是,塘中的其他水鸟,包括两只雪白的、气质高贵的天鹅,只要和那对鸳鸯相遇,都会自觉地给它们让路,仿佛那是不言而喻之事,仿佛已成塘中的文明准则。尤其那一对天鹅,当它们让路时,每每曲颈,将它们的头低低地俯下,一副崇敬的姿态。

我心中自然清楚那是为什么,我悄悄对冯先生说:"在我看来,它们每一只都是高贵的。"

冯先生默默地点了一下头,表示完全同意我的看法。

不知内情的人,纷纷向冯先生发问,冯先生略述前事,众人皆肃默。

是日,大家被冯先生留住,在庭院中聚餐。酒至三巡,众人逼我为一对鸳鸯作诗。我搪塞不过,趁几分醉意,胡乱诌成五绝一首:

为爱岂固死,
有情才相依。
劫前劫后鸟,
直教人惭极。

有专业歌者,借他人熟曲,击碗而歌。众人皆击碗和之。罢,意犹未尽。冯先生率先擎杯至塘边,泼酒以祝。众人皆效仿。

然塘中鸳鸯,隐荷叶一侧,不睬岸上之人,依然相偎小憩。

两头依靠，呈耳鬓厮磨状。那雌鸳鸯的一只翅膀，竟仍搭在雄鸳鸯的背上。

不久前某日，忽又接到冯先生电话。他寒暄一句，随即便道："它们死了！"

我愕然，轻问："谁？"

答："我那对鸳鸯……"

于是想到，已与冯先生中断往来两年之久了。他先是婚变，后妻是一"京漂"，芳龄二十一，比冯先生小三十五岁。正新婚宴尔，祸事却猝不及防——他某次驾车回别墅区时，撞在水泥电线杆上，严重脑震荡，久医病轻，然落下手臂挛颤之症，无法再作画矣。后妻便闹离婚，他不堪其恶语之扰，遂同意。后妻离开时，暗中将其画作全部转移。此时的冯先生，除了他那大别墅和早年间积攒的一笔存款，也就再没剩什么了。坐吃山空，前景堪忧。

我不知该对他说什么好。

冯先生呜呜咽咽地告诉我，塘中的其他水鸟，因为无人喂养，都飞光了。

我又一愣，半天才问出一句话："不是都养熟了吗？"

对方又是一阵呜咽。

冯先生没有回答我的疑问，就把电话挂了。

我陷入了沉思，突然想到了一句话："万物互为师学，天道也。"

阳春面

早年的五角场杂货店旁,还有一家小饭馆,确切地说:是一家小面馆。卖面、馄饨、包子。

顾客用餐之地,不足四十平方米。"馆"这个字,据说起源于南方。又据说,北方也用,是从南方学来的——如照相馆、武馆。但于吃、住两方面而言,似乎北方反而用得比南方更多些。在早年的北方,什么饭馆什么旅馆这样的招牌比比皆是。意味着比店是小一些,比"铺"却还是大一些的所在。我谓其"饭馆",是按北方人的习惯说法。在记忆中,它的牌匾上似乎写的是"五角场面食店"。那里九点钟以前也卖豆浆和油条,然复旦的学子们,大约很少有谁九点钟以前踏入过它的门坎。因为有门有窗,它反而不如杂货店里敞亮。栅板一下,那是多么豁然!而它的门没玻璃。故门一关,只有半堵墙上的两扇窗还能透入一些阳光,也只不过接近中午的时候。两点以后,店里便又幽暗下来。是以，它的门经常敞开……

它的服务对象显然是底层大众。可当年的底层大众，几乎每一分钱都算计着花。但凡能赶回家去吃饭，便不太肯将钱花在饭店里，不管那店所挣的利润其实有多么薄。

店里一向冷冷清清。

我进去过两次。第一次，吃了两碗面；第二次，一碗。

第一次是因为我一大早空腹赶往第二军医大学的医院去验血。按要求，前一天晚上吃得少又清淡。没耐心等公共汽车，便往回走。至五角场，简直可以说饥肠辘辘了，然而才十点来钟。回到学校，仍要挨过一个多小时方能吃上顿饭；身不由己地进入了店里。

我是那时候出现在店里的唯一顾客。

服务员是一位我应该叫大嫂的女子，她很诧异于我的出现。我言明原因，她说也只能为我做一碗"阳春面"。

她说有两种价格的——一种八分一碗，只放雪菜。另一种一角两分一碗，加肉末儿。

我毫不犹豫地说就来八分一碗的吧。

依我想来，仅因一点儿肉末的有无，多花半碗面的钱，太奢侈。

她又说：雪菜也有两种。一种是熟雪菜，以叶为主；一种是盐拌的生雪菜，以茎为主。前者有腌制的滋味，后者脆口，问我喜欢吃哪种。

我口重，要了前者。并没坐下，站在灶间的窗口旁，看着她为我做一碗"阳春面"。

我成了复旦学子以后，才知道上海人将一种面条叫"阳春面"。为什么叫"阳春面"，至今也不清楚，却欣赏那一种叫法。正如我并不嗜酒，却欣赏某些酒名。最欣赏的酒名是"竹叶青"，尽管它算不上高级的酒。"阳春面"和"竹叶青"一样不乏诗意呢。一比，我们北方人爱吃的炸酱面，岂不太过直白了？

那我该叫大嫂的女子，片刻为我煮熟一碗面，再在另一锅清水里焯一遍。这样，捞在碗里的面条看去格外白皙。另一锅的清水，也是专为我那一碗面烧开的。之后，才往碗里兑了汤加了雪菜。那汤，也很清。

当年，面粉在我国价格几乎一致。一斤普通面粉一角八分钱；一斤精白面粉两角四分钱；一斤上好挂面也不过四角几分钱。而一碗"阳春面"，只一两，却八分。而八分钱，在上海的早市上，当年能买二斤鸡毛菜……

也许我记得不确，那毕竟是一个不少人辛辛苦苦上一个月的班才挣二十几元的年代。这是许多底层的人们往往舍不得花八分钱进入一个不起眼的小面食店吃一碗"阳春面"的原因。我是一名拮据学子，花起钱来，也不得不分分盘算。

在她为我煮面时，我问了她几句：她告诉我她每月工资二十四元，她每天自己带糙米饭和下饭菜。她如果吃店里的一碗面条，也是要付钱的。倘偷偷摸摸，将被视为和贪污行为一样可耻。

转眼间我已将面条吃得精光,汤也喝得精光,连道好吃。

她伏在窗口,看着我笑笑,竟说:"是吗?我在店里工作几年了,还没吃过一碗店里的面。"

我也不禁注目着她,腹空依旧,脱口说出一句话是:"再来一碗……"

她的身影就从窗口消失了。

我立刻又说:"不了,太给你添麻烦了。"

"不麻烦,一会儿就好。"——窗口里传出她温软的话语。

那第二碗面,我吃得从容了些,越发觉出面条的筋道,和汤味的鲜淳。我那么说,她就笑了,说那汤,只不过是少许的鸡汤加入大量的水,再放几只海蛤煮煮……

回到复旦我没吃午饭,尽管还是吃得下的。一顿午饭竟花两份钱,自忖未免大手大脚。我的大学生活是寒酸的。

毕业前,我最后一次去五角场,又在那面食店吃了一碗"阳春面"。已不复由于饿,而是特意与上海作别。那时我已知晓,五角场当年其实是一个镇,名分上隶属于上海罢了。那碗"阳春面",便吃出依依不舍来。毕竟,五角场是我在复旦时最常去的地方。那汤,也觉更其鲜醇了。

那大嫂居然认出了我。

她说,她涨了四元工资,每月挣二十八元了。

她脸上那知足的笑,给我留下极深极深的记忆……

面食店的大嫂也罢，那几位丈夫在城里做"长期临时工"的农家女子也罢；我从她们身上，看到了上海底层人的一种"任凭的本分"。即无论时代这样或者那样，他们和她们，都可能淡定地守望着自己的生活。那是一种生活态度，也是某种民间哲学。

也许，以今人的眼看来，会曰之为"愚"。

而我，内心却保持着长久的敬意，依我看来，民间之原则有无，怎样，亦决定，甚而更决定一个国家的性情。

是的，我认为国家也是有性情的……

紧绷的小街

迄今，我在北京住过三处地方了。

第一处自然是从前的北京电影制片厂院内；自一九七七年始，住了十二年筒子楼。往往一星期没出过北影大门，家、食堂、编导室办公楼，白天晚上数次往返于三点之间，像继续着大学生的校园生活。出了筒子楼半分钟就到食堂了，从食堂到办公室才五六分钟的路，比之于今天在上下班路上耗去两三个小时的人，上班那么近实在是一大福气了。

一九八八年底我调到中国儿童电影制片厂，次年夏季搬到童影宿舍去住。小街的长度不会超过从北影的前门到后门，很窄，一侧是元大都的一段土城墙。当年城墙遗址上杂草丛生，情形相当荒野。小街尽头是总参的某干休所，车辆不能通行。当年有车人家寥寥无几，进出于小街的车辆，除了出租车便是干休所的车了。当年"打的"还是一件挺奢侈的事，小街上每见住在北影院内的老导演老演员们的身影，或步行，或骑自行车，电动小三轮车；车后座坐着他们的老伴儿。他们一位位的名字在中国电影史上举足轻重，掷地有声。当年北影的后门刚刚改造不久。当年小街曾幽静过。

又一年，小街上有了摆摊的。渐渐就形成了街市，几乎卖什么的都有了。别的地方难得一见的东西，在那条小街上也可以买到。我在小街买过野蜂窝，朋友说是人造的，用糖浆加糖精再加凝固剂灌在蜂窝形的模子里，做出的"野蜂窝"要多像有多像，过程极容易。我还买过一条一尺来长的蜥蜴，卖的人说用黄酒活泡了，那酒于是滋补。我是个连闻到酒味儿都会醉的人，从不信什么滋补之道，只不过买了养着玩儿，不久放生了。我当街理过发。花二十元当街享受了半小时推拿，推拿汉子一时兴起，强烈要求我脱掉背心，我拗他不过，只得照办，吸引了不少围观者。我以十元钱买过三件据卖的人说是纯棉的出口转内销的背心。也买过五六种印有我的名字我的照片的盗版书；其中一本的书名是《爱与恨的交织》，而我根本没写过那么一本书。当时的我穿着背心，裤衩，趿着破拖鞋，刚剃过光头，几天没刮胡子，蹲在书摊前，拿着并看着那一本厚厚的书，吞吞吐吐地竟说："这本书是假的。"

卖书的外地小伙子瞪我一眼，老反感地顶我："书还有假的么？假的你看半天？到底买不买？"

我就说我是梁晓声，我从没出版过这么一本书。

他说:"我看你还是假的梁晓声呢!"

旁边有认识我的人说中国有多少叫梁晓声的不敢肯定,但他肯定是作家梁晓声。

小伙子夺去那本书,啪地往书摊上一放,说:"难道全中国只许你一个叫梁晓声的人是作家?!"

我居然产生了保存那本书的念头,想买。小伙子说冲我刚才说是假的,一分钱也不便宜给我,爱买不买。我不愿扫了他的兴也扫我自己的兴,二话没说买下了。待我站在楼口,小伙子追了上来,还跟来个小女子,手拿照相机。小伙子说她是他媳妇,说:"既然你是真的梁晓声,那证明咱俩太有缘分了,大叔咱俩合影留念吧!"人家说得那么诚恳,我怎么可以拒绝呢?于是合影,恰巧走来人,小伙子又央那人为我们三个合影,自然是我站中间,一对小夫妻一左一右,都挽我手臂……

使小街变脏的首先是那类现做现卖的食物摊床——煎饼、油条、各种粥、炒肝、炸春卷、馄饨、烤肉串;再加上卖菜的;再加上杀鸡宰鸭剖鱼的……早市一结束,满街狼藉,人行道和街面都是油腻的,走时粘鞋底儿。一下雨,街上淌的像刷锅水,黑水上漂烂菜叶,间或漂着油花儿。

我在那条小街上与人发生了三次冲突。前两次互相都挺君子,没动手。第三次对方挨了两记耳光,不过不是我扇的,是童影厂当年的青年导演孙诚替我扇的。那时的小街,早六七点至九十点钟内,已是水泄不通,如节假日的庙会。即使一只黄鼬,在那种情况之下企图窜过街去也是不大可能的。某日清晨,我在家中听到汽车喇叭响个不停,俯窗一看,见一辆自行车横在一辆出租车前,自行车两边一男一女,皆三十来岁,皆衣着体面。出租车后,是一辆搬家公司的厢式大车。两辆车一被堵住,一概人只有侧身梭行了。

我出了楼,挤过去,请自行车的主人将自行车顺一下。

那人瞪着我怒斥:"你少管闲事!"

我问出租车司机怎么回事?他是不是剐蹭着人家了?

出租车司机说绝对没有,他也不知对方为什么要挡住他的车。

那女的骂道:"你装糊涂!你按喇叭按得我们心烦,今天非堵你到早市散了不可!"

我听得来气,将自行车一顺,想要指挥出租车通过。对方一掌推开我,复将自行车横在出租车前。我与他如是三番,他从车上取下了链锁,威胁地朝我扬了起来……

正那时,他脸上啪地挨了一大嘴巴子。还没等我看清扇他的是谁,耳畔又听啪的一声。

待我认出扇他的是孙诚,他已乖乖地推着自行车便走,那女的也相跟而去,两个都一次没回头……

至今我也不甚明白那一对男女为什么会是那么一种德行。

如今我已在牡丹园北里又住了十年多,那条小街起初也很幽静,现在也成了一条市场街,也是出租汽车司机听了极不情愿去的地方。它的情形变得与10年前我家住过的那条小街差不多了。闷热的夏日,空气中弥漫着腐败腥臭的气味儿,路面重铺了两次,过不了多久又粘鞋底儿了。下雨时,流水也像刷锅水似的了;像解放前财主家阴沟里淌出的油腻的刷锅水,某几处路面的油腻程度可用铲子铲下一层来。人行道名存实亡,差不多被一家紧挨一家的小店铺完全占据了。今非昔比,今胜过昔,街道两侧一辆紧挨一辆停满了廉价车辆,间或也会看到一辆特高级的。

早晨七点左右"商业活动"开始,于是满街油炸烟味儿。上班族行色匆匆,有的边吃边走。买早点的老人步履缓慢,出租车或私家车明智地停住,耐心可嘉地等老人们蹒跚走过。八点左右街上已乱作一团,人是更多了,车辆也多起来。如今买一辆廉价的二手车才一两万元,租了门面房开小店铺的外地小老板十之五六也都有车,早晨是他们忙着上货的时候。太平庄那儿一家"国美"商城的免费接送车在小街上兜了一圈又兜一圈,相对于对开两辆小汽车已勉为其难的街宽,"国美"那辆大客车近于是庞然大物。倘一辆小汽车迎头遭遇了它,并且各自没了倒车的余地,那么堵塞半小时一小时是家常便饭。它是出租车司机和驾私家车的人打内心里厌烦的,却因为免费,是老人们的最爱。真的堵塞住了,已坐上了它或急着想要坐上它的老人们,往往会不拿好眼色瞪着出租车或私家车,显然地认为一大早添乱的是后者们。

傍晚的情形比早上的情形更糟糕。六点左右，小饭店的桌椅已摆到人行道上了，仿佛人行道根本就是自家的。人行道摆满了，沿马路边再摆一排。烤肉的出现了，烤海鲜的出现了，烤玉米烤土豆片地瓜片的也出现了。时代进步了，人们的吃法新颖了，小街上还曾出现过烤茄子、青椒和木瓜的摊贩。最火的是一家海鲜店，每晚在人行道上摆二十几套桌椅，居然有开着"宝马"或"奥迪"前来大快朵颐的男女，往往一吃便吃到深夜。某些男子直吃得脱掉衣衫，赤裸上身，汗流浃背，喝五吆六，划拳行令，旁若无人。乌烟瘴气中，行人嫌恶开车的；开车的嫌恶摆摊的；摆摊的嫌恶开店面的；开店面的嫌恶出租店面的——租金又涨了，占道经营等于变相的扩大门面，也只有这样赚得才多点儿。通货膨胀使他们来到北京打拼人生的成本大大提高了，不多赚点儿怎么行呢？而原住居民嫌恶一概之外地人——当初这条小街是多么的幽静啊，看现在，外地人将这条小街搞成什么样子了？！那时段，在这条小街，几乎所有人都在内心里嫌恶着什么……

而在那一时段，居然还有成心堵车的！

有次我回家，见一辆"奥迪"斜停在菜摊前。那么一斜停，三分之一街面被占了，两边都堵住了三四辆车，喇叭声此起彼伏。车里坐一男人，听着音乐，悠悠然地吸着烟。

我忍无可忍，走到车窗旁冲他大吼："你聋啦？！"

他这才弹掉烟,不情愿地将车尾顺直。于是,堵塞消除。原来,他等一个在菜摊前挑挑拣拣买菜的女人。那时段,这条街上的菜最便宜。可是,就为买几斤便宜的菜,至于开着"奥迪"到这么一条小街上来添乱吗?我们的某些同胞多么难以理解!

那男人开车前,瞪着我气势汹汹地问:"你刚才骂谁?"

我顺手从人行道上的货摊中操起一把拖布,比他更气势汹汹地说:"骂的就是你!"

也许见我是老者,见我一脸怒气,并且猜不到我是个什么身份的人,还自知理亏,也骂我一句,将车开走了……

能说他不是成心堵车吗?!

可他为什么要那样呢?至今也想不明白。

还有一次——一辆旧的白色"捷达"横在一个小区的车辆进出口,将院里街上的车堵住了十几辆,小街仿佛变成了停车场,连行人都要从车隙间侧身而过。车里却无人,锁了,有个认得我的人小声告诉我——路对面人行道上,一个穿T恤衫的吸着烟的男人便是车主。我见他望西洋景似的望着堵得一塌糊涂的场面幸灾乐祸地笑。毫无疑问,他肯定是车主。也可以肯定,他成心使坏是因为与出入口那儿的保安发生过什么不快。

那时的我真叫是怒从心头起,恶向胆边生。倘身处古代,倘我武艺了得,定然奔将过去,大打出手,管他娘的什么君子不君子!

然我已老了，全没了打斗的能力和勇气。

但骂的勇气却还残存着几分。于是撇掉斯文，瞪住那人，大骂一通！……

我的骂自然丝毫也解决不了问题。最终解决问题的是交警支队的人，但那已是一个多小时以后的事了。在那一个多小时内，坐在人行道露天餐桌四周的人们，吃着喝着看着"热闹"，似乎堵塞之事与人行道被占一点儿关系都没有……

十余年前，我住童影宿舍所在的那一条小街时，曾听到有人这么说——真希望哪天大家集资买几百袋强力洗衣粉，几十把钢丝刷子，再雇一辆喷水车，发起一场义务劳动，将咱们这条油腻肮脏的小街彻底冲刷一遍！

如今，我听到过有人这么说——某时真想开一辆坦克，从街头一路压到街尾！这样的一条街住久了会使人发疯的！

在这条小街上，不仅经常引起同胞对同胞的嫌恶，还经常引起同胞对同胞的怨毒气，还经常造成同胞与同胞之间的紧张感。互相嫌恶，却也互相不敢轻易冒犯。谁都是弱者，谁都有底线。大多数人都活得很隐忍，小心翼翼。

街道委员会对这条小街束手无策。他们说他们没有执法权。

城管部门对这条小街也束手无策。他们说要治理，非来"硬"的不可，但北京是"首善之都"，怎么能来"硬"的呢？

新闻单位被什么人请来过，却一次也没进行报道；他们说，我们的原则是报道可以解决的事,明摆着这条小街的现状根本没法解决啊!

有人给市长热线一次次地打电话,最终居委会的同志找到了头上,劝说——容易解决不是早解决了吗?实在忍受不了你干脆搬走吧!

有人也请求我为代表反映情况,我的看法乃是——每一处摊床,每一处门面,背后都是一户人家的生计、生活甚至生存问题,悠悠万事,唯此为大。

在小街的另一街口,一行大红字标志着一个所在是"城市美化与管理学院"。相隔几米的街对面,人行道上搭着快餐摊棚。下水道口近在咫尺,夏季臭气冲鼻,情形令人作呕。

城管并不是毫不作为的。他们干脆将那下水道口用水泥封了。于是那儿摆着一个盛泔水的大盆了。至晚,泔水被倒往附近的下水道口,于是另一个下水道口也是臭气冲鼻,情形令人作呕了。

又几步远,曾是一处卖油炸食物的摊点。经年累月,油锅上方的高压线挂满油烟嘟噜了,如同南方农家灶口上方挂了许多年的腊肠。架子上的变压器也早已熏黑了。某夜,城管发起"突击",将那么一处的地面砖重铺了,围上了栏杆,栏杆内搭起"执法亭"了。白天,摊主见大势已去,也躺在地上闹过,但最终以和平方式告终……

本就很窄的街面，在一侧的人行道旁，又隔了一道八十公分宽的栏杆，使那一侧无法停车了。理论上是这样一道算式——斜停车辆占路面一米半宽即一百五十公分的话，如此一来，无法停车了，约等于路面被少占了七十公分。两害相比取其轻，不得已而为之的办法，一种精神上的"胜利"。这条极可能经常发生城管人员与占道经营、无照经营、不卫生经营者之间的严峻斗争的小街，十余年来，其实并没发生过什么斗争事件。斗争不能使这一条小街变得稍好一些，相反，恐怕将月无宁日，日无宁时。这是双方都明白的，所以都尽量互相理解，互相体恤。

也不是所有的门面和摊位都会使街道肮脏不堪。小街上有多家理发店、照相馆、洗衣店、打印社；还有茶店、糕点店、眼镜店、鲜花店、房屋中介公司、手工做鞋和皮鞋的小铺面；它们除了方便于居民，可以说毫无环境的负面影响。我经常去的两家打印社，主人都是农村来的。他们的铺面月租金五六千元，而据他们说，每年还有五六万的纯收入。

这是多么养人的一条小街啊！出租者和租者每年都有五六万的收入，而且或是城市底层人家，或是农村来的同胞；这是一切道理之上最硬的道理啊！其他一切道理，难道还不应该服从这一道理吗？

在一处拐角，有一位无照的大娘，几乎每天据守着一平方米多一点儿的摊位卖咸鸭蛋。一年四季，寒暑无阻，已在那儿据守着十余年了。

一天才能挣几多钱啊!

如果那点儿收入对她不是很需要的,七十多岁的人了,想必不会坚持了吧?

在大娘的对面,一位东北农村来的姑娘,去年冬天开始在拐角那儿卖大碴子粥。一碗三元钱,玉米很新鲜,那粥香啊!她也只不过占了一平方米多一点儿的人行道路面。占道经营自然是违章经营,可是据她说,那每月也能挣四五千元!因为玉米是自家地里产的,除了点儿运费,几乎再无另外的成本。

她曾对我说:"我都二十七了还没结婚呢,我对象家穷,我得出来帮他挣钱才能盖起新房啊!要不咋办呢?"

再往前走十几步,有一位农家妇女用三轮平板车卖豆浆、豆腐,也在那儿坚持十余年了。旁边,是用橱架车卖烧饼的一对夫妻;丈夫做,妻子卖,同样是小街上的老生意人。学校的寒暑假期间,两家的两个都是小学生的女孩也来帮大人忙生计。炎夏之日,小脸儿晒得黑红。而寒冬时,小手冻得肿乎乎的。两个女孩儿的脸上,都呈现着历世的早熟的沧桑了。

有次我问其中一个:"你俩肯定早就认识了,一块儿玩不?"

她竟说:"也没空儿呀,再说也没心情!"

回答得特实在。实在得令人听了心疼。

"五一"节前,拐角那儿出现了一个五十来岁的外地汉子,挤在卖咸鸭蛋的大娘与卖鞋垫的大娘之间，仅占了一尺来宽的一小块儿地方，蹲那儿，守着装了硬海绵的小木匣，其上插五六支风轮；彩色闪光纸做的风轮。他引起我注意的原因不仅是因为他卖成本那么低肯定也挣不了几个小钱的东西，还因为他右手戴着原本是白色已脏成了黑色的线手套，一种廉价的劳保手套。

我心想：你这外地汉子呀，北京再能谋到生计，这条街再养得活人，你靠卖风轮那也还是挣不出一天的饭钱的呀！你这大男人脑子进水啦？找份什么活儿干不行，非得蹲这儿卖风轮？然而，我一次、两次、三次四次地看到他挤在两位大娘之间蹲那儿，五月份快过去了他才消失。

我买鞋垫时问大娘："那人的风轮卖得好吗？"

大娘说："好什么呀！快一个月了只卖出几支，一支才卖一元钱，比我这鞋垫儿还少伍角钱！"

卖咸鸭蛋的大娘接言道："他在老家农村干活儿时，一条手臂砸断了，残了，右手是只假手。不是觉得他可怜，我俩还不愿让他挤中间呢……"

我顿时默然。

卖咸鸭蛋的大娘又说：其实她一个月也卖不了多少咸鸭蛋，只能挣五六百元而已。这五六百元还仅归她一半儿。农村有养鸭的亲戚，负责每月给她送来鸭蛋，她负责腌，负责卖。

"儿女们挣的都少，如今供孩子上学花费太高，我们这种没工作过也没退休金的老人，"——她指指旁边卖鞋垫的大娘，"哪怕每月能给第三代挣出点儿零花钱,那也算儿女们不白养活我们呀!……"

卖鞋垫的大娘就一个劲儿点头。

我不禁联想到了卖豆制品的和卖烧饼的。他们的女儿,却已在帮着他们挣钱了。父母但凡工作着,小儿女每月就必定得有些零花钱……

我的脾气,如今竟变好了。小街日复一日年复一年地教育了我,逐渐使我明白我的坏脾气与这一条小街是多么的不相宜。再遇到使我怒从心起之事,每能强压怒火,上前好言排解了。若竟懒得,则命令自己装没看见,扭头一走了之。

而这条小街少了我的骂声,情形却也并没更糟到哪儿去。正如我大骂过几遭,情形并没有因而就变好点儿。

我觉得不少人都变得和我一样好脾气了。

有次我碰到了那位曾说恨不得开辆坦克从街头压到街尾的熟人。

我说:"你看我们这条小街还有法儿治吗?"

他苦笑道:"能有什么法儿呀?理解万岁呗,讲体恤呗,讲和谐呗……"

由他的话,我忽然意识到,紧绷了十余年的这一条小街,它竟自然而然地生成了一种品格,那就是人与人之间的体恤。所谓和谐,对于这一条小街,首先却是容忍。

有些同胞生计、生活、生存之艰难辛苦,在这一条小街呈现得历历在目。小街上还有所小学——瓷砖围墙上，镶着陶行知的头像及"爱满天下"四个大字。墙根低矮的冬青丛中藏污纳垢，叶上经常粘着痰。行知先生终日从墙上望着这条小街，我每觉他的目光似乎越来越忧郁，却也似乎越来越温柔了。

尽管时而紧张，但十余年来，却又未发生什么溅血的暴力冲突——这也真是一条品格令人钦佩的小街！

发生在小街上的一些可恨之事，往细一想，终究是人必可以容忍的。

发生在中国的一些可恨之事，却断不能以"容忍"二字轻描淡写地对待。

"为之于未有，治之于未乱"——老聃此言胜千言万语也！

王妈妈印象

写罢《茶村印象》，意犹未尽，更想写友人的母亲王妈妈。

王妈妈今年七十七岁了。

我第一次见到她，是在她家门口。当时是傍晚，她蹲着，正欲背起一只大背篓到茶集去卖茶。

茶集不过是一处离那个茶村二里多远的坪场，三面用砖墙围了。朝马路的一面却完全开放，使集上的情形一目了然。茶集白天冷冷清清，难见人影。傍晚才开始，附近几个茶村的茶农都赶去卖茶，于是熙熙攘攘，热闹得很。通常一直热闹到八点钟以后，天光黑了，会有许多灯点起来，以便交易双方看清秤星和钱钞。那一条路说是马路，其实很窄，一辆大卡车就几乎会占据了路面的宽度；但那路面，却是水泥的，较为平坦。它是茶农们和茶商共同出资铺成的，为的是茶农们能来往于一条心情舒畅的路上。所幸很少有大卡车驶过那一条路。但在茶农们卖茶的那一段

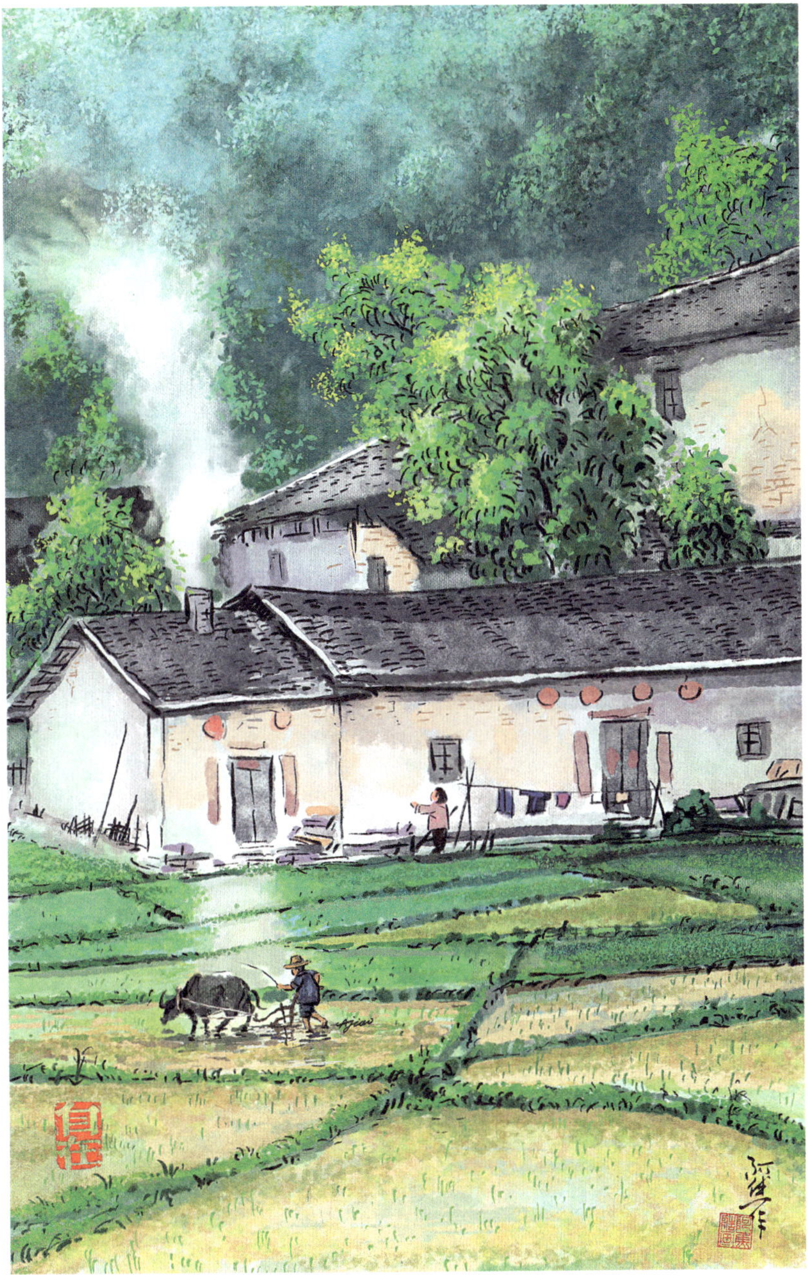

当我离开茶村时,我和我的干妈,相互都有些依依不舍了。

——《王妈妈印象》

时间里,来往于路上的摩托、自行车或三轮车却不少。当然更多的是背着满满一大背篓茶叶的茶农们。他们都是些老人,不会或不敢骑车托物了,只有步行。大背篓茶对于年轻人来说并不太重,二三十斤而已。但是对于老人和妇女,背着那样一只大背篓走上二三里地,怎么也算是一件挺辛苦的事了。他们弯着腰,低着头,一步步机械地往前走。遇到打招呼的人偶尔抬起头,脸上的表情竟是欣慰的。茶村毕竟也是村,年轻人们一年到头去往城市里打工,茶村也都成了老人们、孩子们和少数留守家园的中年妇女们的村了。这一点和中国其他地方的农村没什么两样。见到一个二三十岁的男人或女人,会使人反觉稀奇……

事实上,当时王妈妈已将背篓的两副背绳套在肩上了,她正要往起站,友人叫了她一声"妈"。

她一抬头,身子没稳住,坐在地上了。

我和友人赶紧上前扶她。自然,作为儿子的我的友人,随之从她背上取下了背篓。她看着眼前的儿子,笑了,微微眯起双眼,笑得特慈祥。

她说:"我儿回来啦!"一将脸转向我,问,"是同事?"

友人说:"是朋友。"

她穿一件男式圆领背心,已被洗得过性了,还破了几处洞;一条草绿色的裤子,裤腿长不少,挽了几折,露出半截小腿;而脚上,是一双扣襻布鞋,一只鞋的襻带就要断了,显然没法相扣了，掖在鞋帮里。那双鞋，是旧得不能再旧了，也挺脏，沾满泥巴（白天这地方下了一场雨）。并且呢，两双鞋都露脚趾了……

我说："王妈妈好。"一打量着这一位老母亲，倏忽间想念起我自己的母亲来。我的老母亲已过世十载了，在家中生活最困难的时期，那也还是会比友人的这一位老母亲穿得好一些。何况采茶又不是什么脏活，我有点儿不解这一位老母亲何以穿得如此不伦不类又破旧……

然而友人已经叫起来了："妈你这是胡乱穿的一身什么呀？我给你寄回来的那几套好衣服为什么不穿？我上次回来不是给你买了两双鞋吗？都哪儿去了？……"

友人的话语中，包含着巨大的委屈，还有难言的埋怨。显然，他怎么也没想到他的母亲会以那么一种样子让我看到，他窘得脸红极了。须知我这一位友人也是大学里的一位教授，而且是经常开着"宝马"出入大学的人。

他的母亲又笑了，仍笑得那么慈祥。

她说："都在我箱子里放着呢。"

"那你怎么不穿啊？"

当儿子的都快急起来了，跺了下脚。

"好好好，妈明儿就穿，还不快请你的朋友家里坐啊！……我先去卖茶，啊？……"

我对友人说："咱俩替老人家去卖吧！"

但是王妈妈这一位老母亲却怎么也不依。既不让我和她的儿

- 182 -

子一块儿去替她卖那一大背篓茶叶，也不许她的儿子单独去替她卖。我和我的友人，只得帮老人家将背篓背上，眼睁睁地看着身材瘦小的老人家像一只负重的虾米一样，一步步缓慢地离开了家门前。

友人问我："你觉得有多少斤？"

我说："二十几斤吧。"

友人追问："二十几斤？"

我说："大约二十五六斤吧。"

他家门前，有一块半朽未朽的长木板，一端垫了一摞砖，一端垫了一块大石头，算是可供人在家门前歇息的长凳。

友人就在那木板上坐下去了，默默吸烟。我知他心里难受，大约也是有几分觉得难堪的，就陪他坐下，陪他吸烟。

这时，友人的脸上淌下泪来了。

他说："上个月我刚把她接到我那儿去，可住了不到十天，她就闹着回来，惦记着那不到一亩的茶秧。她那么急着回来采茶，我不得不给她买机票，坐飞机能当天就回来啊！可从广州到成都，打折的飞机票也九百多元啊！还得我哥到成都机场去接她，再乘长途汽车到雅安，再从雅安坐出租车到村里，一往一返，光路费三千元打不住。她那几分地的茶秧，一年采下的茶才卖二千多元。她就不算算账！这不，回来了，又采上茶了，才活得有心劲儿了似的……"

我说："那你就给老人算一算这笔账嘛。"

他回答:"当然算过,白算。我们算这一种账,在我母亲那儿根本就不走脑子。关于钱,一过千这么大的数,她就没意识了。她只对小数目的钱敏感,而且一笔笔算起来清清楚楚,从没糊涂过,谁想蒙她不容易。还对小数目的钱特亲。比如这个月茶价多少钱一斤,下个月多少钱一斤,那么这个月几天没采茶,等于少挣了多少钱……"说到此处,苦笑。

我说:"那你以后就把花在路费方面的钱寄回呗。"

友人说,那寄回来的钱对于他的老母亲就只等于是一个数字,她会直接把钱存在银行里,连过手都不过手。说自己当教授了,住上宽敞的房子了,有了私家车了,不将老母亲接到城市里享享福,内心不安。

说他老母亲第一次到深圳的日子里,他曾驾车带着他老母亲到海滨路上去度周末,也像别人一样将塑料布铺于绿地,摆开吃的喝的,和老母亲共同观海景,聊天。可老母亲却奇怪于城里人为什么偏偏将那么一大片地植树了、种草了,而不栽上茶秧?栽茶秧那能解决多少人的挣钱问题啊!进而大为不满地批评城里人罪过,不知土地宝贵,浪费大片大片的土地简直像不在乎一张纸一样。又觉得城里人太古怪,难以理解,待在家里多舒服,干吗都一家家一对对跑到海边傻坐着?海边再凉快,还能比有空调的家里凉快吗?

说那一次老母亲在他那儿住的日子还长久些,因为在大都市里发现了生财之道——一个空塑料瓶两分钱,易拉罐三分钱,纸板三角钱一斤，她觉得比采茶来钱容易多了。说那是老母亲唯一愿意向城市人学习的地方，也是对大都市的唯一好感。还因为捡那些东西，和"同行"发生了口角。而他，只得向老母亲耐心解释，捡那些东西的人，是划分了街区领地的。在别人的街区领地捡那些东西，就是侵犯了别人的利益。别人对你提出抗议，抗议得有理。你跟别人吵，吵得没理。老母亲却振振有词地反问，他有政府发的证书吗？如果没有，凭什么说那些街区是他的"领地"呢？依她想来，既然拿不出类似政府发给农民的土地证一样的证书，凭什么只许自己捡，不许别人捡呢？而他就只得更加耐心地向老母亲解释，尽管对方并无证书，但那是"潜规则"。"潜规则"相互也是要遵守的。解释来解释去，最后也没能使老母亲明白究竟什么是"潜规则"，为什么"潜规则"对人也具有约束性……

老母亲离开的前一天，他家阳台上已堆满了空塑料瓶等废弃物。他想通知收废品的人上门来收走，可老母亲不许，因为人家上门来收，一个塑料瓶子就变成一分钱了，废纸也变成两角一斤了。在老母亲那儿，账算得"倍儿"清——一个塑料瓶等于卖亏了百分之五十，一斤废纸板等于卖亏了百分之三十，合计卖亏了百分之八十！他说："妈，账你也不能这么算，并不是你原本该卖得十元，结果亏掉了八元，就剩两元了。"老母亲说："你别跟我拌嘴！百分之五十加百分之三十，怎么就不是亏了百分之八十呢？你当儿子的，不能拿我的辛苦不当辛苦，我捡了那么一阳台我容易吗我？"于是伤心起来。我的朋友这个当儿子的，只得赶紧认错。接下来乖乖地将阳台上的废品弄出家门，塞入他那辆刚买的"广本"，再带上老母亲，分两次卖到废品收购站去。老母亲点数总计二十来元钱，顿觉是一笔大收入，这才眉开眼笑……

友人问我："如果请收废品的上门来收走，是等于卖亏了百分之八十吗？"

我说："当然不是。百分之百减去百分之三十剩百分之七十，加上塑料瓶的百分之五十，是百分之一百二……"

友人奇怪了："少卖钱是肯定的，怎么也不会成了百分之一百二十吧？"

我愣了，自知我的算法也成问题，陪着苦笑起……

友人的老母亲卖茶叶回来了，一脸不快。当儿子的问她卖了多少钱？她说："儿子你还不知道吗？这个季节大叶子茶更不值钱了，才卖了九元三角钱；辛苦了一白天，到手的钱居然还不够一个整数。"她是得快快不乐。

吃晚饭时，老人家在自家的太阳能洗浴房里冲过了澡，翻箱倒柜，换上了一身体面的衣服。我的友人，他的哥哥嫂嫂子都说，老人家纯粹是为我这一位远道而来的客人才那样的。

老人家说是啊是啊，多次听晓鸣（友人名字）跟她谈到过我，早知我们情同手足。说好朋友要长久。她相信我和她儿子会是天长地久的朋友，替我们高兴。老人家不断为我夹菜，口口声声叫我"声仔"。

友人对我耳语:"我母亲叫你'声仔',那就等于是拿你当儿子一样看待了。"

我也耳语,问:"要不要将我装在红信封里的五百元钱立刻就从兜里掏出来,作为见面礼奉上?"友人却摇头。第二天,友人陪我到镇上去,将五张百元钞换成了一百余张小面额的钱,扎成厚厚两捆,在他老母亲高兴之时,暗示我抓住机遇。

我就双手相递,并说:"王妈妈,我希望您能认下我这个干儿子。这些钱呢,我也不知是多少,算是我这个干儿子的一份心意,您一定要收下。"

老人家顿时笑得合不拢嘴,连说:"好啊好啊,我认我认,我收我收!……"她接过钱去,又说,"看我声儿,孝敬了我这么多钱!真多真多……'友人心理不平衡地嘟哝:"那就多了?才……好几次我一千两千地给你寄,你也没夸过我一句!"老人家批评道:"你动不动就挑我的理,看我这么也不对那么也不顺眼,他怎么就不说?"我趁机讨好:"干妈,以后他再对您那样,我这儿先就不依!"

晚上,我和友人照例同床。那是他父亲生前睡的床,如今是他母亲的床,也是家中最宽大的床,却哪儿哪儿都松动了,我俩不管谁一翻身,那床都发出嘎吱嘎吱的响声。老人家为了我们两个小辈儿睡得好,把那床让给了我俩,她自己睡在客厅里的旧沙发上。

友人向我讲起了他的父亲,以及他的父亲和他母亲的关系。他的父亲曾是乡长,极体恤农民的一位乡长,故也备受农民的敬重;不幸罹患癌症,四十几岁就去世了。他父亲生前,和他母亲的关系一向不好,几乎谈不上有什么夫妻感情可言。自然,也就有过几次和别的女人的暧昧关系,母亲甚至因此寻过短见。

父亲去世以后,母亲一个人拉扯着四个儿女,日子变得朝不保夕。他的妹妹,由于小病没钱治,拖成了大病。水灵灵的一个少女,临死想换一身新衣服美一下,都没美成……

友人嘱咐我,千万不要提他的妹妹,那是他母亲心口永远的痛;也千万不要提他的父亲,那似乎是他母亲永远的怨。

他说:"我听过不少父亲们为儿女卖血的事,在我们家里,为供我们几个儿女读书,卖血的却是我母亲。而且像许三观一样,在一个月里卖过两次血。上苍让我母亲活到今天,实在是对她本人和对我们儿女的眷顾……"

茶村的夜晚,万籁俱寂。友人的话语,流露着淡淡的忧悒,绵长的思念,令我的心情也忧悒起来了;并且,令我也思念起了我那没过上几天好日子的老父亲和老母亲……

第二天,王妈妈打发晓鸣到另一个茶村去看望他二姐,却要我留了下来。她不采茶了,让我陪她在村里办点事。

我陪她去了几户茶农的家里,显然是茶村生活仍很贫穷的人家。她竟是一家一户去送钱，有的送一百，有的送五十。

"看你，又送钱来，别总操心我们的日子了，我们还过得下去……"

每户人家的人都说类似的话；家家户户的人的话中，却都有"又送钱来"四个字。

那"又送钱来"四个字，令我沉思不已。

她老人家却说："晓鸣的爸又给我托梦了，是他牵挂着你们，嘱咐我一定来看看。

或者指着我说："看，我认了个干儿子，和我晓鸣一样，也是教授。都是正的。他们都是每个月开五六千的人，以后我是不缺钱花的一个妈了。周济周济你们，还不应该的……"

我陪着在茶村认的这一位干妈，去给她的女儿、她的丈夫扫了坟。两坟相近，扫罢以后，她跪了很久。

她面对这座坟说："他爸，儿女们以为我还怨你，其实我早就不怨你了。我还替你做了些事情，那是你生前常做的事情。其实我一直记着你说过的一句话——为人处世，心里边还是多一点儿善良好。你要是也不嫌弃我了，那就给我托梦，在梦里明说。要是不好意思跟我明说，给儿女们托梦说说也行。那么，我死后，就情愿埋在你旁……"

又对那一座坟说："幺女啊，妈又来看你了。妈这个月采了二百多元的茶。现在女孩儿家也该穿裙子了，过几天，妈亲自到乐山去给你买一件漂亮的裙子。听你二姐的女儿说，乐山有一家服装店专卖女孩子穿的衣服,样式全都是时兴的……"

对第一座坟说话时,她的语调很平静;对第二座坟说话时,她忽然泣不成声……

在回家的路上,干妈对我说:"声儿,记着,以后找机会告诉晓鸣,他说得不对。一个塑料瓶子不是两分钱,是一角二分钱。硬铁皮的才两分钱,易拉罐八分钱,顶数塑料瓶子值钱。一斤纸板也不是一角几分钱,是三角钱……"

我诺诺连声而已。不知为什么,那一天这一位友人的老母亲,竟令我心生出几许肃然来……

后来我和我的干妈又聊过几次。

她问我:"如果一个老人生了癌症,最长能活多久,最短又能活多久?"

我以我所知道的常识回答了以后,她沉默良久,又问:"活得越久,岂不是越费钱?"

我一时不知该如何回答,尤其是对这样一位七十七岁了还辛劳不止采茶攒钱的老母亲。

她语调平静地又说:"晓鸣他爸生了癌症,才半个多月就走了。晓鸣寄给我的钱和我自己挣的,加起来快一万元了。现在治病很费钱,不知道一万元够治什么样的病……"

我更加不知如何回答才好,只有摇头。

于是她自问自答:"我死,也许不会因为病。就是因为病,估计也不会病得太久。我加紧再挣点儿钱,攒够一万,估计怎也够搪病的了。我可不愿拖累儿女们，儿女们各有各的家，也都不容易……"

我装出并没注意听的样子。

不料她突然问："你们城里的老人，如果还挺能吃，就表明还挺能活，是吧？"我回答："是。"她说："我们农村的老人，如果还挺能干，才表明挺能活。你看干妈，是不是还挺能干的？"我又回答："是。"

当我离开茶村时，我和我的干妈，相互都有些依依不舍了。我又明白了我自己一些——都五十七八岁的人了，居然还认起干妈来；实不是习惯于虚与委蛇，而是由于在心理上，仍摆脱不了那一种一心想做一个好儿子的愿望。

因为我从来就不曾好好地做过儿子。那是需要些愿望以外的前提的。对于我，前提以前没有。现在，前提倒是有了，父母却没了。我也更明白了——为什么我的某些同代人，一提起自己过世了的父母就悲泪涟涟。我是那么羡慕我的好友晓鸣教授。他的老母亲认下了我这一个干儿子，我觉得格外幸运。而我尤其幸运的是，我的远在一个小小茶村里的干妈，她是一位要强又善良的老人家。至于她爱捡废品的"缺点"，那是我能理解的，也是我觉得有趣的……

宏的明天

我因为要写一份关于《中华人民共和国劳动法》(以下简称《劳动法》)在现实生活中被遵守情况的调研报告,结识了某些在公司上班的青年——有国企公司的,有民营公司的;有大公司的,有小公司的。

张宏是一家较大民营公司的员工,项目开发部小组长。男,二十七岁,还没对象,外省人,毕业于北京某大学,专业是三维设计。毕业后留京,加入了"三无"大军——无户口,无亲戚,无稳定住处。已"跳槽"三次,在目前的公司一年多了,工资涨到了一万三。

他在北京郊区与另外两名"三无"青年合租一套小三居室,每人一间住屋,共用十余平方米的客厅,各交一千元月租。他每天七点必须准时离开住处,骑十几分钟共享单车至地铁站,在地铁内倒一次车,进城后再骑二十几分钟共享单车。如果顺利,九点前能赶到公司，刷上卡。公司明文规定，迟到一分钟也算迟到。迟到就要扣奖金，打卡机六亲不认。他说自从到这家公司后，从没迟到过，能当上小组长，除了专业能力强，与从不迟到不无关系。公司为了扩大业务范围和知名度，经常搞文化公益讲座——他联络和协调能力也较强，一搞活动，就被借到活动组了。也因此，我认识了他。他也就经常成为我调研的采访对象，回答我的问题。

我曾问他对现在的工作满意不满意。

他说挺知足。

每月能攒下多少钱？

他如实告诉我——父母身体不好，都没到外地打工，在家中务农，土地少，辛苦一年挣不下几多钱。父母还经常生病，如果他不每月往家寄钱，父母就会因钱犯愁。说妹妹在读高中，明年该考大学了，他得为妹妹准备一笔学费。说一万三的工资，去掉房租，扣除"双险"，税后剩七千多了。自己省着花，每月的生活费也要一千多。按月往家里寄两千元，想存点钱，那也不多了。

我很困惑，问他是否打算在北京买房子。他苦笑，说怎么敢有那种想法。

问他希望找到什么样的对象。他又苦笑，说像我这样的，哪个姑娘肯嫁给我呢？

我说你形象不错，收入挺高，愿意嫁给你的姑娘肯定不少啊。他说，您别安慰我了，一无所有，每月才能攒下三四千元，想在北京找到对象是很难的。发了会儿呆，又说，如果回到本省，估计找对象会容易些。

我说，那就考虑回到本省嘛，何必非漂在北京呢？终身大事早点定下来，父母不就早点省心了吗？

他长叹一声，说不是没考虑过。但若回到本省，不管找到的是什么样的工作，工资肯定少一多半。而目前的情况是，他的工资是全家四口的主要收入。父母供他上完大学不容易，他有责任回报家庭。说为了父母和妹妹，个人问题只能先放一边。

沉默片刻，主动又说，看出您刚才的不解了，别以为我花钱大手大脚的，不是那样。我们的工资分两部分，有一部分是绩效工资，年终才发。发多发少，要看加班表现。他说为了获得全额绩效工资，他每年都加班二百多天，往往双休日也自觉加班。一加班，家在北京市区的同事回到家会早点，像他这样住在郊区的，十一点能回到家就算早了。说全公司还是外地同事多，都希望能在年终拿到全额的绩效工资，无形中就比着加班了，而这正是公司头头们乐见的。他是小组长，更得带头加班。加不加班不只是个人之事，也是全组、全部门的事。哪个组、哪个部门加班的人少、时间短，全组全部门同事的绩效工资都受影响。拖了大家后腿的人，必定受到集体抱怨。对谁的抱怨强烈了，谁不是就没法在公司干下去了吗？

我又困惑了，说加班之事，应以自愿为原则呀。情况特殊，赶任务，偶尔加班不该计较。经常加班，不成了变相延长工时吗?违反《劳动法》啊!

他再次苦笑,说也不能以违反《劳动法》而论,谁都与公司签了合同的。在合同中,绩效工资的文字体现是"年终奖金"。你平时不积极加班,为什么年终非发给你奖金呢?

见我仍不解,他继续说,有些事,不能太较真的。公企也罢,私企也罢,全中国,不加班的公司太少了。那样的公司,也不是一般人进得去的呀!

交谈是在我家进行的——他代表公司请我到某大学做两场讲座,而那向来是我甚不情愿的。六十五岁以后的我,越来越喜欢独处。不论讲什么,总之是要做准备的,颇费心思。

见我犹豫不决,他赶紧改口说:"讲一次也行。关于文学的,或关于文化的,随便您讲什么,题目您定。"

我也立刻表态:"那就只讲一次。"

我之所以违心地答应,完全是由于实在不忍心当面拒绝他。我明白,如果我偏不承诺,他很难向公司交差。

后来我俩开始短信沟通,确定具体时间、讲座内容、接送方式等等。也正是在短信中,我开始称他"宏",而非"小张"。

我最后给他发的短信是——不必接送,我家离那所大学近,自己打的去回即可。

他回的短信是——绝对不行,明天晚上我准时在您家楼下等。

我拨通他的手机，坚决而大声地说："根本没必要！此事我做主，必须听我的。如果明天你出现在我面前了，我会生气的。"

他那头小声说："老师别急，我听您的，听您的。"

"你在哪儿呢？"

"在公司，加班。"那时九点多了。

我也小声说："明天不是晚上八点讲座吗？那么你七点下班，就说接我到大学去，但要直接回家，听明白了？"

"明白，谢谢老师关怀。"

结束通话，我陷入了良久的郁闷，一个问号在心头总是挥之不去——中国广大的年轻人如果不这么上班，梦想难道就实现不了啦？

第二天晚上七点，宏还是出现在我面前了。

坐进他车里后，因为他不听我的话，我很不开心，一言不发。

他说："您不是告诉过我，您是个落伍的人吗？今天晚上多冷啊，万一您在马路边站了很久也拦不到车呢？我不来接您，不是照例得加班吗？"

他的话不是没道理，我不给他脸色看了。

我说："送我到学校后，你回家。难得能早下班一次，干吗不？"

他说："行。"

我说："向我保证。"

他说:"我保证。"

我按规定结束了一个半小时的讲座,之后是半小时互动。互动超时了,十点二十才作罢。有些学子要签书,我离开会场时超过十点四十了。

宏没回家。他已约到了一辆车,在会场台阶上等我。

在车里,他说:"这地方很难打到车的,如果你是我,你能不等吗?"

我说:"我没生气。"沉默会儿,又说,"我很感动。"

车到我家楼前时,十一点多了。

我很想说:"宏,今晚住我家吧。"却没那么说。肯定,说了也白说。

我躺在床上后,忽然想起——明天上午有人要来取走调研,可有几个问题我还不太清楚,纸上空着行呢,忍不住拿起手机,打算与宏通话。刚拿起,又放下了。估计他还没到家,不忍心向他发问。

第二天上午九点左右,没忍住,拨通了宏的手机。不料宏已在火车上。

"你怎么会在列车上?"——我大为诧异。

他说昨天回住处的路上,部门的一位头头通告他,必须在今天早上七点赶到列车站,陪头头到东北某市去洽谈业务。因为要现买票,所以得早去。

我说:"你没跟头头讲,你昨天半夜才到家吗?"

他小声说:"老师,不能那么讲的。是公司的临时决定,让我陪着,也是对我的倚重啊。"

他问我有什么"指示"。我说没什么事,只不过昨天见他一脸疲惫,担心他累病了。

他说不会的。自己年轻,再累,只要能好好睡一觉,精力就会恢复的。

又一个明天,晚上十点来钟,他很抱歉地与我通话——请求我,千万不要以他为例,将他告诉我的一些情况写入我的调研报告。

"如果别人猜到了你举的例子是我,那不是非但在这家公司没法工作下去了,以后肯定连找工作都难了……老师,我从没挣到过一万三千多元,虽然包含绩效工资和'双险',虽然是税前,但我的工资对全家也万分重要啊!"

我说:"理解,调研报告还在我手里。"

我问他在哪儿,干什么呢。他说在宾馆房间,得整理出一份关于白天洽谈情况的材料,明天一早发回公司。

这一天的明天,又是晚上十点来钟,接到了他的一条短信——"梁老师,学校根据您的讲座录音打出了一份文稿,传给了我,请将您的邮箱发给我,我初步顺一顺再传给您。他们的校网站要用,希望您同意。"

我没邮箱,将儿子的邮箱发给了他,并附了一句话——"你别管了,直接传给我吧。"

第二天上午十点多钟,再次收到宏的短信——"梁老师,我一到东北就感冒了,昨天夜里发高烧。您的讲座文稿我没顺完,传给公司的一名同事了。她会代我顺完,送您家去,请您过目。您在短信中叫我'宏',我很开心。您对我的短信称呼,使我觉得自己的名字特有诗意,因而也觉得生活多了种诗意,宏谢谢您了。"

我除了复短信嘱他多多保重,再就词穷了。

几天后,我家来了一位姑娘,是宏的同事,送来我的讲座文稿。因为校方催得急,我在改,她在等。

我见她一脸倦容,随口问:"没睡好?"

她窘笑道:"昨晚加班,到家快十二点了。"

我心里一阵酸楚,又问:"宏怎么样了?"

她反问:"宏是谁?"

我说:"小张,张宏。"

她同情地说,张宏由于发高烧患上急性肺炎了,偏偏他父亲又病重住院,所以他请长假回农村老家去了……

送走那姑娘不久,宏发来了一条短信——"梁老师,我的情况,估计我同事已告诉您了。我不知自己会在家里住多久,很需要您的帮助,希望您能给我们公司的领导写封信,请他们千万保留我的工作岗位。那一份工作,宏实在是丢不起的。"

我默默吸完一支烟,默默坐到了写字桌前……

冉的哀悼

简直也可以说，冉是一个兼职的但同时又特别专业的哀悼者。

冉是农家女。她的家离她所生活的这座地级市三百多里。如今，中国的铁路和公路四通八达，她回农村探望父母已成经常之事。而且，她父母的身体一向很健康。

按照现在对于城市的分法，地级市属三级城市。印在冉身份证上的这座地级市，是长三角经济较发达的城市之一。虽属三级城市，仅市区也有一百五六十万人口了。它是一座美丽的城市，河流穿城而过，两侧的步行街绿荫成行，近年还增添了多组雕塑。凡到过这座城市的外地人，都对它的宜居和环境整洁印象深刻，也都能感觉到该市人较高的幸福指数。

一九八二年出生的陶冉，每自诩是同代人中的"大姐大"。她有中文系研究生学历，本科和研究生岁月是在北京同一所大学度过的。毕业时打消了留在首都的心念，自忖那并非明智的决定。一竿子插到底，回归至离父母最近的该市。她很幸运，虽无"后门"，却一举考上了公务员，分配在市政府老干部管理局。地级市的局是处级单位，当时有一位局长和一名女办事员，算上她共三人。她是研究生，一参加工作便是副科级。有干部级别，不带长。一年后这个局取消，改为老干部管理中心了。又一年后，中心主任也就是曾经的局长调走了，她当上了代理主任。不久，女办事员退休，"中心"只剩她一个人独当一面了。

该市虽是地级市，但当年留下来的南下干部较多，有的人革命资历不浅。独当一面够忙的，她却乐于为他们离退休后的生活服务，并无怨言。那时他们都叫她小陶，而她近水楼台先得月，利用他们的影响力，将丈夫调到国企了，将女儿送入重点托儿所了，贷款买到了价格优惠的住房。连她和丈夫的婚姻，也是他们中的一位做的月下老人。那时他们帮她帮得都很主动，也很高兴。因为她等于是他们和组织之间的联络员，不仅仅是服务员。而她，由于受到他们的关照，为他们服务也更加热忱和周到，她是个知恩图报的人。过了两年，终于又调入了一名大学生办事员，她的职务的"代"字取消，熬成了正式的主任。并且，入党了。相应地，由副科级而正科级了。

似乎就是从那时起，他们都不叫她小陶，皆改口叫她"小冉"了。是一位患了帕金森综合征的老同志先那么叫的，逐渐地，都那么叫她了。他们的解释是——冉嘛，令人联想到旭日初升,预示着她进步的空间还很大,是对她更好的称谓。

对他们在此点上的集体的善意,她欣然接受。不知不觉地,她听他们叫自己"小冉"听顺耳了,仿佛自己不是姓陶,而是姓冉。

他们和她的关系,也发生了微妙的变化。以前她是小陶时,他们仅仅视她为服务员、联络员。离退休后,与组织的关系一年比一年淡化,需要联络的事越来越少,随着岁数的增加,这种病那种病多了。所以,对服务的希望也就是对关怀的希望,遂成他们对她的主要寄托。特别是,对离退休干部实行老人老办法、新人新办法后,有些曾经是这个长、那个长的人的工资和医药费由社保机构代发和报销了,这使他们一时难以适应,也很失落,牢骚、怪话甚至不悦情绪,每针对性地指向她的服务方面。

她成为正式的主任后,他们明显地有几分"讨好"着她了。毕竟,她成为代表组织"管理"他们的最大的干部了。别的姑且不论,惹她不高兴了,一年少探望自己几次,那份儿形同被组织冷落的感受,就够自己郁闷的了。何况还有追悼会这码事呢!他们中有谁逝世了,不成文的规定是——除个别老革命外,市委市政府一般仅献花圈,领导们都不参加吊唁了。而对局以下干部的追悼会,原则上"中心"送花圈即可。这么一来,如果"中心"不但送花圈,冉还亲自参加某位普通干部的追悼会,对家属便意味着一种重视,对于死者也意味着是一种哀荣了。总而言之,成为主任之后的小陶不但是"小冉",对于他们及他们的亲人,俨然一位有光环似的人物了。

但是冉自己却没滋生什么优越感。她的人生已开始顺遂，无须再借用他们的影响力实现什么个人愿望了。"八项规定"颁布后，他们的影响力大打折扣。尽管如此，成为主任以后的冉，对他们的关怀和服务更主动、更上心了。在她眼中，他们也不过就是些需要自己代表体制多给予一些温暖的老人而已。尤其是在参加追悼会方面，不论级别高低，她几乎无一例外地亲自前往。她的想法是——既然没有明文规定限制我参加谁的追悼会，既然死者家属全都希望我参加他们亲人的追悼会，我陶冉为什么不去呢？除了能满足别人对我的这一点点希望，我陶冉另外也给不了什么温暖啊。

近年，她参加追悼会的次数多了，几乎每年都参加一两次。有一年，参加了三次。

二〇一七年，她已经三十五岁了，仍是主任。

她对参加追悼会这件事的态度极其郑重，比应邀参加婚礼郑重多了。婚礼是可以推托的，也可以只随份子人不到场。但对于她所"管理"的人们的追悼会，她认为任何理由的推托都是对死者的不友善，也会使家属们徒增伤感。何况，参加追悼会本已成为自己的工作内容，每每还"被"体现为"重中之重"。不论自己平时对谁多么关怀，却居然并没亲自参加谁的追悼会，那么此前的关怀很可能就被死者家属所觉得的遗憾抵消了。

她为自己买了一套参加追悼会时才穿的"工作服"。即使追悼会是在冬季举行,她也要将"工作服"穿在棉衣里边,到了追悼现场再将棉衣脱掉。过程通常是这样——直系亲属站在逝者遗体一侧,首先由单位领导也就是她鞠躬默哀,与遗体告别,与亲属一一握手,可以不说话,也可以说"节哀"——每次她都能将这一过程做得非常到位。那时她表情哀肃,举手投足,或行或止,都有那么一种宛如大领导的范儿。但她绝不是装的,也不是以什么理念要求自己那样。而是身临其境之后,自然而然地就那样了。对于自己所哀悼的每一位死者,她内心里真的会油然产生大的悲悯和哀伤。

相对于死,活着到底是好的——除非生不如死的活法。

参加了多次追悼会后,她对人生形成了一种只对丈夫说过的理解——人出生后由父母代领出生证明,死后由儿女代领死亡证明;对一个人最重要的证明,却都不是自己领取的。而所谓人生,成功也罢,精彩也罢,伟大也罢,或反过来,其实都只不过是两份证明之间的存在现象而已……

她丈夫立刻附和道:"对对,所以咱俩要把小日子经营好,能及时行乐就该及时行乐!"

她却说:"该及时行悲也得及时行悲。"

丈夫愣了愣,不高兴地说:"你怎么又把话扯到你的工作上去了?我再表明态度,对你每次都亲自参加追悼会,我就是反对!"

她说:"我也就能给别人送那么一点儿温暖,临死的时候可以对自己说,我也对得起生命。"

"越说越不吉利!不爱听不爱听。你是主任,该派小李去的时候,为什么不派小李去?每次你都亲自去,主任不是白当了?"

小李是后来分到"中心"的办事员。

"正因为我是主任,我去才与小李去不一样嘛。再说小李有遗体恐惧症,我还没想出怎么锻炼她的好办法……"

夫妻俩一向和和睦睦的,却因为她似乎"喜欢"参加追悼会而经常闹别扭了。

立冬后的一天,在家里,冉又接到了一个希望她参加追悼会的电话——一位曾经的副市长去世了,他妻子通告冉。

去世者也就六十多岁,早逝使亲人们多么悲痛,可想而知。逝者退休前因为连带工作责任受过处分,还降了半级。估计,其离世与不良情绪有关。市一级领导不会参加他的追悼会的,这是明摆着的事。

"小冉,你肯参加我老伴的追悼会不?"电话那端传来了哭声。

"阿姨,我肯定参加。追悼会有什么需要我协助的事,您只管吩咐。"冉不假思索地保证了。

"你就不能找个理由不参加吗?"她还低头看着手机发呆呢,丈夫从旁表示不满了。

"可我确实没什么理由不参加呀。"她抬头望着丈夫，一脸沉思。

"你这么不讲工作策略是会犯错误的！"丈夫恼火了。

"人家丈夫不幸早逝了，我跟人家讲什么策略呀？又能犯什么错误呢？哪儿跟哪儿呀？"冉也大为不悦了。

追悼会前一天早上，她接到了母亲的电话——母亲告诉她，她父亲由于急性心脏病住院了，盼望她早点儿赶回去。

丈夫说："正好，这是个充分的理由，你不要去参加追悼会了！"

她说："可我已经保证了呀。"

"你怎么还这么死心眼啊！你立刻买车票回去，我替你参加行不？"丈夫急了。

"你立刻请假，先替我回去行不？"

冉的话说出了恳求的意味。

第二天，冉将儿子送到公婆家，一参加完追悼会，直奔火车站。

当她坐在列车上时，丈夫给她发了一条短信——"冉你要坚强，咱爸走了……"

她顿时泪如泉涌，片刻失声痛哭——车厢里斯时肃静异常，使她的哭声听来像是经过效果处理的录音。

在农村，在她父亲的丧事上，出现了不少城里人，有的分明还是夫妇。而那些男人，看去皆有几分干部模样……

- 206 -

老驼

我这个出生在哈尔滨市的人，下乡之前没见到过真的骆驼。当年哈尔滨的动物园里没有。据说曾经也是有过一头的，后来死去了。我下乡之前没去过几次动物园，总之是没见到过真的骆驼。当年中国人家也没电视，便是骆驼的活动影像也没见过。

然而骆驼之于我，却并非陌生动物。当年不少男孩子喜欢收集烟盒，我也是。一名小学同学曾向我炫耀过"骆驼"牌卷烟的烟盒，实际上不是什么烟盒，而是外层的包装纸。划开胶缝，压平了的包装纸，其上印着英文。当年的我们不识得什么英文不英文的，只说成是"外国字"。当年的烟不时兴"硬包装"，再高级的烟，也无例外地是"软包装"。故严格讲，不管什么人，在中国境内能收集到的都是烟纸。烟盒是我按"硬包装时代"的现在来说的。

那"骆驼"牌卷烟的烟纸上，自然是印着一头骆驼的。但那烟纸令我们一些孩子大开眼界的其实倒还不是骆驼，而是因为"外国字"。那是我第一次见到外国的东西，竟有种被震撼的感觉。当年的孩子是没什么崇洋意识的。但依我们想来，那肯定是在中国极为稀少的烟纸。物以稀为贵。对于喜欢收集烟纸的我们，是珍品啊！有的孩子愿用数张"中华""牡丹""凤凰"等当年也特高级的卷烟的烟纸来换，遭断然拒绝。于是在我们看来，那烟纸更加宝贵。

"文革"中，那男孩的父亲自杀了。正是由于"骆驼"牌的烟纸祸起萧墙。他的一位堂兄在国外，还算是较富的人。逢年过节，每给他寄点儿东西，包裹里常有几盒"骆驼"烟。"造反派"据此认定他里通外国无疑……而那男孩的母亲为了表明与他父亲划清界限，连他也抛弃了，将他送到了奶奶家，自己不久改嫁。

故我当年一看到"骆驼"二字，或一联想到骆驼，心底便生出替我那少年朋友的悲哀来。

后来我下乡，上大学，在10年左右的时间里，竟再没见到"骆驼"二字，也没再联想到它。

落户北京的第一年，带同事的孩子去了一次动物园，我才见到了真的骆驼，数匹，有卧着的，有站着的，极安静极闲适的样子，像是有驼峰的巨大的羊。肥倒是挺肥的，却分明被养懒了，未必仍具有在烈日炎炎之下不饮不食还能够长途跋涉的毅忍精神和耐力了。那一见之下，我对"沙漠之舟"残余的敬意和神秘感荡然无存。

后来我到新疆出差，乘吉普车行于荒野时，又见到了骆驼。秋末冬初时节，当地气候已冷，吉普车从戈壁地带驶近沙漠地带。夕阳西下，大如轮，红似血，特圆特圆地浮在地平线上。

陪行者忽然指着窗外大声说："看，看，野骆驼！"

于是吉普车停住，包括我在内的车上的每一个人都朝窗外望。外边风势猛，没人推开窗。三匹骆驼屹立风中，也从十几米外望着我们。它们颈下的毛很长，如美髯，在风中飘扬。峰也很挺，不像我在动物园里见到的同类，峰向一边软塌塌地歪着。但皆瘦，都昂着头，姿态镇定，使我觉得眼神里有种高傲劲儿，介于牛马和狮虎之间的一种眼神。事实上人是很难从骆眼中捕捉到眼神的。我竟有那种自以为是的感觉，大约是由于它们镇定自若的姿势给予我那么一种印象罢了。

我问它们为什么不怕车？

有人回答说这条公路上运输车辆不断，它们见惯了。

我又问这儿骆驼草都没一棵，它们为什么会出现在离公路这么近的地方呢？

有人说它们是在寻找道班房，如果寻找到了，养路工会给它们水喝。

我说骆驼也不能只喝水呀，它们还需要吃东西啊！新疆的冬天非常寒冷，肚子里不缺食的牛羊都往往会被冻死，它们找到几丛骆驼草实属不易，岂不是也会冻死吗？

有人说：当然啦！

有人说：骆驼天生是苦命的，野骆驼比家骆驼的命还苦，被家养反倒是它们的福分，起码有吃有喝。

还有人说：这三头骆驼也未必便是名副其实的野骆驼，很可能曾是家骆驼。主人养它们，原本是靠它们驮运货物来谋生的。自从汽车运输普及了，骆驼的用途渐渐过时，主人继续养它们就赔钱了，得不偿失，反而成负担了。可又不忍干脆杀了它们吃它们的肉，于是骑到离家远的地方，趁它们不注意，搭上汽车走了，便将它们遗弃了，使它们由家骆驼变成了野骆驼。而骆驼的记忆力是很强的，是完全可以回到主人家的。但骆驼又像人一样，是有自尊心的。它们能意识到自己被抛弃了，所以宁肯渴死饿死冻死，也不会重返主人的家园。但它们对人毕竟养成了一种信任心，即使成了野骆驼，见了人还是挺亲的……

果然，三头骆驼向吉普车走来。

最终有人说："咱们车上没水没吃的，别让它们空欢喜一场！"我们的车便开走了。

那一次在野外近距离见到了骆驼以后，我才真的对它们心怀敬意了，主要因它们的自尊心。动物而有自尊心，虽为动物，在人看来，便也担得起"高贵"二字了。

后来我从一本书中读到一小段关于骆驼的文字——有时它们的脾气竟也大得很，往往是由于备感屈辱。那时它们的脾气比所谓"牛脾气"大多了，连主人也会十分害怕。有经验的主人便赶紧脱下一件衣服扔给它们，任它们践踏任它们咬。待它们发泄够了，主人拍拍它们，抚摸它们，给它们喝的吃的，它们便又服服帖帖的了。

毕竟，在它们的意识中，习惯于主人是它们自身不可分割的一部分。

不久前，我在内蒙古的一处景点骑到了一头骆驼背上。那景点养有一百几十头骆驼，专供游人骑着过把瘾。但须一头连一头，连成一长串，集体行动。我觉有东西拱我的肩，勉强侧身一看，见是我后边的骆驼翻着肥唇，张大着嘴。它的牙比马的牙大多了。我怕它咬我，可又无奈。我骑的骆驼夹在前后两匹骆驼之间，拴在一起，想躲也躲不开它。倘它一口咬住我的肩或后颈，那我的下场就惨啦。我只得尽量向前俯身，但却无济于事。骆驼的脖子那么长，它的嘴仍能轻而易举地拱到我。有几次，我感觉到它柔软的唇贴在了我的脖梗上，甚至感觉到它那排坚硬的大牙也碰着我的脖梗了。

倏忽间我于害怕中明白——它是渴了，它要喝水。而我，一手扶鞍，另一只手举着一瓶还没拧开盖的饮料。既明白了，我当然是乐意给它喝的。可骆队正行进在波浪般起伏的沙地间，我不敢放开扶鞍的手，如果掉下去会被后边的骆驼踩着的。就算我能拧开瓶盖，也还是没法将饮料倒进它嘴里啊，那我得有好骑手在马背上扭身的本领，我没那种本领。我也不敢将饮料瓶扔在沙地上由它自己叼起来，倘它连塑料瓶也嚼碎了咽下去，我怕锐利的塑料片会划伤它的胃肠。真是怕极了，也无奈到家了。

它却不拱我了。我背后竟响起了喘息之声。那骆驼的喘息，类人的喘息，如同负重的老汉紧跟在我身后，又累又渴，希望我给"他"喝一口水。而我明明手拿一瓶水，却偏不给"他"喝上一口。

我做不到的呀！

我盼着驼队转眼走到终点，那我就可以拧开瓶盖，恭恭敬敬地将一瓶饮料全倒入它口中了。可驼队刚行走不久，离终点还远呢！我一向以为，牛啦、马啦、骡啦、驴啦，包括驼和象，它们不论干多么劳累的活都是不会喘息的。那一天那一时刻我才终于知道我以前是大错特错了。

既然骆驼累了是会喘息的，那么一切受我们人所役使的牲畜或动物肯定也会的，只不过我以前从未听到过罢了。

举着一瓶饮料的我，心里又内疚又难受。

那骆驼不但喘息，而且还咳嗽了，一种类人的咳嗽，又渴又累的一个老汉似的咳嗽。

我生平第一次听到骆驼的咳嗽声……

一到终点，我双脚刚一着地，立刻拧开瓶盖要使那头骆驼喝到饮料。偏巧这时管骆驼队的小伙子走来，阻止了我。

因为我手中拿的不是一瓶矿泉水，而是一瓶葡萄汁。

我急躁地问："为什么非得是矿泉水？葡萄汁怎么了？怎么

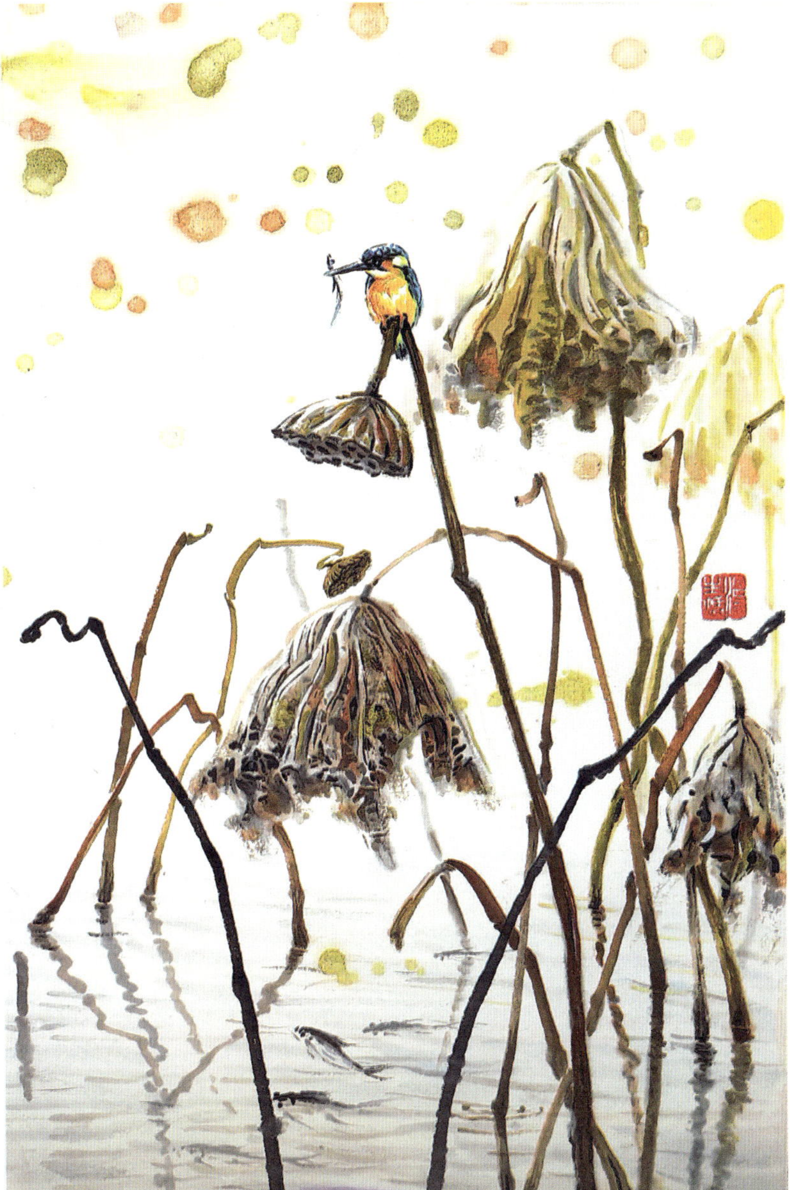

鸟悦而鸣，鱼欢而纵，兽因快活而追娱，何况人乎？

——《关于歌》

啦？！"

小伙子讷讷地说，他也不太清楚为什么，总之饲养骆驼的人强调过不许给骆驼喝果汁型饮料。

我问他这头骆驼为什么又喘又咳嗽的。

他说它老了，说是旅游点买一整群骆驼时白"搭给"的。

我说它既然老了，那就让它养老吧，还非指望这么一头老骆驼每天挣一份钱啊？

小伙子说你不懂，骆驼它是恋群的。如果驼群每天集体行动，单将它关在圈里，不让它跟随，它会自卑，它会郁闷的。而它一旦那样了，不久就容易病倒的……

我无话可说，无话可问了。

老驼尚未卧下，一动不动地站在原处，瞪着双眼睖视我，说不清望的究竟是我，还是我手中的饮料。

我经不住它那种望，转身便走。

我们几个人中，还有著名编剧王兴东。我将自己听到那老驼的喘息和咳嗽的感受，以及那小伙子的话讲给他听，他说他骑的骆驼就在那头老驼后边，他也听到了。

不料他还说："梁晓声，那会儿我恨死你了！"

我惊诧。

他谴责道："不就一瓶饮料吗？你怎么就舍不得给它喝？"

我便解释那是因为我当时根本做不到的。何况我有严重的颈椎病，扭身对我是件困难的事。

他愣了愣，又自责道："是我骑在它身上就好了，是我骑在它身上就好了！我多次骑过马，你当时做不到的，我能做到……"

我顿时觉他可爱起来。暗想，这个王兴东，我今后当引为朋友。

几个月过去了，我耳畔仍每每听到那头老驼的喘息和咳嗽，眼前也每每浮现它睇视我的样子。

由那老驼，我竟还每每联想到中国许许多多被"啃老"的老父亲老母亲们。他们之被"啃老"，通常也是儿女们的无奈。但，儿女们手中那瓶"亲情饮料"，儿女们是否也想到了那正是老父老母们巴望饮上一口的呢？而在日常生活中，那是比在驼背上扭身容易做到的啊！

天地间，倘没有一概的动物，自远古时代便唯有人类。我想，那么人类在情感和思维方面肯定还蒙昧着呢？万物皆可开悟于人啊！

PART 4
夹岸风光

第一支钢笔

它是黑色的，笔身粗大，外观笨拙。全裸的笔尖，旋拧的笔帽。胶皮笔囊内没有夹管，吸墨水时，捏一下，鼓起缓慢。墨水吸得太足，写字常常"呕吐"，弄脏纸和手。

这种老式产品，十五年前就被淘汰了。如今，要寻找它的一个"同类"不比寻找一件马褂容易。若坏了，任何修笔铺都无法修配，人家肯定会劝你干脆扔掉，买支新的。

我使用它，已经二十多年了。笔尖劈过，断过，被我磨齐了，也磨短了。笔道很粗，写一个笔画多的字，大稿纸的两个格子也容不下。已不能再用它写作，只能写便笺或信封。笔帽倘非胶布缠着，早就四分五裂了。笔囊几年前就硬化，被我取消，权当蘸水笔用。笔杆换过了，用火烤着硬"安"上的，却不可能再拧下来。

它是我使用的第一支钢笔，母亲给我买的。那一年，我升入小学五年级。学校规定，每星期有两堂钢笔字课。某些作业，要求学生必须用钢笔完成。全班每一个同学，都有了一支崭新的钢笔，有的同学甚至有两支。我却没有钢笔可用，连支旧的也没有。我只有蘸水钢笔，每次完成钢笔作业，右手总被墨水染蓝，染蓝了的手又将作业本弄脏。我常因此而感到委屈，做梦都想得到一支崭新的钢笔。

一天，我终于哭闹起来，折断了那支蘸水笔，逼着母亲非立刻给买一支吸水笔不可。

母亲对我说："孩子，妈妈不是答应过你，等你爸爸寄回钱来，一定给你买支吸水笔吗？"

我不停地哭闹，喊叫："不不，我今天就要。你去给我借钱买。"

母亲叹了口气，为难地说："你这孩子，真不懂事。这月买粮的钱，是向邻居借的；交房费的钱，也是向邻居借的；给你妹妹看病，还是向邻居借的钱。为了今天给你买一支吸水笔，你就非逼着妈妈再去向邻居借钱吗？叫妈妈怎么向邻居张得开口啊？"

我却不管母亲好不好意思再向邻居张口借钱，哭闹得更凶。母亲心烦了，打了我两巴掌。我赌气哭着跑出了家门……

那天下雨，我在雨中游荡了大半日不回家，衣服淋湿了，头脑也淋得平静了，心中不免后悔自责起来。是啊，家里生活困难,仅靠在外地工作的父亲每月寄回几十元钱过日子,母亲不得不经常向邻居开口借钱。母亲是个很顾脸面的人,每次向邻居家借钱,都需鼓起一番勇气。我怎么能为了买一支吸水笔,就那样为难母亲呢?我觉得自己真是太对不起母亲了。

于是我产生了一个念头,要靠自己挣钱买一支钢笔。这个念头一产生,我就冒雨朝火车站走去。火车站附近有座坡度很陡的桥,一些大孩子常等在坡下,帮拉货的手推车夫们推上坡,可讨得五分钱或一角钱。

我走到那座大桥下,等待许久,不见有手推车来。雨越下越大,我只好站到一棵树下躲雨。雨点噼噼啪啪地抽打着肥大的杨树叶,冲刷着马路。马路上不见一个行人的影子,只有公共汽车偶尔驶来驶往。几根电线杆子远处,就迷迷蒙蒙地看不清楚什么了。

我正感到沮丧,想离开,雨又太大;等下去,肚子又饿。忽然发现了一辆手推车,装载着几层高高的木箱子,遮盖着雨布。拉车人在大雨中缓慢地、一步步地朝这里拉来。看得出,那人拉得非常吃力,腰弯得很低,上身几乎俯得与地面平行了,两条裤腿都挽到膝盖以上,双臂拼力压住车把,每迈一步,似乎都使出了浑身的劲。那人没穿雨衣,头上戴顶草帽。由于他上身俯得太低,无法看见他的脸,也不知他是个老头,还是个小伙儿。

他刚将车拉到大桥坡下,我便从树下一跃而出,大声问:"要帮一把吗?"

他应了一声。我没听清他应的是什么，明白是正需要我"帮一把"的意思，就赶快绕到车后，一点也不隐藏力气地推起来。车上不知拉的何物，非常沉重。还未推到半坡，我便一点力气也没有了，双腿发软，气喘吁吁。那时我才知道，对于有些人来说，钱并非容易挣到的。即使一角钱，也是并非容易挣到的。我还空着肚子呢。又推了几步，实在推不动了，产生了"偷劲"的念头。反正拉车人是看不见我的。我刚刚松懈了一点力气，就觉得车轮顺坡倒转。不行，不容我"偷劲"。那拉车人，也肯定是拼着最后一点力气在坚持，在顽强地向坡上拉。我不忍心"偷劲"了。我咬紧牙关，憋足一股力气，发出一个孩子用力时的哼哼声，一步接一步，机械地向前迈动步子。

车轮忽然转动得迅速起来。我这才知道，已经将车推上了坡，开始下坡了。手推车飞快地朝坡下冲，那拉车人身子太轻，压不住车把，反被车把将身子悬起来，双腿离了地面，控制不住车的方向。幸亏车的方向并未偏往马路中间，始终贴着人行道边，一直滑到坡底才缓缓停下。

我一直跟在车后跑，车停了，我也站住了。那拉车人刚转过身，我便向他伸出一只手，大声说："给钱。"

那拉车人呆呆地望着我，一动不动，也不掏钱，也不说话。

我仰起脸看他，不由得愣住了。"他"……原来是母亲。雨水，混和着汗水，从母亲憔悴的脸上直往下淌。母亲的衣服完全淋透了，像从水里捞出来的一样，湿漉漉地贴在身上，显出了她那瘦削的两肩的轮廓。她胸口剧烈地起伏着，脸色苍白，大口大口地喘着气。

我望着母亲，母亲望着我，我们母子完全怔住了。

就在那一天，我得到了那支钢笔，梦寐以求的钢笔。

母亲将它放在我手中时，满怀期望地说："孩子，你要用功读书啊。你要是不用功读书，就太对不起妈妈了……"

在我的学生时代，我一刻都没有忘记过母亲满怀期望对我说的这番话。

如今，二十多年过去了，我已经是个成年人了，母亲变成老太婆了。那支笔，也可以说早已完成它的历史使命了。但我，却要永远保存它，永远珍视它，永远不抛弃它。

关于歌

歌舞与人类的关系,较任何别种艺术都古远。时间之早,定在先民们往洞壁上绘画之前。至于早多少世纪,无可考,大约总该千年之久吧,因为人类自从能够站立而行,无论个体或集体,应总有高兴的时候,那么其时便该有原始的歌舞了。鸟悦而鸣,鱼欢而纵,兽因快活而追娱,何况人乎?

又可以推断——对于人类,歌舞现象首先是高兴所至,情不自禁。亦成悲伤状态,是产生了原始的悼念仪式以后的事。非处于集体的仪式中,个体的人类是不太会由于悲伤而且歌且舞的。这一普遍规律,在动物界至今如此。在人类,被有意地传统化了。近代的人类,追悼过程大抵不再唱歌,每每的,还放哀乐,或由神父咏经。在东方,咏经的多是和尚。和尚的咏与神父的咏不同,实际上是唱的一种。

古希腊神话的缪斯女神们,皆能歌善舞,且有专管神界、人间歌舞之事的分工。足见歌舞之事，在人类的生活内容中，是多么不可或缺。

希腊神话中的大英雄奥德修斯结束征战以后，返回家园的途中便受到了海妖甜歌的诱惑。

这一故事从古代向现代传递了两个信息：

一、歌是有力量的，如同武器。

二、美女而善歌，如一等武士掌握了一等武器，其征服力和杀伤力更强大了。

至于舞，其肢体语汇毕竟是有限的，自然而然地在人类生活中边缘化了，非任何人所能扭转。

迄今为止，若评出人类的百项文明成果，在我这里，音律的产生必居其一。若只评十项，亦当有之。五项，仍不可去。

我每每想，假如真有那么一天，地球上的一切文明成果皆毁灭了，只要起码的衣食住行不成大问题，并且人类仍具有善歌的天赋，那么也还会有最低限度的快乐可言。而歌，不但能继续消除人类相互的敌意，也会使文学、戏剧、美术以及其他艺术，必能较快地重新产生出来。一切文明，从头再来也没什么大不了的。

可若相反，一切文明成果不但原样保留，甚至人类已在其他星球上建设起了一处处美如天堂的所在，文学、戏剧、美术、影视，也一样不少地存在着，单单永无歌声可听，也永不产生歌者了——想想看，人类还会快乐吗？

从未唱过歌，不知歌为何事，则罢了。但已唱了几千年，听了几千年了，此种"忘记"是那么容易做到的吗？无法忘记而不能继续，其没着没落，定会像吃货们的舌再也尝不到五味似的终日闷闷不乐。

对于人类，歌的能力，确可谓天赋。上苍不但使人善歌，而且使人之喉，可以惟妙惟肖地模仿地球上一切虫、鸟、兽的鸣叫哮吼，可见上苍对人类是最偏爱的。

唱歌已经完全成为人类的生命本能之一了，已经早就成为人类的基因现象了，这一点与其他艺术和人类的关系截然不同。

存在于基因里的，成为生命本能之一的艺术天赋，在我看来，具有"神谕性"。而其他艺术，与人类皆属后天关系。

以上就是为什么，我一个写小说的人，对歌心怀比文学更大的敬意的缘故。

其他一切艺术，都无法像歌那样，与人类形成最普遍的与生俱来的密切关系。

绘画、雕塑、建筑，不论多么举世闻名，都不可能像歌一样成为人类生活中的常态现象。

不分种族，不分男女老幼，每个人一开口唱歌，不论唱得如何，那时便是歌者了，歌与人合二为一了。当然，任何人练书法、绘画或进行其他艺术尝试，也同时便与艺术合二为一了——但，后者哪有前者多呢？

歌又是最具有"自洁"属性的事。或曰，作为一种艺术门类，歌是最具有自爱品质的。

歌的"江河"，继续从人类的心田流淌而过，排除率很高。凡那词曲低俗的，即使流行了一阵子，不管被名气多么大的歌星唱过，最终还是会被排除在歌的"江河"之外。

"真正有生命力的文艺是来自民间的。"——这话显然并不全对，但相对于歌，则非常正确。

海子的诗

海子的悲剧发生时,诗的处境尚未寂落到以上地步,却已有了诸种势必寂落下去的征兆。无法知道海子是否感知到了此点,于是选择了未免极端的方式"自行退场"。关于他的某些不顺遂的情况,却是我们爱他的人后来逐渐知道了的——首先是他的身体出了问题,像人生处于低谷的艾略特一样,他似乎被忧郁症纠缠住了。同时他的生存面临困难——他不同于体制内的诗人们,有一份稳定的工资。他虽是缪斯爱子,同时也是农民的儿子,是无业的诗人。仅靠写诗所得之稿费,无论如何是养活不了自己的,更不要说赡养终日辛劳的父母了。艾略特与他相比是幸运的——前者可以住进社会福利性的疗养院,继续写其成名诗作。海子却只能自己承受身心两方面的疲惫,得不到社会济助。在西方,半个多世纪前便有专门面向作家和诗人们的文化基金,否则连乔伊斯也获得不了诺贝尔文学奖的。中国当时尚无那类基金,也还没有所谓的"签约作家"。

几年后，我不知受哪方面邀请，去了一次甘肃。在列车上，从一份宝鸡当地的报上，读到当地不久前刚开过的一次由青年诗人们自发组织的座谈会的纪要。纪要既呈现了他们在诗创作方面的迷惘、困惑；也传递出了他们在生活方面的种种苦恼。生存与诗，在他们那儿必须有所放弃；而他们都表示只能放弃诗了。

当时，少数省份和城市已有"签约作家"，多数还没有。即使在有了的城市，即使"签约作家"包括诗人，实际上属于诗人的机会也不多。因为"签约作家"是要按章程规定，完成可以数字量化的创作的。这对于作家较容易明确，如要求创作总字数是多少的小说，一清二白，一目了然，无歧义。但对于诗，如何量化呢？须知此前获全国诗作品奖的诗，有的也极短。由于难以量化，签约的诗人便寥寥无几。

何况，当时中国的经济发展总况令人忧虑重重，大批工人下岗，农作物市场对接不畅，尚有几千万贫困人口，社会关怀的目光不可能聚焦在诗人部落。

海子的死，后来总使我联想到美国电影《楚门的世界》。

楚门是片中的男主人公，他历尽艰险，最后在高台上面对一扇不起眼的门，一扇开在以假乱真的天幕上的薄门——楚门推开了那扇门，向全球数亿观众行了一个优雅的告别式的绅士礼，毅然迈向了门那边伸手不见五指的黑暗——全球数亿双寻求刺激的眼，那时正在看他所"主演"的真人秀。尽管，他破釜沉舟所要一刀两断的是"秀",但却要回了属于自己的那份真实的人生。

所幸,楚门并没跌入令他粉身碎骨的黑暗——灯光一亮,门那边原来是演播室……

海子肯定也渴望要真实又少忧愁的人生。

在一九八九年,许多中国人都想要那种生活呀!

那种人生的中国说法是"小康"。

当年"小康"对于许多中国人尚是理想。

海子心里装着此种理想的死至今仍令我心疼。

我对他的自杀是持否定态度的。

我一向认为,人生的转机,往往产生于再坚持一下的坚忍之中。

但我们不能责备一个头脑得了疾病的人。

从明天起,做一个幸福的人

喂马、劈柴,周游世界

从明天起,关心粮食和蔬菜

我有一所房子,面向大海,春暖花开

从明天起,和每一个亲人通信

告诉他们我的幸福

那幸福的闪电告诉我的

我将告诉每一个人

给每一条河每一座山取一个温暖的名字

　　陌生人，我也为你祝福

　　愿你有一个灿烂的前程

　　愿你有情人终成眷属

　　愿你在尘世获得幸福

　　我只愿面朝大海，春暖花开

　　这并不是海子最好的诗，却是海子最真情流露的诗。哪一位诗人的诗又是不真情的呢？"真"是诗的"元气"，也是诗人的"元气"——二十世纪八十年代后，人们对于虚情假意的文学、文艺已视如垃圾。毋庸讳言，那类奉承乃至谄媚得令人肉麻的"东西"，曾经为数不少；即使八十年代后，也并未绝迹，然而终究风光不再，去势了。也可以说，"文革"后的诗人们大抵都恢复了"元气"，"真"已开始成为人们衡量诗的起码尺度了。

　　我言海子之"真情流露"，乃指他依偎向"形而下"的俗世常态生活的那一种真——"喂马、劈柴；关心粮食和蔬菜"，典型农民的常态生活。我也算是读过一些诗的人了，敢斗胆说，任何一首外国诗中，都未出现过喂马、劈柴、粮食和蔬菜这样的文字。遍查外国诗人们的经历，不论出身怎样，一旦成为诗人，农民的常态生活便与诗绝缘了。就是农奴出身的乌克兰诗人谢甫琴科的诗行中，也没有需要亲自喂马、劈柴的个人现实生活之写照；而且是不关心粮食和蔬菜的。中国古代隐于山林的诗人们倒是喜欢种点什么的，但那"什么"大抵是植物——竹、梅、兰之类，却也不劈柴、喂马。或，尽管干那类活，但不入诗。很个别的例子是嵇康，他在山林中打农具卖。

海子此诗，证明他开始接受自己有两种互难协调的身份——是诗人；同时是农民之子。

"周游世界"是对诗人身份的眷恋，那在当时对于他这个农民之子是不可能的。

从明天起，和每一个亲人通信
告诉他们我的幸福
给每一条河每一座山取一个温暖的名字
陌生人，我也为你祝福……

当年深深感动我的，是他以上诗句所流露的内心热量。一想到他伴随着喜悦般的热量而死，委实心痛。

一只风筝的一生

这是春季里一个明媚的日子。阳光温柔。风儿和煦。鸟儿的歌唱此起彼伏。

一丛年轻的竹，在一户人家后院愉快地交谈。它们都正感觉一种生命蓬勃生长的喜悦，也都在预想和憧憬着它们的将来。有的希望做排，有的希望做桅杆，有的希望做家具，有的希望做工艺品……

还有一个说："我才不希望被做成另外的任何东西呢！我只想永永远远地是我自己，永永远远地是一棵竹！但愿我的根上不断长出笋，让我由一而十，而百，而生发成一片竹林……"

它的话音刚落，有一个男人握着砍刀走来。他是一个专做风筝卖风筝的男人。他这一天又要做一只风筝。

他上下打量那一丛年轻的竹。它们在他那种审视的目光之下，顿时都紧张得叶子瑟瑟发抖。

此刻，对那一丛年轻的竹而言，那个瘦小黝黑其貌不扬的男人，乃是决定它们命运的上帝。他使它们感到无比的怵畏。

他的目光终于只瞧着那棵"不希望被做成另外的任何东西"的竹了。他缓缓地举起了砍刀……

不待那棵竹做出哀求的表示，他已一刀砍下——在一阵如同呻吟的折断声中，它的枝叶似乎想要拽住另外那些竹的枝叶，然而它们都屏息敛气，尽量收缩起自己的枝叶避免受它的牵连……

它无助地倒下了……

被拖走了……

做风筝的男人将它剁为几段，选取了其中最满意的一段。接着将那一段劈开，砍成了无数篾子。

他只用几条篾子就熟练地扎成了一只风筝的骨架。其余的篾子都收入柜格中去了。而剩下的几段，已对他没什么用处了。被他的女人抱出去，散乱地扔在院子里，只等着晒干后当柴烧。

美丽的，蝶形的风筝很快做好了。它是用兜风性很好的彩绸裱糊成的。

当做风筝的人欣赏着它的时候，风筝得意地畅想着——啊，我诞生了！我是多么漂亮多么轻盈啊！我要高高地飞翔！

后来那风筝就被一位父亲替自己六七岁的儿子买去。

在另一个明媚的日子里，父亲带着儿子将风筝放起来了。它越飞越高，越飞越高，飞到了一只真的蝴蝶所根本不能达到的高度。他们还用彩纸叠了几只小花篮，一只接一只套在风筝线上，让风送向风筝……

许多行人都不由得驻足仰头观望那只美丽的风筝。

风筝也自高空朝地面俯瞰着。

它更加得意了。

它对另一只风筝喊:"瞧,多少人被我的美丽和我达到的高度所吸引呀!我比你飞得高!"

"我比你飞得高!那些人是被我的美丽和我达到的高度所吸引的!"

另一只风筝不服气起来。

"我飞得高!"

"我飞得高!"

"我美丽!"

"我比你美丽!我像蝴蝶,而你像什么呀!不过像一只普通的毛色单一的鸟罢了……"

于是它们在空中争吵。

于是它们都不顾风筝线的松紧,各自拼命往更高处升,都一心想超过对方的高度……

不幸得很,蝶形的风筝,首先挣断了控制它高度和操纵它方向的线,从空中翻着筋斗坠落着……

一阵突起的大风将它刮走了……

翌日,一个女人站在自家窗前,若有所思地凝视着它——它被缠在电线上了……

几只麻雀——城市里司空见惯的、最普通毛色最单一的小东西电落在电线上。它们对那只美丽的、蝶形的风筝感到十分好奇，叽叽喳喳地评论它。不久开始啄它，还大不敬地往它上面拉屎……

第一场雨下起来了……

然后风开始刮得尘土飞扬令人讨厌了……

被缠在电线上的风筝，湿了又干了，干了又湿了。它沾满尘土，肮脏了……

最初它仅能吸引一些人的目光。他们一旦发现它，都不禁驻足望它一会儿，都会说出一两句惋惜的话，或内心里产生一些惋惜的想法。

风筝不但肮脏了，而且破了。它的用竹篾编扎成的骨架暴露了，像鱼刺从一条烂鱼的皮下穿出来一样。

一旦发现它的人都赶紧低下头。它容易使人产生不好的联想了。

只有麻雀们仍愿落近它，仍喜欢啄它。当然，更加肆无忌惮地往它上面拉屎。仿佛它变得越狼狈不堪，越使它们感到高兴似的。

还有那个女人，也一直在天天隔窗关注着它由美变丑的过程。

她是一位女散文家。那风筝触发了她的某种文思。于是不久她写成了一篇充满伤感意味的叹物散文发在报上。于是此篇散文一时被四处转载,被收入"散文精品文丛"之类,不久获奖。

女散文家用三千元奖金买了一套时装。

她的亲朋好友都说她穿上那一套时装显得气质特别的端庄,特别的高贵,总之是特别的超凡脱俗。她穿着它出现在文化活动中和社交场合,甚至行走在路上时,常会招来刮目相看的目光。她也十分需要这个。这也能使她那颗女人的心获得极大的满足。她因此暗暗感激那只被电线缠住的风筝……不,更真实更准确地说,是暗暗感激"俘虏"了那只风筝的电线……

有一位摄影家,从报上读到了女散文家那篇散文,并且,也从报上知道她那篇散文获奖了。

于是有一天,他挎着摄影机,提着三脚架按照她那篇散文所提供的线索,来到了她家住的那一条街。男摄影家被女散文家以感伤的文字所描写的一只风筝由美变丑的过程所影响,来为那只不幸的风筝拍一张艺术照片。他的初念并没什么功利目的,只不过受种中年人常常会产生的感事伤怀的心绪的驱使,想以摄影的方式,抒发凭吊某一事物的忧郁情怀罢了。

他选好了角度,支牢三脚架,耐心地期待着光线的变化,连拍了一卷儿才离去。

他将胶卷冲洗出来惊喜地发现,有一张的意境拍得格外之好。他在暗房中又进行了几次艺术处理,使那一张成了很独特的艺术摄影。

后来他举办了一次个人摄影展,那一张当然也放大了悬置其中。取题为《一只风筝的弥留之际》。

他是位颇有名气的摄影家。参观的人不少。许多人都在《一只风筝的弥留之际》前沉思冥想,或故作沉思冥想状。

其实那也算不上是一张怎样出色的摄影作品,只不过看了令人觉得感伤忧郁罢了。

但当代人的问题是物质生活水平越提高了心情越忧郁;精神生活内容越丰富了精神越空虚;越没多少值得感伤的事儿了越空前地感伤。这是一种时尚,一种时髦,一种病,一种互相传染而且没什么特效药可治的病。人们都觉得自己也处在弥留之际了似的,包括正年轻着的男女。

替摄影家操办摄影展的经纪人,从人们的神情中预测到了这一艺术摄影的商业价值。他起先估计得太低了。他让手下人暗中将出售标价牌儿为他偷来了,打算再加一个零,或再加两个零……

突然响起了一个孩子的哭叫声:"这是我的风筝!我到处找过它!我能认出这就是我那只风筝!"

这孩子曾因失去了那只风筝而非常难过。他和它之间似乎已存在着一种感情了。

他央求他父亲替他将那摄影作品买下……

当父亲的不忍拒绝儿子,领着儿子找到了那经纪人。

经纪人伸出了一根指头。

"一千？"

经纪人摇摇头，向那当父亲的出示标价牌儿——一千后已被加上一个零了。

孩子很懂事。知道这完全超出了父亲的经济实力，噙着泪，一步三回头地跟着父亲走了……

那摄影作品立即被一位"大款"买定。"大款"倒不太喜欢它。他喜欢的是当众在别人买不起时，自己一掷万金买下任何东西的那份儿好感觉。

那摄影作品被一位"大款"以万金买定的事见了报，并且此消息报道配有那摄影作品。

女散文家那天一看报，当即给自己的代理律师拨通了电话——指出这是公然的侵权，甚至是公然的剽窃。因为摄影作品的构思，分明地来自她那篇不但获奖还被收入"散文精品丛书"的散文……

于是一场"版权"官司又见报。

寂寞的报界大喜过望，"炒"得个"天翻地覆慨而慷"。

那当父亲的看到了有关报道，心想若说"版权"，"原始版权"是属于我的呀！

他向女散文家和男摄影家同时进行了起诉，使得报界更加大喜过望。电台、电视台也不甘落后，分头进行采访。由于案例独特，律师界终于被诱上钩，自觉不自觉地卷入了大讨论。媒界推波助澜，使讨论发展成了辩论。于是有经济头脑的人，不失时机地就此事组织了一场法律系大学生们的辩论大赛；于是学生们在电视里唇枪舌剑，势不两立；于是有人从中大发广告效益之财；于是引起一位杂文家对此现象的批评；于是引起另一位杂文家的措辞激烈的"商榷"；于是有人支持前者，有人支持后者，掀起了一场杂文大战，使各报战火弥漫，硝烟滚滚。于是引起一部分社会学家的忧患，而另一部分社会学家认为这一切其实很正常，大可不必杞人忧天……

第二年的春天里的一个日子，在那一户人家后院，那一丛都长高了几节的年轻的竹子，又在愉快地交谈着：

"还记得咱们那个不希望被做成另外的任何东西的兄弟么？可怜的家伙，结果落了个尸骨不全的下场！"

"嗨，你不提，我们早把它忘了！我一点儿也不同情它，谁叫它那么狂妄呢！"

那用完了竹篾的男人，又握着砍刀走来了。

竹们顿时全吓得悄无声息，连一片最小的叶子也不敢抖动一下……

又一只美丽的风筝将诞生了。

又一根竹四分五裂了。

许多种美的诞生是以另外许多种美的毁灭为代价的，而在这过程和其后，更会有许多无聊的没意思的事伴随着……

琥珀是美丽的

文学创作,应该是一种精神生产的"流水作业"。不断地"蓄"入,才能不断地"付"出。这是一个"源"和"流"的辩证关系。每一个文学创作者,每一个文学青年,都不能忽略这种"蓄"入与"付"出的问题。

什么叫"蓄"入?"蓄"入就是积累。积累什么?积累可以在创作过程中当作"生产原料"的素材。素材从哪里来?我认为只能从生活中来。

"素材",往往是零碎的,是"单幅照片"式的,而且往往是不连贯的。这样的某些生活中的人和事,在一般人们看来,也许是毫无意义的,并不去思索,也不会使一般人们产生种种联想。但对于文学创作者来说,却很可能是非常有用处的,甚至可能是非常宝贵的。

我的父亲有一个习惯,走路时,常会忽然弯下腰去,从地上捡起一根铁钉、一枚螺丝钉、一截废电线、一段铁丝,或者其他的什么不起眼的小东西。我和他一起上街,常常会被他这一举动搞得怪不好意思。父亲捡起来还不算,回到家里还要存放到一个小木箱里。我有几次差点就把这小木箱给扔掉,也几次差点卖给收破铜烂铁的,惹父亲生过几次气,说我:"不知道东西中用。"存放在小木箱里的东西确实起到过作用,不知在什么时候要干什么事,那一根铁钉、一截电线、一段铁丝,往往就派上用场了。我想我也应该养成这种"路上拾遗"的习惯。我想我也应该有一个"小木箱"。

创作素材的积累,不一定当时就会用得上,更不要因为当时用不上,就以为是"废物",以为没有价值。恰恰相反,这种积累,往往会很久以后才会用上。这有点像醇酒,放置的时间愈长,酒味愈浓;也有点像到银行储蓄,储蓄的时间越长,数目越大,利息越高。一个人银行里储蓄了一万元,就会生活得很自信。搞创作的人,也应当成为精神储蓄的巨富。作家"生活底子"雄厚,创作才能从容。

比如我写《西郊一条街》,那最初的念头还是在我上大学时,一九七四年至一九七九年之间。那时常和同学们到复旦大学校园后去散步,那里就有一条街,很窄,隔街可以聊天。但街这边是城市户口,街那边是农村户口,是老死不相往来的。如果是在上海市区内,街两边有那么多男女青年,岁数相仿,一定会结成几对"金玉良缘"的。但在那条街上不会发生这样的爱情。在我们这儿，连爱神阿佛洛狄忒，也很重视户口问题……当时我就想，这不是一篇小说的素材吗？但写成小说，是在去年。

比如我有一篇小说《苦艾》，这篇小说是怎样产生的呢？还得说到我在大学期间，有个藏族同学，比我高一届，叫索玛尼。他是西藏歌舞团的，两次进民族学院学音乐，擅长中西乐器的演奏。他给同学们带来很多快乐。他有一种独特的演奏方式，我们叫作"口奏"。一次在我们专业开的联欢会上，他来了一段《沂蒙颂》里"捉鸡"一场。小提琴、大提琴、钢琴、黑管、小号、钢鼓……整整一个交响乐队，全在他舌头上！

不但口中"演奏"，还有模仿动作，把老师和同学都给镇住了。"捉鸡"从教室里捉到走廊，再从走廊捉到教室，三出三入。老师和同学们，也一会儿呼啦一下跟在他身后涌到走廊，一会儿呼啦一下从走廊跟进教室。他演奏得很严肃，可以说一丝不苟，大家欣赏得也很认真。这情形当时给我的印象很深。我再也忘不掉这个索玛尼。这应该是一篇小说中的多么好的情节啊！我当时这么想过，但并没有写。因为要把这样的生活素材运用到作品中去，总得有一种契机。这样的契机一出现，这样的素材和其他的素材碰撞出火花来了，就可以组合在一起了。

这素材究竟和另外什么素材碰撞在一起，使我终于写出了《苦艾》这篇小说呢？

我在北大荒当过小学教师。我所在的那个连队是一个很偏远的连队。那里很落后，在我去之前，没有学校。那里的大人们和他们的孩子，几乎不知道要学习文化。我的学生中，有个十七岁的少女。这山村少女长得很美。我看电影《叶塞尼亚》，常常会想到她。她不但美，而且天生对美的事物有一种渴望。学校里买了台收音机，我每天晚上在教室备课，她就默默地来听音乐。她性格很野，野中有种粗俗，但听音乐时，又是那么娴静，像大家闺秀。我当时就想，她如果能受到必要的文化教育和艺术训练，也许会成为一名出色的歌唱演员、舞蹈演员或者戏剧演员、电影演员呢！可是她没有这样的机会，她像一株山野中的小草，自生自灭。男人们只会对她的美产生欲念，女人们则是嫉妒。我曾经为我这个学生到黑河歌舞团去推荐过，可是没有成功。两年后，她做了男人的老婆，男人比她大十二岁。我调到团宣传股时，在送我的人群中，我发现了她，她躲得远远的，呆滞地望着我。我那时突然感到生活对人的不公正、不公平，感到文明、文化，对任何一片土地上的人们，都是那么重要。我几乎哭出来，为我的这个学生。也是去年，在《这是一片神奇的土地》发表之后，我忽然收到一封信，是我的学生写来的。信中她几乎没有谈她自己，只谈我的学生中谁谁也出嫁了，大家都很想念我，常提起，还在收音机中听到我的作品被改编为广播剧，等等。而她的生活，那是她不必告诉我，我也完全想象得到的。

于是我写了《苦艾》，一个晚上就写出来了，万余字，写得的确很畅快。其中大段的主要的细致描写，就是写我的这个学生。我在小说中叫她春梅子，写了她当众表演"口奏"，显示出她身上的原始的艺术素质和带有野性的、粗俗的美……

再比如，我住在丁山宾馆。忙于写作，头发胡子都很长，有一天在宾馆理发，刚坐下，有个姑娘走了进来。这也是位很美丽的姑娘，刚洗过头。她一进理发馆，就对两个小伙子理发员说："你们给我头发拉一拉直。"她刚烫过，显然对样式不满意，要把鬈发拉直成披肩发。她说话的那种语调、眼神、脸上表现的傲气，都告诉我，她知道自己是很美的，而且知道"美"的价值是昂贵的。我想那两个小伙一定会大献殷勤的。但他们并没有献半点殷勤，互相看了一眼，笑笑，洗了手，看也不看那姑娘一眼，扬长而去，表现出小伙子在姑娘面前的傲气。你有你的美，我有我的傲。不是有许多小伙子都善于在漂亮的姑娘们面前大献殷勤么？但这两个小伙子理发员偏不。如果当时不是两个小伙子同时在场，而是只有其中的一个在场呢？会不会也如我所看到的一样高傲？小伙子们对姑娘们的殷勤，常会因为有第三者在场受到限制和制约。这也是生活中的一种常见的现象。我听宾馆的服务员说，在那里工作的姑娘们有一些人最大的愿望是当"陪同"。自以为具有了这种条件的姑娘们，学外语更加努力。那么小伙子理发员的傲气又含有另一层意味了。

回到房间，我就不能不去想，这姑娘是谁？她从哪儿来？生活在什么样的家庭？她已经当上"陪同"了么？她正在向往着当一名"陪同"么？如果她的向往迟迟不能实现，她会沮丧么？如果她的愿望实现了，她就会觉得对生活心满意足了么？她对生活可能有一种怎样的理解？她已经谈恋爱了么？爱着一个什么样的小伙子？她的恋爱观又是怎样的？等等，等等。我什么都不知道，对这姑娘一无所知，但我又什么都想知道。

我也并不想去接近这姑娘，搭讪着说几句话，套出一点什么"素材"来。不。我觉得如果她什么都对我讲了，我对她彻底弄明白了，那反而未必有意义，就现在这样好。她是个"谜"，"一个未知数"，因而给我想象的空间，联想的"余地"。我心中可能会渐渐活跃起一个"她"来。是"她"又不是"她"。

"她"可能会成为我某一篇小说中的人物吗？我现在还不好说。但我先把"她"蓄入我的记忆仓库。让"她"在里面慢慢成熟吧！说不定哪一天，在哪一种契机下，她会从我的头脑中"蹦"出来，"复活"在我的笔下。

讲了以上这些，无非想说明一点：一个搞创作的人，要善于观察生活。那些偶尔吸引了你的人和事，纵然不一定马上会写成一篇小说，但也不要轻易放过，储存到记忆中去。

琥珀是很美丽的。琥珀是怎样形成的？一只小蜘蛛、小甲虫，被松树上偶尔滴落的松脂粘住了。它挣扎，但终于被裹住了。经过几百万年，一颗奇异的琥珀形成了。

珍珠也是如此偶然地形成的。

我们的记忆，就像一棵大松树。要使创作的源泉不竭，也就必须使记忆的松树常青。电影《尼罗河上的惨案》中，不是有个大侦探叫波洛吗？什么人，什么事，他都感兴趣。他当然不是

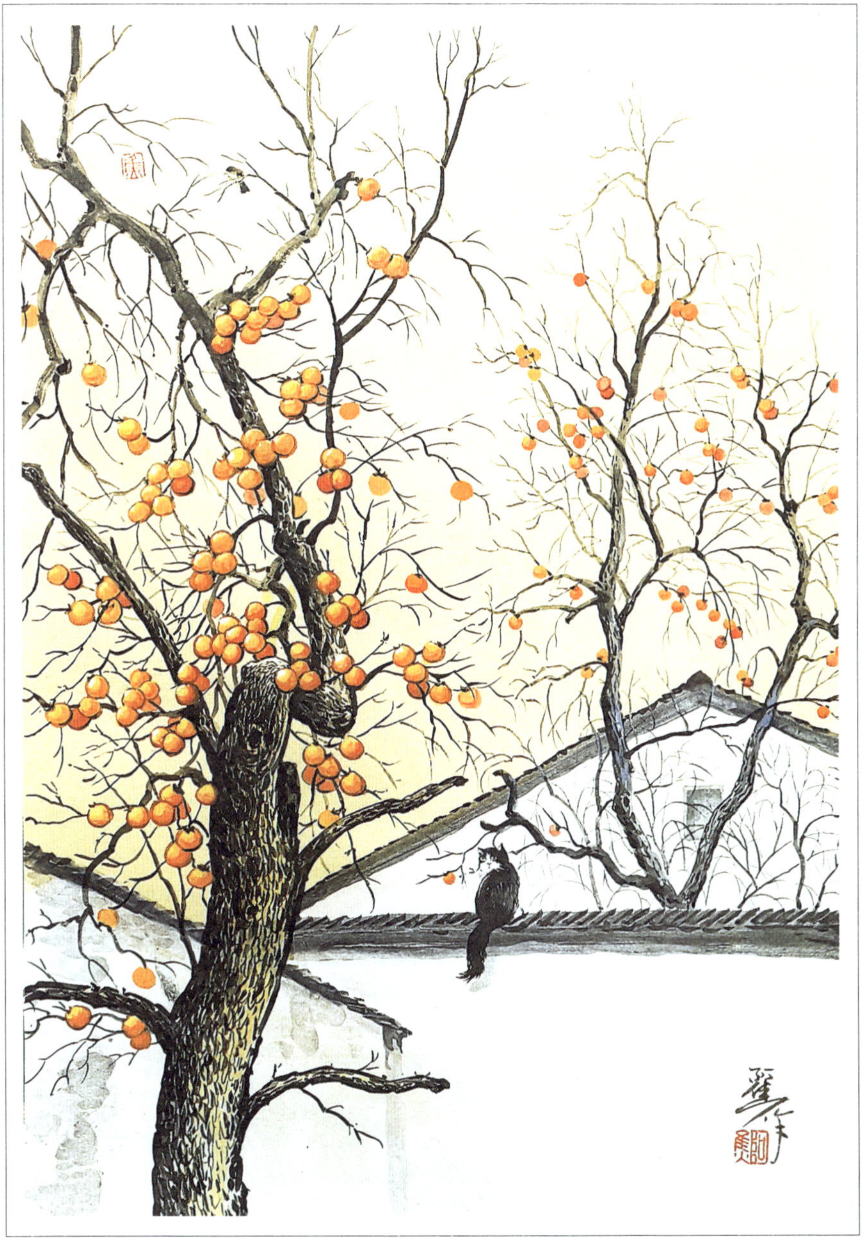

所谓人生的价值,只不过是要认认真真、无怨无悔地去做最适合自己的事情而已。

——《积极的人生不妨做减法》

一个专门窥测别人的坏家伙。因为他是侦探，所以他才对什么都感兴趣，一种人的职业特质。搞创作的人，也要有一种特质。当然不能像这位大侦探一样，那样作家就太使人讨厌了。我所说的特质，是讲作家的眼睛，他要善于在生活中搜寻可以成为"琥珀"或"珍珠"的元素。发现了，就从自己记忆的大松树上，滴落一滴"松脂"来。

我想，大家一定不会将我这番话理解为——小说的素材原来都是这么得来的呀！这不过是一种方式，可以叫作"零存整取"。还有更重要的一方面，那就是扎扎实实地生活。不过，这是另一个课题了。

我与唐诗宋词

信笔写出以上一行字，我犹豫良久，打算改——因为我对于唐诗宋词半点儿学识也没有，只是特别喜欢罢了。单看那一行字，倒像我是一位专门研究唐诗宋词的专家学者似的。转而一想，不过就是一篇回忆性小文章的题目，而且，也比较能概括内容，那么不改也罢。

当年我下乡的地方，属于黑龙江边陲的瑷珲县（今爱辉区），是中苏边境地带。如果我们知青要回城市探家，必经一个叫西岗子的小镇。那镇真是小极了，仅百余户人家，散布在公路两侧，包括一家小旅店、一家小饭馆、一家小杂货铺和理发铺及邮局。西岗子设有边境检查站，过往行人车辆都须凭"边境通行证"，知青也不例外。

有一年我探家回兵团，由于没搭上车，不得不在西岗子的旅店住了一夜。其实，说是旅店，哪儿像旅店呢！住客一间屋，大通铺;一门之隔就是店主一家,老少几口。据说那人家是解放初剿匪烈士的家属,当地政府体恤和关爱他们,允许他们开小旅店谋生。按今天的说法,是"家庭旅店"。

天黑后,我正要睡下,但听门那边有个男人大声喊:"二××,瞎啦?你小弟又拉地上了,你没看见呀!快给他擦屁股,再把屎收拾了……"

于是一个十二三岁的小女孩儿,跑到我们住客这边的屋里来,掀起一角炕席,抄起一本书转身跑回门那边去了……书使我的眼睛一亮。那个年代,对于爱看书的青年,书是珍稀之宝。

一会儿,小女孩儿又回到门这边,掀起炕席欲将书放回原处。我问:"什么书啊?"

她摇摇头说:"不知道,我不认识字。"

我又问:"你刚才拿书干什么去呢?"

她眨着眼说:"我小弟拉屎了,我撕几页替他擦屁股呀!"

她那模样,仿佛是在反问——书另外还能干什么用呢?我说:"让我看看行吗?"她就默默地将书递给了我。我翻看了一下,见是一本《唐诗三百首》,前后已都撕得少了十几页。那个年代中国有些造纸厂的质量不过关,书页极薄,似乎也挺适合擦小孩儿屁股的。

我又是惋惜又是央求地说:"给我行不?"

她立刻又摇头道:"那可不行。"——见我舍不得还她,又说,"你当手纸用几页行。"

我继续央求:"我不当手纸用,我是要看的。给我吧!"

她为难地说:"这我不敢做主呀!我们这儿的小杂货店里经常断了手纸卖,要给了你,我们用什么当手纸呢?住客又用什么当手纸呢?"

我猛地想到,我的背包里,有为一名知青伙伴从城市带回来的一捆成卷的手纸。便打开背包,取出一卷,商量地问:"我用这一卷真正的手纸换行不了?"

她说:"你包里那么多,你用两卷换吧!"于是我用两卷手纸换下了那一本残缺不全的《唐诗三百首》……第二天一早,我离开那小旅店时,女孩儿在门外叫住了我:"叔叔,我昨天晚上占你便宜了吧?"——不待我开口说什么,她将伸在棉袄衣襟里的一只小手抽了出来,手里竟拿着另一本书。她接着说:"这一本书还没撕过呢,也给你吧!这样交换就公平了。我们家人从不占住客的便宜。"

我接过一看,见是《宋词三百首》。封面也破旧了,但毕竟还有封面,依稀可见一行小字是"中国传统文化丛书"。我深深地感动于小女孩儿的待人之诚,当即掏出一元钱给她,摸了她的头一下,迎着风雪大步朝公路走去……

回到连队,我与知青伙伴发生了一番激烈的争执——他认为那一本完整的《宋词三百首》理应归他,因为是用他的两卷手纸换的;我说才不是呢,用他的两卷手纸换的,是那本残缺不全的《唐诗三百首》,而实际情况是,完整的《宋词三百首》是我用一元钱买下的……

如今想来,当年的争执很可笑。究竟哪一本算是用两卷手纸换的,哪一本算是用一元钱买下的,又怎么争执得清呢?

然而一个事实是——那一本残缺不全的《唐诗三百首》和那一本完整的《宋词三百首》,伴我们度过了多少寂寞的日子,对我们曾很空虚的心灵,起到了抚慰的作用……

当年,我竟也心血来潮写起古体诗词来:

轻风戏青草,
黄蜂觅黄花。
春水一潭静,
田蛙几声呱。

如今,《唐诗三百首》和《宋词三百首》已成我的枕边书。都是精装版本,内有优美插图。如今,捧读这两本书中的一本,每倏然地忆起西岗子,忆起那小女孩儿,忆起当年之……

人和书的亲情

许多人与书的关系，犹如与至爱亲朋的关系。这么比喻甚至都不够准确——因为他们或她们对书的感情往往深到挚爱深到痴爱的程度。谈起书，这些人爱意绵绵、一往情深，仿佛是在谈人生的第一个恋人，好朋友，或可敬的师长。仿佛书是他们的情人、知己、忘年交……

大约在三十年前，一个上海女孩儿成了云南插队知青。她可算是知青一代中年龄最小的一个了，才十四五岁。

她是一个秀丽的上海女孩儿，曾被上海电影制片厂的导演邀去试过镜。女孩儿家中很多书，在失去了那些书之后，女孩儿特别伤心，为那些无辜的书哭过。

然而这女孩儿天生是乐观的，因为她已经读过不少名著了。书中某些优秀的人物，那时就安慰她、开导她，告诉她人逢乱世，襟怀开阔乐观是多么重要。

艰苦的劳动女孩儿只当是体魄锤炼；村荒地远女孩儿只当是人生的考验。

女孩儿用歌唱和笑容，以青春的本能向那个时代强调和证明着她的乐观。

但女孩儿也有独自忧郁的时候。对于一个爱看书的女孩儿，哪儿都发现不到一本书的时代，毕竟，该是一个多么寂寞的时代啊！

有次女孩儿被指派去开什么会，傍晚在一家小饭馆讨水喝，非常偶然地，她一眼看到了一本书。那本书在一张竹榻下面。人不爬到竹榻下面去，是拿不到那本书的。

女孩儿的眼睛一看到那本书，目光就再也不能离开它了。

那究竟会是一本什么书呢？不管是什么书，总之是一本书啊！

那是一个人人都将粮票看得十分宝贵的年代。

在女孩儿眼里，竹榻下那一本书，简直等于便是十斤，不，简直等于便是一百斤粮票啊！

女孩儿更缺少的是精神的食粮啊！

女孩儿的心激动得怦怦跳。

女孩儿的眼睛都发亮了！

女孩儿颤抖着声音问："那……是谁的书？……喏，竹榻下面那一本……"

大口大口地吃着饭的男人们放下了碗，男人们擎着酒杯的手僵住了，热闹的划拳行令声停止了……

小饭馆里那时一片肃静，每个人的目光都注视在女孩儿身上——人们似乎已经好几个世纪没听到过"书"这个字了，似乎早已忘了书是什么……

"……竹榻下那一本……谁的？……"

女孩儿一手伸入衣兜。一手指向竹榻下——她打算用兜里仅有的几角钱买下那本书，无论那是一本什么书。而兜里那几角钱，是她的饭钱。为了得到那本书，她宁肯挨饿了……

一个男人终于回答她："别管谁的，你若爬到竹榻下拿到手，就归你了！"

女孩儿喜上眉梢，乐了。

还有什么可犹豫的呢？

于是，十四五岁的，秀丽的，已是云南插队知青的这一个女孩儿，在众目睽睽之下，当即往土地上一趴，就朝竹榻下面那一本书爬去——云南的竹榻才离地面多高哇，女孩儿根本不顾惜一身干干净净的衣服了，全身匍匐着朝那本书爬……

当女孩儿手拿着那本书从竹榻下爬出来，站起来，不仅衣服裤子脏了，连脸儿也弄脏了，头发上满是灰……

但是女孩儿的眼睛是更亮晶晶的了，因为她已经将那本书拿在自己手里了呀！

"你们男人可要说话算话！现在，这本书属于我了！……"

小饭馆里又是一阵肃静。

女孩儿疑惑了，双手紧紧将书按在胸前，唯恐被人夺去似的……

大男人们脸上的表情，那一时刻，也都变得肃然了……

女孩儿突然一扭身，夺门而出，一口气儿跑出了那小镇，确信身后无人追来才站住看那一本书——书很脏了，书页缺残了，被虫和老鼠咬过了——但那也是宝贵的呀!

那一本书是《青年近卫军》。

女孩儿细心地将那一本书的残页贴补了，爱惜地为它包上了雪白的书皮……

如今，当年的女孩儿已经是妈妈了。她的女儿比当年的她自己还大两岁呢!

她叫林喆，是改革开放后中国为数不多的几位哲学博士中的首位女博士。

她目前正在上海社会科学院法学研究所任研究员，而且是法哲学硕士生导师，指导着五名中国新一代的法哲学硕士生呢……

她后来成为博士，不见得和当年那本书有什么直接的关系，甚至可以肯定地说，其实并没有什么直接的关系。

但当年那一个十四五岁的小女孩儿爱书的心情，细想想，不是挺动人的么？

人之爱书，也是足以爱得很可爱的……

读书与人生

谈到读书,我希望孩子们从小多读一些娱乐性的、快乐的、好玩的、富有想象力的书,不应该让孩子们看卡通时仅仅觉着好玩。儿童卡通书一定要有想象力。西方儿童读物最具有想象的魅力,但是这种想象的魅力并不是孩子们在阅读时自然而然地就会感觉到的,一定要有成年人在和他们共同讨论中来点拨一下。

未来中国人和西方人的一个区别恐怕就在想象力上,科技的成果就和想象力有关。我们孩子的想象力是低于西方某些发达国家的,而且不只是孩子们的想象力,我们文艺创作者的想象力也是低于西方人的。如果人家在想象力方面的智商是"十",那么我们的想象力恐怕只有"三"或"四",这是由于整个科技的成果决定了想象力。

我希望青年们读一点儿历史书籍,不一定从源头开始读起,但至少要把近现代史读一读,至少要"了解"一些。这个"了解"非常重要!我刚调到大学时曾经想在第一学期不给学生讲中文课,也不讲创作和欣赏,只讲从二十世纪五十年代到九十年代中国人的生活状况,怎样过日子,怎样生活。当年一个学徒工中专毕业之后分到工厂里,一个月十八元的工资仅相当于今天的两美元多一点儿,三年之后才涨到二十四元。结婚时,他们的房子怎么样,当年的幸福概念是什么。

我在那个年代非常盼望长大,我的幸福概念说来极为可笑。当时我们家住的房子本来已经非常破旧,是哈尔滨市大杂院里边窗子已经沉下去的那种旧式苏联房,屋顶也是沉下去的。但是一对年轻人就在那个院子里结婚了,他们接着我家的山墙边上盖起了只有十几平方米的小房子,北方叫作"偏厦子",就是一面坡的房顶,自己脱坯做点砖,抹点儿黄泥。那个年代还找不到水泥,水泥是紧缺物资,想看都看不到。用黄泥抹一抹窗台,找一点儿石灰来刷白了四壁就可以了。然后男人要用攒了很长时间的木板自己动手打一张小双人床和一张桌子。没有电视,也买不起收音机。那时的男人们都是能工巧匠,自己居然能组装出一台收音机,而且自己做收音机壳子。我们家里没有收音机,我就跑到他们家里,坐在门槛上听那个自己组装、自己做壳子的收音机里播放的歌曲和相声。丈夫一边听着一边吸着卷烟,妻子靠在丈夫的怀里织着毛活,那个年代要搞到一点儿毛线也是不容易的。

那就给我造成一种幸福的感觉,我想自己什么时候长到和这个男人一样的年龄，然后娶一个媳妇，有这样一个小屋子，等等。今天对年轻人讲这些，不是说我们的幸福就应该是那样的，而是希望他们知道这个国家是从什么样的起点上发展起来的，至少要了解自己的父兄辈是怎样过来的。应该让他们知道能够走进大学的校门，父母付出了很多。现在年轻人所谓的人生意义，就是怎么使自己活得更快乐，很少有孩子想过，爸妈的人生意义是什么。如果许多父母都仅仅考虑自己人生的意义、人生的得失，那么可能就没有今天许多坐在大学里的孩子，或者这些孩子根本就不可能坐在大学里。我们的孩子如果连这一点也不懂的话，那是令人遗憾的，所以要读点儿历史。

中年人要读一点儿诗呀，散文呀，因为我们要理解这样的事情，就是孩子们今天活得也不容易，竞争如此激烈。我们总让他们读一些课本以外的书，但如果一个孩子在上学的过程中读了太多课外书，他可能就在求学这条路上失策了，能进入大学校门绝对证明你没读什么课本以外的书。孩子们的全部头脑现在仅仅启动了一点儿，就是记忆的头脑、应试的头脑，对此，要理解他们，不能求全责备，他们现在是以极为功利的方式来读书，因为只能那样。但对于中年人，从前"四十而不惑"，我已到"知天命"之年，应该读一点儿性情读物。我不喜欢看所谓王朝影视，因为有太多的权谋，我从来不看权谋类的书。

我建议，首先女人们不看这类书，男人们也可以不看。我们的人生真得时时刻刻与权谋有那么紧密的关系吗？到六十岁的时候，哪怕你就是权谋场上的人，也可以不看了吧！可以看一些性情读物，想读什么就读什么，而且要看那种淡泊名利的。你能留给自己的人生还有多少时光呢？建议老年人要看一些青少年的读物，了解青少年在看什么书，用他们的书来跟他们交谈。老同志不妨读一点儿儿童读物，也要看一点儿卡通，同时要回忆自己孩提时读过哪些书。格林兄弟、安徒生的童话中是不是还有值得讲给今天孩子们听听的。我感觉下一代在成长过程中是特别孤独的，他们很寂寞。

父母在很大程度上不可能成为儿童成长过程中的玩伴，他们工作非常紧张。孩子到了幼儿园，老师和阿姨们如何管理呢？第一听话，第二老实。然后呢，最多讲讲有礼貌、讲卫生、唱点儿儿歌，如此而已。所以孩子们在幼儿园这个学龄前阶段是拘谨的，孩子在一起玩也是不放松的。在孩子们成长过程中，如果家庭环境是上有哥哥下有弟妹，并能够和街坊四邻的孩子一起任性地玩耍，那是最符合孩子天性的。

现在的孩子非常孤单，非常寂寞。孩子身上有总体的幽闭和内向的倾向。爷爷、奶奶读书之后和他们做隔代的交流、做隔代的朋友，而孩子读书时不和他们交流，书就会白读。有些书的内容、书的智慧一定是在交流过程中才产生出来的。

读书会让寂寞变成享受

都认为，寂寞是由于想做事而无事可做，想说话而无人与说；想改变自身所处的这一种境况而又改变不了。是的，以上基本就是寂寞的定义了。

寂寞是对人性的缓慢的破坏。

寂寞相对于人的心灵，好比锈相对于某些容易生锈的金属。

但不是所有的金属都那么容易生锈。金子就根本不生锈。不锈钢的拒腐蚀性也很强。而铁和铜，我们都知道，它们极容易生锈，像体质弱的人极容易伤风感冒。

某次和大学生们对话时，被问："阅读的习惯对人究竟有什么好处？"我回答了几条，最后一条是——可以使人具有特别长期地抵抗寂寞的能力。他们笑。我看出他们皆不以为然。他们的表情告诉了我他们的想法——我们需要具备这一种能力干什么呢？

是啊，他们都那么年轻，大学又是成千上万的青年学子云集的地方,一间寝室住六名同学,寂寞沾不上他们的边啊!

但我同时看出,其实他们中某些人内心深处别提有多寂寞了。

而大学给我的印象正是一个寂寞的地方。大学的寂寞包藏在许多学子追逐时尚和娱乐的现象之下。所以他们渴望听老师以外的人和他们说话,不管那样的一个人是干什么的,哪怕是一名犯人在当众忏悔。似乎,越是和他们的专业无关的话题,他们参与的热忱越活跃。因为正是在那样的时候,他们内心深处的寂寞获得了适量地释放一下的机会。

故我以为,寂寞还有更深层的定义,那就是——从早到晚所做之事,并非自己最有兴趣的事;从早到晚总在说些什么,但没几句是自己最想说的话;即使改变了这一种境况,另一种新的境况也还是如此,自己又比任何别人更清楚这一点。

这是人在人群中的一种寂寞。

这是人置身于种种热闹中的一种寂寞。

这是另类的寂寞,现代的寂寞。

如果这样的一个人,心灵中再连值得回忆一下的往事都没有,头脑中再连值得梳理一下的思想都没有,那么他或她的人性,很快就会从外表锈到中间。无论是表层的寂寞,还是深层的寂寞,要抵抗住它对人心的伤害,那都是需要一种人性的大能力的。

我的父亲虽然只不过是一名普通的建筑工人,但在"文革"中,也遭到了流放式的对待。仅仅因为他这个十四岁闯关东的人,在哈尔滨学会了几句日语和俄语,便被怀疑是日俄双料潜伏特务。差不多有七八年的时间,他独自一人被发配到四川的深山里为工人食堂种菜。他一人开了一大片荒地,一年到头不停地种,不停地收。隔两三个月有车进入深山给他送一次粮食和盐,并拉走菜。

他靠什么排遣寂寞呢?

近五十岁的男人了,我的父亲,他学起了织毛衣。没有第二个人,没有电,连猫狗也没有,更没有任何可读物。有,对于他也是白有,因为他几乎是文盲。他劈竹子自己磨制了几根织针。七八年里,将他带上山的新的旧的劳保手套一双双拆绕成线团,为我们几个他的儿女织袜子,织线背心。这一种从前的女人才有的技能,他一直保持到逝世那一年。织,成了他的习惯。那一年,他七十七岁。

劳动者为了不使自己的心灵变成容易生锈的铁或铜,也只有被逼出了那么一种能力。而知识者,我以为,正因为所感受到的寂寞往往是更深层的,所以需要有更强的抵抗寂寞的能力。这一种能力,除了靠阅读来培养,目前我还贡献不出别种办法。

胡风先生在所有当年的"右派"中被囚禁的时间最长——三十余年。他的心经受过双重的寂寞的伤害。胡风先生逝世后,我曾见过他的夫人一面,惴惴地问:"先生靠什么抵抗住了那么漫长的与世隔绝的寂寞？"她说："还能靠什么呢？靠回忆，靠思想。否则他的精神早崩溃了，他毕竟不是什么特殊材料的人啊！"但我心中暗想，胡风先生其实太够得上是特殊材料的人了啊！幸亏他是大知识分子，故有值得一再回忆之事，故有值得一再梳理之思想。若换了我的父亲，仅仅靠拆了劳保手套织东西，肯定是要在漫长的寂寞伤害之下疯了的吧？

知识给予知识分子之最宝贵的能力是思想的能力。因为靠了思想的能力，无论被置于何种孤单的境地，人都不会丧失最后一个交谈伙伴，而那正是他自己。自己与自己交谈，哪怕仅仅做这一件在别人看来什么也没做的事，他足以抵抗很漫长很漫长的寂寞。

如果居然还侥幸有笔有足够的纸，孤独和可怕的寂寞也许还会开出意外的花朵。《绞刑架下的报告》《可爱的中国》《堂·吉诃德》的某些章节、欧·亨利的某些经典短篇，便是在牢房里开出的思想的或文学的花朵。

知识分子靠了思想善于激活自己的回忆。所以回忆之于知识分子，并不仅仅是一些过去的没有什么意义的日子和经历。哪怕它们真的是苍白的，思想也能从那苍白中挤压出最后的意义——它们之所以苍白的原因。思想使回忆成为知识分子的驼峰。

而最强大的寂寞，还不是想做什么事而无事可做，想说话而无人与说；而是想回忆而没有什么值得回忆的，是想思想而早已丧失了思想的习惯。这时人就自己赶走了最后一个陪伴他的人，他一生最忠诚的朋友——他自己。

谁都不要错误地认为孤独和寂寞这两件事永远不会找到自己头上。现代社会的真相告诫我们，那两件事迟早会袭击我们。

人啊，为了使自己具有抵抗寂寞的能力，读书吧！

人啊，一旦具备了这一种能力，某些正常情况下，孤独和寂寞还会由自己调节为享受着的时光呢！

信不信，随你……

读书是最对得起付出的一件事

我很幸运，我的外祖父喜欢读书，为母亲读了很多唱本，所以，虽然母亲是文盲，但能给我讲故事。到少年时期，我认识了一些字，看小人书、连环画。那个年代，小人书铺的店主会把每本新书的书皮扯下来，像穿糖葫芦一样穿成一串，然后编上号、挂在墙上，供读者选择。由于囊中羞涩，你要培养起一种能力——看书皮儿，了解这本书讲的故事是中国的还是外国的，是古代的还是当代的，从而作出判断，决定究竟要不要花两分钱来读它。

小学四五年级，我开始看文学类书籍。从一九四九年到一九六六年我上中学期间，全国出版的比较著名的长篇小说也就二十几部，另外还有一些翻译的外国小说，加在一起不会超过五六十部。我差不多在那个时期把这些书都读完了，下乡之后就成了一个心中有故事的人。

从听故事、看小人书到读名著，可以说这是一脉相承的——没有听过故事的人很难对小人书发生兴趣，长大以后自然也不会爱读书。可见，家庭环境对培养子女阅读习惯有多重要！

好人是个什么概念？好人是天生的吗？我想，有一部分是跟基因有关的，就像我们常说的"善根"。但是，大多数人后天是要变化的，正如三字经所讲的"人之初，性本善，性相近，习相远"。当年，我们拿起的任何一本书，有个最基本的命题，就是善，或者说人道主义。我们读书时，会对书中的正面人物产生敬意，继而以其为榜样，他们怎么做，我们也会学着做。学的多了，也就自然而然地走上了这条路。可以得出一个结论：一个人读了很多好书，他很可能是个好人。我实实在在地感受到了书籍对自己的改变，在"底色"的层面影响了我。因此，我对书籍的感激超越常人。

在互联网时代，我们看到很多暴力、色情等不良内容。这是网络文化产生以后，全世界所面临的共同性问题。但是，我们也必须看到一点，外国人很快就从这个泡沫中摆脱出来了——他们过了一把瘾，明白电脑和手机只不过是工具，没营养的内容很浪费时间；而且，这些不良内容就像无形的绳子，套住你品位使劲往下拽，往往还是"下无止境"的。如果我们的亲人和朋友们也成了这种低俗文化娱乐的爱好者，我们也会感到悲哀。

咱们的电视节目跟五六年前相比已经发生了变化——不仅仅以"逗乐"为唯一目的了，加进了友情、亲情的温暖和对是非对错的判断。这些正面的社会价值观开始不断进入人们的视野。当然，节目本身的品质也是重点。要相信，我们的大多数创作者会逐渐体会到：不应该只停留在"逗乐"的层次上。至于网络上的不良内容和受众人群，我感到遗憾——有那么多好的书、好的文章给读者带来各种美好的可能性，你为什么偏要往那么低下的方向走呢？娱乐也是需要体面的。看一本《金瓶梅》说明不了什么，但如果只找这类书和片段来看就有问题了。这样做人不就毁了吗？在当代社会，这样的人已经和那些文字垃圾变成同一堆了。现在，有些青年就愿意沉浸在那样的泡沫里，那就不要抱怨你的人生没有希望。

个人有没有文化自信？当然有。在日常生活中，我就经常看到许多人处于自卑的状态，哪怕他们成了有钱人，当了官，一谈到文化，他们就不自信了。而我也接触过一些普通人，他在文化上是自信的，可以和任何人平等地谈某一段历史、某一个话题。

书和人的关系就在这儿——在教育资源、社会资源等方面，你无法跟那些出身于上层社会富裕家庭的孩子相比；但在读书这件事上，你们是平等的。无论你端盘子，开饭馆，或是工厂里的普通工人，那么多的好书就摆在那儿供你选择。

与其怨天尤人——我没有一个好爸爸、好家庭，连朋友都在同样层面，不如看看眼前这条路，路上铺满了书。

读书是最对得起付出的一件事，你多读一本好书，就会对你产生影响。实际上，除了书籍，没有其他的方式能够使普通青年朝向学者、作家这条路走过去。只要你曾经花过十年或者更多的时间去读好书，无论做什么，都有自信。

　　我们年轻时手头很紧，花八角钱买一本书也会犹豫。现在的经济条件好了太多，一本书即便是四五十元，也不过就是一场电影票的钱，年轻人却不愿意读书了。现在，中国人口已经超过十四亿，而我们的读书人口比例的世界排名是很靠后的，和发达国家的差距很大。在地铁上，满眼望去，在一千个人里可能都挑不到一个有读书习惯的人。在现实生活中，从一个人的言行中就能看到他们的父母与家庭，以及更深层次的文化背景。那些只顾着"追星"的"追星族"还能活到什么高度？其实，我这么说的时候，包含着一种心疼。

PART 5
人生真相

为什么我们对"平凡的人生"深怀恐惧?

"如果在三十岁以前,最迟在三十五岁以前,我还不能使自己脱离平凡,那么我就自杀。"

"可什么又是不平凡呢?"

"比如所有那些成功人士。"

"具体说来。"

"就是,起码要有自己的房、自己的车,起码要成为有一定社会地位的人吧?还起码要有一笔数目可观的存款吧?"

"要有什么样的房,要有什么样的车?在你看来,多少存款算数目可观呢?"

"这,我还没认真想过……"

以上,是我和一名大一男生的对话。那是一所较著名的大学,我被邀讲座。对话是在五六百人之间公开进行的。我觉得,他的话代表了不少学子的人生志向。我已经忘记了我当时是怎么回答的。然此后我常思考一个人的平凡或不平凡，却是真的。

按《新华词典》的解释，平凡即普通。平凡的人即平民。《新华词典》特别在括号内加注——泛指区别于贵族和特权阶层的人。做一个平凡的人真的那么令人沮丧么？倘注定一生平凡，真的毋宁三十五岁以前自杀么？

我明白，那大一男生的话只不过意味着一种"往高处走"的愿望，虽说得郑重，其实听的人倒是不必太认真的。但我既思考了，于是觉出了我们这个社会，我们这个时代，近十年来，一直所呈现着的种种文化倾向的流弊，那就是——在中国还只不过是一个发展中国家的现阶段；在普遍之中国人还不能真正过上小康生活的情况下，中国的当代文化，未免过分"热忱"地兜售所谓"不平凡"的人生的招贴画了，这种宣扬尤其广告兜售几乎随处可见。

而最终，所谓不平凡的人的人生质量，在如此这般的文化那儿，差不多又总是被归结到如下几点——住着什么样的房子，开着什么样的车子，有着多少资产，于是社会给以怎样的敬意和地位；于是，倘是男人，便娶了怎样怎样的女人……

二十世纪二三十年代的中国，也很盛行过同样性质的文化倾向，体现于男人，那时叫"五子登科"，即房子、车子、位子、票子、女子。一个男人如果都追求到了，似乎就摆脱平凡了。同样年代的西方的文化，也曾呈现过类似的文化倾向。区别乃是，在他们的文化那儿,是花边,是文化的副产品;而在我们这儿,在七八十年后的今天,却仿佛地渐成文化的主流。这一种文化理念的反复宣扬,折射着一种耐人寻味的逻辑——谁终于摆脱平凡了,谁理所当然地是当代英雄?谁依然平凡着甚至注定一生平凡,谁是狗熊?并且,每有俨然是以代表文化的文化人和思想特别"与时俱进"似的知识分子,话里话外地帮衬着造势,暗示出更其伤害平凡人的一种逻辑,那就是——一个时势造英雄的时代已然到来,多好的时代!许许多多的人不是已经争先恐后地不平凡起来了么?你居然还平凡着,你不是狗熊又是什么呢?

一点儿也不夸大其词地说,此种文化倾向,是一种文化的反动倾向。和尼采的所谓"超人哲学"的疯话一样,是漠视、甚至鄙视和辱谩平凡人之社会地位以及人生意义的文化倾向。是反众生的。是与文化的最基本社会作用相悖的。是对于社会和时代的人文成分结构具有破坏性的。在这样的文化背景下成长起来的中国下一代,如果他们普遍认为最远三十五岁以前不能摆脱平凡便莫如死掉算了,那是毫不奇怪的。

人类社会的一个真相是,而且必然永远是——牢固地将普遍的平凡的人们的社会地位确立在第一位置,不允许任何意识之形态动摇它的第一位置。更不允许它的第一位置被颠覆。这乃是古今中外的文化的不二立场。像普遍的平凡的人们的社会地位的第一位置一样神圣。当然,这里所指的,是那种极其清醒的、冷静的、客观的、实事求是的、能够在任何时代都"锁定"人类社会真相的文化；而不是那种随波逐流的、嫌贫爱富的、每被金钱的作用左右得晕头转向的文化。那种文化只不过是文化的泡沫。像制糖厂的糖浆池里泛起的糖浆沫。造假的人往往将其收集了浇在模子里，于是"生产"出以假乱真的"野蜂窝"。

文化的"野蜂窝"比街头巷尾地摊上卖的"野蜂窝"更是对人有害的东西。后者只不过使人腹泻，而前者紊乱社会的神经。

平凡的人们，那普通的人们，即古罗马阶段划分中的平民。在平民之下，只有奴隶。平民的社会地位之上，是僧侣、骑士、贵族。

但是，即使在古罗马，那个奴隶制的强大帝国的大脑，也从未敢漠视社会地位仅仅高于奴隶的平民。作为它的最精英的思想的传播者，如苏格拉底、柏拉图、亚里士多德们，他们虽然一致不屑地视奴隶为"会说话的工具"，却不敢轻佻地发出任何怀疑平民之社会地位的言论。恰恰相反，对于平民，他们的思想中有一个一脉相承的共同点——平民是城邦的主体，平民是国家的主体。没有平民的作用，便没有罗马为强大帝国的前提。

恺撒被谋杀了，布鲁诺斯要到广场上去向平民们解释自己参与了的行为——"我爱恺撒，但更爱罗马。"

为什么呢？因为那行为若不能得到平民的理解，就不能成为正确的行为。安东尼奥顺利接替了恺撒，因为他利用了平民的不满，觉得那是他的机会。屋大维招兵募将，从安东尼奥手中夺去了摄政权,因为他调查了解到,平民将支持他。

古罗马帝国一度称雄于世,靠的是平民中蕴藏着的改朝换代的伟力。它的衰亡,也首先是由于平民抛弃了它。僧侣加上骑士加上贵族,构不成罗马帝国,因为他们的总数只不过是平民的千万分之几。

中国古代,称平凡的人们亦即普通的人们为"元元";佛教中形容为"芸芸众生";在文人那儿叫"苍生";在野史中叫"百姓";在正史中叫"人民",而相对于宪法叫"公民"。没有平凡的亦即普通的人们的承认,任何一国的任何宪法没有任何意义。"公民"一词将因失去了平民成分而成为荒诞可笑之词。

中国古代的文化和古代的思想家们,关注着体恤"元元"们的记载举不胜举。

比如《诗经·大雅·民劳》中云:"民亦劳止,汔可小康。"

意思是老百姓太辛苦了,应该努力使他们过上小康的生活

比如《尚书·五子之歌》中云:"民惟邦本,本固邦宁。"

意思是如果不解决好"元元"们的生存现状,国将不国。

而孟子干脆说:"民为贵,社稷次之,君为轻。"

而《三国志·吴书》中进一步强调:"财须民生,强赖民力,威恃民势,福由民殖,德俟民茂,义以民行。"民者——百姓也;"芸芸"也;"苍生"也;"元元"也;平凡而普通者们是也。

怎么,到了今天,在"改革开放"的中国,在民们的某些下

一代那儿,不畏死,而畏"平凡"了呢?

由是,我联想到了曾与一位"另类"同行的交谈。

我问他是怎么走上文学道路的?

答曰:"为了出人头地。哪怕只比平凡的人们不平凡那么一点点,而文学之路是我唯一的途径。"

见我怔愣,又说:"在中国,当普通百姓实在太难。"

屈指算来,十几年前的事了。十几年前,我认为,正像他说的那样,平凡的中国人平凡是平凡着,却十之七八平凡又迷惘着。这乃是民们的某些下一代不畏死而畏平凡的症结。

于是,我联想到了曾与一位美国朋友的交谈。

她问我:"近年到中国,一次更加比一次感觉到,你们中国人心里好像都暗怕着什么。那是什么?"

我说:"也许大家心里都在怕看一种平凡的东西。"

她追问:"究竟是什么?"

我说:"就是平凡之人的人生本身。"

她惊讶地说:"太不可理解了,我们大多数美国人可倒是都挺愿意做平凡人,过平凡的日子,走完平凡的一生的。你们中国人真的认为平凡不好到应该与可怕的东西归在一起么?"

我不禁长叹了一口气。

我告诉她,国情不同,故所谓平凡之人的生活质量和社会地位,不能同日而语。我说你是出身于几代的中产阶级的人,所以你所指的平凡的人,当然是中产阶级人士。中产阶级在你们那儿是多数。平民反而是少数。美国这架国家机器,一向特别在乎你们中产阶级,亦即你所言的平凡的人们的感觉。我说你们的平凡的生活,是有房有车的生活。而一个人只要有了一份稳定的工作,过上那样的生活并不特别难。居然不能,倒是不怎么平凡的现象了。而在我们中国,那是不平凡的人生的象征。对平凡的如此不同的态度,是两国的平均生活水平所决定了的。正如中国的知识化了的青年做梦却想到美国去,自己和别人以为将会追求到不平凡的人生,而实际上,即使跻身于美国的中产阶级了,也只不过是追求到了一种美国的平凡之人的人生罢了……

当时联想到了本文开篇那名学子的话,不禁替平凡着、普通着的中国人,心生出种种的悲凉。想那学子,必也出身于寒门;其父其母,必也平凡得不能再平凡普通得不能再普通。不然,断不至于对平凡那么的慌恐。

也联想到了我十几年前伴两位老作家出访法国,通过翻译与马赛市一名五十余岁的清洁工的交谈。

我问他算是法国的哪一种人?

他说,他自然是一个平凡得不能再平凡,普通得不能再普通的人。

我问他羡慕那些资产阶级么?

他奇怪地反问为什么?

是啊,他的奇怪一点儿也不奇怪。他有一幢带花园的漂亮的二层小房子；他有两辆车，一辆是环境部门配给他的小卡车，一辆是他自己的小卧车；他的工作性质在别人眼里并不低下，每天给城市各处的鲜花浇水和换下电线杆上那些枯萎的花来而已；他受到应有的尊敬，人们叫他"马赛的美容师"。

所以，他才既平凡着，又满足着。甚而，简直还可以说活得不无幸福感。

我也联想到了德国某市那位每周定时为市民扫烟囱的市长。不知德国究竟有几位市长兼干那一种活计。反正不止一位是肯定的了。因为有另一位同样干那一种活计的市长到过中国，还访问过我。因为他除了给市民扫烟囱，还是作家。他会几句中国话，向我耸着肩诚实地说——市长的薪水并不高，所以需要为家庭多挣一笔钱。那么说时，一点儿也不觉得有什么不好意思……

马赛的一名清洁工，你能说他是一个不平凡的人么？德国的一位市长，你能说他极其普通么？然而在这两种人之间，平凡与不平凡的差异缩小了，模糊了。因而在所谓社会地位上，接近着实质性的平等了。因而平凡在他们那儿不怎么会成为一个困扰人心的问题。

当社会还无法满足普遍的平凡的人们的基本拥有愿望时，文化的最清醒的那一部分思想，应时时刻刻提醒着社会来关注此点。而不是反过来用所谓不平凡的人们的种种生活方式刺激前者。尤其是，当普遍的平凡的人们的人生能动性，在社会转型期

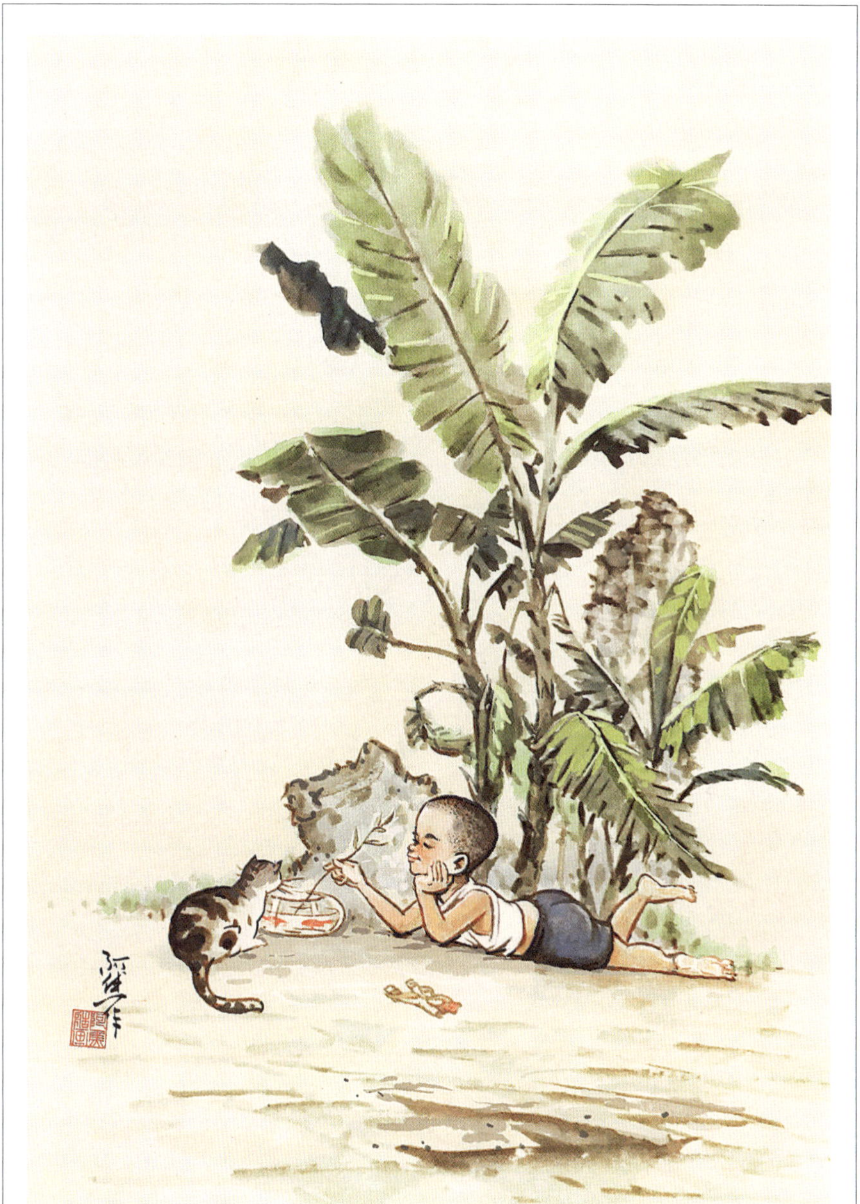

儿童和少年不太会问"人生有什么意义"的话,他们倒是很相信人生总归是有些意义的,专等他们长大了去体会。

——《人生和它的意义》

受到惯力的严重甩掷,失去重心而处于茫然状态时,文化的最清醒的那一部分思想,不可错误地认为他们已经不再是地位处于社会第一位置的人们了。

无论过去,现在,还是将来,平凡而普通的人们,永远是一个国家的绝大多数人。任何一个国家存在的意义,都首先是以他们的存在为存在的先决条件的。

一半以上不平凡的人皆出自于平凡的人之间。

这一点对于任何一个国家都是同样的。

因而平凡的人们的心理状态,在一定程度上几乎成为不平凡的人们的心理基因。

倘文化暗示平凡的人们其实是失败的人们,这的确能使某些平凡的人们通过各种方式变成较为"不平凡"的人;而从广大的心理健康的、乐观的、豁达的、平凡的人们的阶层中,也能自然而然地产生较为"不平凡"的人们。后一种"不平凡"的人们,综合素质将比前一种"不平凡"的人们方方面面都优良许多。因为他们之所以"不平凡"起来,并非由于害怕平凡。所以他们"不平凡"起来以后,也仍会觉得自己们其实很平凡。

而一个连不平凡的人们都觉得自己们其实很平凡的人们组成的国家,它的前途才真的是无量的。反之,若一个国家里有太多这样的人——只不过将在别国极平凡的人生的状态,当成在本国证明自己是成功者的样板,那么这个国家是患着虚热症的。好比一个人脸色红彤彤的,不一定是健康;也可能是肝火,也可能是结核晕。

我们的文化，近年以各种方式向我们介绍了太多太多的所谓"不平凡"的人士们了，而且，最终往往的，对他们的"不平凡"的评价总是会落在他们的资产和身价上。这是一种穷怕了的国家经历的文化方面的后遗症。以至于某些呼风唤雨于一时的"不平凡"的人，转眼就变成了些行径苟且的，欺世盗名的，甚至罪状重叠的人。

一个许许多多人恐慌于平凡的社会，必层出如上的"不平凡"之人。

而文化如果不去关注和强调平凡者们第一位置的社会地位，尽管他们看去很弱，似乎已不值得文化分心费神——那么，这样的文化，也就只有忙不迭地不遗余力地去为"不平凡"起来的人们大唱赞歌了，并且在"较高级"的利益方面与他们联系在一起。于是眼睁睁不见他们之中某些人"不平凡"之可疑。

这乃是中国包括传媒在内的文化界、思想界，包括某些精英们在内的思想界的一种势利眼病……

积极的人生不妨做减法

某日,几位青年朋友在我家里,话题数变之后,热烈地讨论起了人生。依他们想来,所谓积极的人生肯定应该是这样的——使人生成为不断地"增容"的过程,才算是与时俱进的,不至于虚度的。我听了就笑。他们问:"您笑是什么意思呢?不同意我们的看法吗?"我说:"请把你们那不断地'增容'式的人生,更明白地解释给我听来。"

便有一人掏出手机放在桌上,指着说:"好比人生是这手机,当然功能越多越高级。功能少,无疑是过时货,必遭淘汰。手机必须不断更新换式,人生亦当如此。"

我说:"人是有主观能动性的,而手机没有。一部手机,其功能多也罢,少也罢,都是由别人设定了的,自己完全做不了自己的主。所以你举的例子并不十分恰当啊!"

他反驳道:"一切例子都是有缺陷的嘛!"另一人插话道:

"那就好比人生是电脑。你买一台电脑，是要买容量大的呢，还是容量小的呢？"我说："你的例子和第一个例子一样不十分恰当。"他们便七言八语"攻击"我狡辩。我说："我还没有谈出我对人生的看法啊，'狡辩'罪名无法成立。"

于是皆敦促我快快宣布自己对人生的看法。

我说："你们都知道的，我不用手机，也不上网。但若哪一天想用手机了，也想上网了，那么我可能会买小灵通和最低档的电脑。因为只要能通话，可以打出字来，其功能对我就足够了。所以我认为，减法的人生，未必不是一种积极的人生。而我所谓之减法的人生，乃是不断地从自己的头脑之中删除掉某些人生'节目'，甚至连残余的信息都不留存，而使自己的人生'节目单'变得简而又简。总而言之一句话，使自己的人生来一次删繁就简……"

我的话还没说完，皆大摇其头曰："反对，反对！"

"如此简化，人生还有什么意思？"

"面对丰富多彩、机遇频频的人生，力求简单的人生态度，纯粹是你们中老年人无奈的活法！"

我说："我年轻时，所持的也是减法的人生态度。何况，你们现在虽然正年轻着，但几乎一眨眼也就会成为中老年人的。某些人之所以抱怨人生之疲惫，正是因为自己头脑里关于人生的'容量'太大太混杂了，结果连最适合自己的那一种人生的方式也迷失了。而所谓积极的清醒的人生，无非就是要找到那一种最适合自己的人生方式。一经找到，确定不移，心无旁骛。而心无旁骛，则首先要从眼里删除掉某些吸引眼球的人生风景……"

对方们皆黯然，未领会我的话。

我只得又说："不举例了。世界上还没有人能想出一个绝妙的例子将人生比喻得百分之百恰当。我现身说法吧。我从复旦大学毕业时，二十七岁，正是你们现在这种年龄。我自己带着档案到文化部去报到时，接待我的人明明白白地告诉我，我可以选择留在部里的，但我选择了电影制片厂。别人当时说我傻，认为一名大学毕业生留在部级单位里，将来的人生才更有出息，可以科长、处长、局长地一路在仕途上'进步'着！但我清楚我的心性太不适合所谓的机关工作，所以我断然地从我的头脑中删除了仕途人生的一切'信息'。仕途人生对于大多数世人而言当然意味着颇有出息的一种人生。但再怎么有出息，那也只不过是别人的看法。我们每一个人的头脑里，在人生的某阶段，难免会被塞入林林总总的别人对人生的看法。这一点确实有点儿像电脑，若是新一代产品，容量很大，又与宽带连接着，不进入某些信息是不可能的。然而判断哪些信息才是自己所需要的信息，这一点却是可能的。又比如我在四十岁左右时，结识过一位干部子弟。他可不是一般的干部子弟，只要我愿意，他足以改变我的人生。他又何止一次地对我说，趁早别写作了，我看你整天伏案写作太辛苦了！当官吧！先从局级当起怎么样？正局！我替你选择一个轻松的没什么压力的职位，你认真考虑考虑。我说，多谢抬爱，我也无须考虑。仕途人生根本不适合我这个人，所以你千万别替我费心。费心也是白费心。"

何以我回答得那么干脆？因为我早就考虑过了呀，早就将仕途人生从我的人生"节目单"上删除掉了呀！以后他再劝我时，我的头脑干脆"死机"了。

大约在我四十五岁那一年，陪谌容、李国文、叶楠等同行之忘年交回哈尔滨参加冰雪节开幕式。那一年有几十位台湾商界人士去了哈尔滨。在市里举行的欢迎宴会上，台湾商界人士对我们几位作家亲爱有加，时时表达真诚敬意。过后，其中数人，先后找我与谌容大姐"个别谈话"——恳请我和谌容大姐做他们在中国大陆发展商业的全权代理人。"投资什么？投资多少？你们来对市场进行考察，你们来提议。一个亿？两个亿？或者更多？你们只管直说！别有顾虑，我们拿得起的。酬金方式也由你们来定。年薪？股份？年薪加股份？你们要什么车，配什么车……"

话都说到这个份儿上了，不由人不动心，也不由人不感动。

我曾问过谌容大姐："你怎么想的呢？"

谌容大姐说："还能怎么想，咱们哪里是能干那等大事的人呢？"

她反问我怎么想的。

我说："我得认真考虑考虑。"

她说："你还年轻，尝试另一种人生为时未晚，不要受我的影响。"

我便又去问李国文老师的看法,他沉吟片刻,答道:"我也不能替你拿主意。但依我想来,所谓人生,那就是无怨无悔地去做相对而言自己比较能做好的事情。"

那一夜,我失眠。年薪,我所欲也;股份,我所欲也;宝马或奔驰轿车,我所欲也。然商业风云,我所不谙也;管理才干,我所不具也;公关能力,我之弱项也;盈亏之压力,我所不堪承受也;每事手续多多,我所必烦也。那一切的一切,怎么会是我"比较能做好的事情"呢?我比较能做好的事情,相对而言,除了文学,还是文学啊!

翌日,真情告白,实话实说。返京不久,谌容大姐打来电话,说:"晓声,台湾的那几位朋友,赶到北京动员来啦!"我说:"我也才送走几位啊。"她又说那一句话:"咱们哪是能干那等大事的人呢?"我说:"台湾的伯乐们走眼了,但咱们也惭愧了一把啊!"便都在电话里笑出了声。

有闻知此事的人,包括朋友,替我深感遗憾,说:"晓声,你也把自己的人生搞得太消极太窄狭了啊!人生大舞台,什么事,都无妨试试的啊!"

我想,其实有些事不试也可以知道自己的斤两。比如潘石屹,在房地产业无疑是佼佼者。在电影中演一个角色玩玩,亦人生一大趣事。但若改行做演员,恐怕是成不了气候的。做导演、作家,想必也很吃力。而我若哪一天心血来潮,逮着一个仿佛天上掉下来的机会就不撒手,也不看清那机会落在自己头上的偶然性、不掂量自己与那机会之间的相克因素,于是一头往房地产业钻去的话,那结果八成是会令自己也令别人后悔晚矣的。

说到导演,也多次有投资人来动员我改行当导演的。他们认为观众一定会觉得新奇,于是有了炒作一通的那个点,会容易发行一些。

我想,导一般的小片子,比如电影频道播放的那类电视电影,我肯定是力能胜任的。六百万投资以下的电影,鼓鼓勇气也敢签约的(只敢一两次而已)。倘言大片,那么开机不久,我也许就死在现场了。我曾说过,当导演第一要有好身体,这是一切前提的前提。爬格子虽然也是耗费心血之事,劳苦人生,但比起当导演,两种累法。前一种累法我早已适应,后一种累法对我而言,是要命的累法……

年轻的客人们听了我的现身说法,一个个陷入沉思。

我最后说:"其实上苍赋予每一个人的人生能动力是极其有限的,故人生'节目单'的容量也肯定是有限的,无限地扩张它是很不理智的人生观。通常我们很难确定自己究竟能胜任多少种事情,在年轻时尤其如此。因为那时,人生的能动力还没被彻底调动起来,它还是一个未知数。但这并不意味着我们连自己不能胜任哪些事情也没个结论。在座的哪一位能打破一项世界体育纪录呢?我们都不能。哪一位能成为乔丹第二或姚明第二呢?也都不能。歌唱家呢?还不能。获诺贝尔和平奖呢?大约同样是不能的。而且是明摆着的无疑的结论。那么,将诸如此类的,虽特别令人向往但与我们的具体条件相距甚远的人生方式,统统从我们的头脑中删除掉吧!加法的人生,即那种仿佛自己能够愉快地胜任充当一切社会角色,干成世界上的一切事而缺少的仅仅是机遇的想法,纯粹是自欺欺人。"

一种人生的真相是——无论世界上的行业丰富到何种程度,机遇又多到何种程度,我们每一个人比较能做好的事情,永远也就那么几种而已。有时,仅仅一种而已。

所以,即使年轻着,也须善于领悟减法人生的真谛:将那些干扰我们心思的事情,一而再,再而三地从我们人生的"节目单"上减去、减去、再减去。于是令我们人生的"节目单"的内容简明清晰;于是使我们比较能做好的事情凸显出来。所谓人生的价值,只不过是要认认真真、无怨无悔地去做最适合自己的事情而已。

花一生去领悟此点,代价太高了,领悟了也晚了。花半生去领悟,那也是领悟力迟钝的人。

现代的社会,足以使人在年轻时就明白自己适合做什么事。只要人肯于首先向自己承认,哪些事是自己根本做不来的,也就等于告诉自己,这种人生自己连想都不要去想。如今"浮躁"二字已成流行语,但大多数人只不过流行地说着,并不怎么深思那浮躁的成因。依我看来,不少的人之所以浮躁着并因浮躁而痛苦着,乃因不肯首先自己向自己承认——哪些事情是自己根本做不来的，所以也就无法使自己比较能做好的事情在自己人生的"节目单"上简明清晰地凸显出来，却还在一味地往"节目单"上增加种种注定与自己人生无缘的内容……

中国的面向大多数人的文化在此点上扮演着很劣的角色——不厌其烦地暗示着每一个人似乎都可以凭着锲而不舍做成功一切事情，却很少传达这样的一种人生思想——更多的时候锲而不舍是没有用的，倒莫如从自己人生的"节目单"上减去某些心所向往的内容，这更能体现人生的理智，因为那些内容明摆着是不适合某些人的人生状况的……

我如何面对困境

小蕙：

你来信命我谈谈对人生"逆境"所持的态度，这就迫使我不得不回顾自己匆匆活到四十七岁的半截人生。结果，我竟没把握判断，自己是否真的遭遇过什么所谓人生的"逆境"？

我曾不止一次被请到大学去，对大学生谈"人生"，仿佛我是一位相当有资格大谈此命题的作家。而我总是一再地推托，声明我的人生至今为止，实在是平淡得很，平常得很，既无浪漫，也无苦难，更无任何传奇色彩。对方却往往会说，你经历过"三年困难"时期，经历过"文革"，经历过"上山下乡"，怎可说没什么谈的呢？其实这是几乎整整一代人的大致相同的人生经历，个体的我，摆放在总体中看，真是丝毫也不足为奇的。

比如我小的时候家里很穷，从懂事起至下乡为止，没穿过几次新衣服。小学六年，年年是"免费生"。初中三年，每个学期都享受二级"助学金"。初三了，自尊心很强了，却常从收破烂的邻居的破烂筐里翻找鞋穿，哪怕颜色不同，样式不同，都是左脚鞋或都是右脚鞋，在买不起鞋穿的无奈情况下，也就只好胡乱穿了去上学……

有时我自己回想起来，以为便是"逆境"了。后来我推翻了自己的以为，因在当年，我周围皆是一片贫困。

倘说贫困毫无疑问是一种人生"逆境"，那么我倒可以大言不惭地说，我对贫困，自小便有一种积极主动的、努力使自己和家人在贫困之中也尽量生活得好一点儿的本能。

我小学五六年级就开始粉刷房屋了。初中的我，已不但是一个出色的粉刷工，而且是一个很棒的泥瓦匠了。炉子、火墙、火炕，都是我率领着弟弟们每年拆了砌，砌了拆，越砌越好。没有砖，就推着小车到建筑工地去捡碎砖。

我家住的，在"大跃进"年代由临时女工们几天内突击盖起来的房子，幸亏有我当年从里到外地一年多次的维修，才一年年仍可住下去。我家几乎每年粉刷一次，甚至两次，而且要喷出花儿或图案，你知道一种水纹式的墙围图案如何产生吗？说来简单——将石灰浆兑好了颜色，再将一条抹布拧成麻花状，沾了石灰浆往墙上依序列滚动，那是我当年的发明。

每次，双手被石灰浆所烧，几个月后方能蜕尽皮。在哈尔滨那一条当年极脏的小街上，在我们那个大杂院里，我家门上，却常贴着"卫生红旗"。每年春节，同院儿的大人孩子，都羡慕我家屋子粉刷得那么白，有那么不可思议的图案。那不是欢乐是什么呢？不是幸福感又是什么呢？

下乡后，我从未产生跑回城里的念头。跑回城里又怎样呢？没工作，让父母和弟弟妹妹也替自己发愁吗？自从我当上了小学教师，我曾想，如果我将来落户了，我家的小泥房是盖在村东头还是村西头呢？哪一个女知青愿意爱我这个全没了返城门路打算落户于北大荒的穷家小子呢？如果连不漂亮的女知青竟也没有肯做我妻子的，那么就让我去追求一个当地人的女儿吧！

面对所谓命运，我从少年时起，就是一个极冷静的现实主义者。我对人生的憧憬，目标从来定得很近很近，很低很低，很现实很现实。想象有时也是爱想象的，但那也只不过是一种早期的精神上的"创作活动"，一扭头就会面对现实，做好自己在现实中首先最该做好的事，哪怕是在别人看来最乏味最不值得认真对待的事。

后来我调到了团宣传股。这是我人生中的第一次"上升阶段"。再后来我又被从团机关"精简"了，实际上是一种惩罚，因为我对某些团首长缺乏敬意，还因为我同情一个在看病期间跑回城市探家的知青。于是我被贬到木材加工厂抬大木。

那是一次从"上升阶段"的直接"沦落"，连原先的小学教师都当不成了,于是似乎真的体会到了身处"逆境"的滋味儿,于是也就只有咬紧牙关忍。如今想来,那似乎也不能算是"逆境",因为在我之前,许多男知青,已然在木材厂抬着木头了,抬了好几年了。别的知青抬得,我为什么抬不得?为什么我抬了,就一定是"逆境"呢?

后来我被推荐上了大学。我的人生不但又"上升"了,而且"飞跃"了,成了几十万知青中的幸运者。

在大学我因议论"四人帮",成为上了"另册"的学生。又因一张汇单,遭几名同学合谋陷害,几乎被视为变相的贼。那些日子,当然也是谈不上"逆境"的,只不过不顺遂罢了。而我的态度是该硬就硬,毕不了业就毕不了业,回北大荒就回北大荒。

一次,因我说了一句对"四人帮"不敬的话,一名同学指着我道:"你再重复一遍!"我就当众又重复了一遍,并将从兵团带去的一柄匕首往桌上一插,大声说:"你他妈的可以去汇报!不会判我死刑吧?只要我活着,我出狱那一天,你的不安定的日子就来了!无论你分配到哪儿,我都会去找到你,杀了你!看清楚了,就用这把匕首!"

那事儿竟无人敢去汇报。

毕业时我的鉴定中多了一条别的同学所没有的——"与'四人帮'做过斗争"。想想怪可笑的,也不过就是一名青年学生对"四人帮"的倒行逆施说了些激愤的话罢了。但当年我更主要的策略是逃，一有机会，就离开学校，暂时摆脱心理上的压迫，甚至在一个上海知青的姨妈家，在上海郊区一个叫朱家桥的小镇上，一住就是几个星期……

这些都是一个幸运者当年的不顺遂，尽管也埋伏着人生的凶险，但都非大凶险，可以凭了自己的策略对付的小凶险而已。

一名高干子弟，我的一名知青战友，曾将他当年的日记给我看，他下乡第二年就参军去了，在北戴河当后勤兵，喂猪。他的日记中，满是"逆境"中人如坠无边苦海的"磨难经"——而当年在别的同代人看来，成了一名光荣的解放军战士，又是何等幸运何等梦寐以求的事啊！

鲁迅先生曾经说过家道中落之人更能体会世态炎凉的话。我以为，于所谓的"逆境"而言，也似乎只有某些曾万般顺遂、仿佛前程锦绣之人，一朝突然跌落在厄运中，于懵懂后所深深体会的感受，以及所调整的人生态度，才更是经验吧？好比公子一旦落难，便有了戏有了书。而一个诞生于穷乡僻壤的人，于贫困之中呱呱坠地，直至于贫困之中死去，在他临死之前问他关于"逆境"的体会及思想，他倒极可能困惑不知所答呢！

至于我，回顾过去，的确仅有些人生路上的小小不顺遂而已。实在是不敢妄谈"逆境"。而如今对于人生的态度，是比青少年时期更现实主义了。若我患病，就会想，许多人都患病的，凭什么我例外？若我生癌，也会想，不少杰出的人都不幸生了癌，凭什么上帝非呵护于我？若我惨遭车祸，会想，车祸几乎是每天发生的。

总之我以后的生命，无论这样或那样了，都不再会认为自己是多么的不幸了。知道了许许多多别人命运的大跌宕、大苦难、大绝望、大抗争，我常想，若将不顺遂也当成"逆境"去谈，只怕是活得太矫情了呢！……

晓声
1996 年 6 月 30 日

解剖我的心灵

其实，依我想来，我们每一个人，都有若干机会，或曰若干时期，证明自己是一个心灵方面、人格方面的导师和教育家。区别在于，好的，不好的，甚而坏的，邪恶的。

我相信有人立刻就能领会我的意思，并赞同我的看法，会进一步指出，完全是这样——不过是在我们成为父亲或母亲之后。

这很对，但这非我的主要的意思。

我的人生经验和教训告诉我——也许这世界上根本没有谁能够对我们施以终生的影响，根本没有谁能够对我们负起长久的责任，连对我们最具责任感的父母都不能够。正如我们做了父母，对自己的儿女也不能够一样，倘说确曾存在过能够对我们的心灵品质和人格品质的形成施以终生影响、负起长久责任的某先生和某女士，那么他或她绝不会是别人。肯定的，乃是我们自己。

我们在我们是儿童的时候就已经开始教育我们自己了。

我们在我们是少年的时候，就已经开始怀疑甚至强烈排斥大人们对我们的教育了。处在那么一种年龄的我们自己，已经开始习惯于说"不，我认为……"了。我们正是从开始第一次这么说、这么想那一天起，自觉不自觉地进入了导师和教育家的角色。

于是我们收下了我们"教育生涯"的第一个学生——我们自己。于是我们"师道尊严"起来，朝"绝对服从"这一方面培养我们的本能。于是我们更加防范别人，有时几乎是一切人，包括我们所敬爱的人们对我们的影响。如同一位导师不能容忍另一位导师对自己最心爱的弟子耳提面命一样……

我们在这样的心理过程中成了青年。这时我们对自己的"高等教育"已经临近结业。我们已经太像我们按照我们自己确定的"教育大纲"和自己编写的"教材"所预期的那一个男人或女人了。当然，我指的是心灵方面和人格方面。

四十多岁的我，看我自己和我周围人们的童年、少年和青年时期，仿佛翻阅了一册册"品行记录"。其上所载全是我们自己对自己的评语和希望。我的小学同学、中学同学、兵团知青战友，无论今天在社会地位坐标上显示出是怎样的人，其在心灵和人格方面的基本倾向，几乎全都一如当年。如果改变，恐怕只有到了老年，因为老年时期是人的二番童年的重新开始。

在这一点上,"返老还童"有普遍的意义。老年人,也许只有老年人,在临近生命终点的阶段,积一生几十年之反省的力量,才可能彻底否定自己对自己教育的失误。而中年人往往不能。中年人之大多数,几乎都可悲地执迷于早期自我教育的"原则"中东突西撞,无可奈其何。

童年的我曾是一个口吃得非常厉害的孩子,往往一句话说不出来,"啊啊呀呀"半天,憋红了脸还是说不出来。我常想我长大了可不能这样。父母为我犯愁却不知怎么办才好。我决定自己"拯救"我自己。这是一个漫长的"计划"。基本实现这一"计划",我用了三十余年的时间。

少年时的我曾是一个爱撒谎的孩子,总企图靠谎话推掉我对某件错事的责任。

青年时期的我曾受过种种虚荣的不可抗拒的诱惑,而且嫉妒之心十分强烈。我常常竭力将虚荣心和嫉妒心成功地掩饰起来。每每地,也确实掩饰得很成功,但这成功却是拿虚伪换来的。

幸亏上帝在我的天性中赋予了一种细敏的羞耻感。靠了这一种羞耻感我才能够常常嫌恶自己。而我自己对自己的劣点的嫌恶,则从心灵的人格方面"拯救"了我自己。否则,我无法想象——一个少年时爱撒谎,青年时虚荣、嫉妒且虚伪的人,四十多岁的时候会成为一个怎样的男人?

所以,我对"自己教育自己"这句话深有领悟。它是我的人生信条之一,最主要的也是最重要的、首位的人生信条。

我想,"自己教育自己",体现着人对自己的最大爱心,对自己的最高责任感。在这一点上,我们不能指望别人对我们比我们自己对自己更有义务。一个连这一种义务都丧失了的人,那么,便首先是一个连自己都不爱的人了。一个连自己都不爱的人,那么,他或她对异性的爱,其质量都肯定是低劣的。

我想,我们每个人生来都被赋予了一根具有威严性的"教鞭"。它是我们人类天性之中的羞耻感。它使我们区别于一切兽类和禽类。我们唯有靠了它才能够有效地对自己实施心灵和人格方面的教育。通常我们将它寄放在叫作"社会文明环境"的匣子里。它是有可能消退也有可能常新的一种奇异的东西。我们久不用它,它就消退了。我们常用它指斥自己的心灵,它便是常新的。

每一次我们自己对自己的心灵的指斥,都会使我们的羞耻感变得更加细敏而不至于麻木,都会使它更具有权威性而不至于丧失。它的权威性是揍除我们心灵里假丑恶的最好的工具,如果我们长久地将它寄存在"社会文明环境"这个匣子里不用,那么它过不了多久便会烂掉。因为那"匣子"本身,永远不是纯洁的真空。

我对自己的心灵进行"自我教育"的时间,肯定地将比我用意志校正自己口吃的时间长得多,因为我现在还在这样。但其"成果",则比我校正自己口吃的"成果"相差甚远。在四十五岁的我的内心里,仍有许多腌腌臜臜的东西及某些丑陋的"寄生虫"。

我的人格的另一面,依然是褊狭的,嫉名妒利的,暗求虚荣的,乃至无可奈何地虚伪着的,还有在别人遭到挫败时的卑劣的幸灾乐祸和快感。

有人肯定会认为像我这样活着太累,其实我的体会恰恰相反。内心里多一份真善美,我对自己的满意便增加一层。这带给我的更是愉悦。内心里多一份假丑恶,我对自己的不满意、沮丧、嫌恶乃至厌恶也便增加一层。人连对自己都不满意的时候还能满意谁满意什么?人连对自己都很厌恶的话又哪有什么美好的人生时光可言?

至今我仍是一个活在"好人山"之山脚下的人,仍是一个活在"坏人坑"之坑边上的人。在"山脚下"和"坑边上"两者之间,我手执人的羞耻感这一根"教鞭",比以往任何时候都更加"师道尊严"地教诲我自己这一个"学生"。我深知我不是在"坑"内而是在"坑"边上,所幸全在于此。

因为,从童年到少年到青年到现在,我受过的欺骗,遭到过的算计、陷害和突然袭击,多少次完全可能使我脚跟不稳身子一晃,索性栽入"坏人坑"里,索性坏起来。在兵团、在大学、在京都文坛,有几次陷害和袭击,对我的来势几乎是置于死地的。

可我至今仍活在"好人山"脚下,有时细想想,这真不容易啊!

每个人的心灵都是一处院落。在未来的日子里,有许多人将会教给我们许多谋生的技艺和与人周旋的技巧,但为我们的心灵充当园丁的人,将很少很少。羞耻感这根人借以自己教诲自己的"教鞭",正大批地消退着,或者腐烂着。

朋友,如果你是爱自己的,如果你和我一样,存在于"山"之脚下和"坑"之边上,那么,执起"教鞭"吧……

让我迟钝

我从小是一个敏感的孩子。这主要体现在自尊心方面。但我又是一个在自尊心方面容易并且经常受伤的孩子。一个穷孩子要维护住自己的自尊心,像一只麻雀要孵化成功一枚孔雀蛋一样难。

青少年时期我渐渐明白了一个道理,每一个人都能够以自己的方式拥有友情。明白了这一个道理之后我便是一个不乏友情的少年了。我少年时期的友情都是用友善换来的。它的一部分牢固地延绵至今。

我感激文学。文学对中学时期的我最重要最有益的影响那便是——在潜移默化的熏陶之中接受了人性教育。我的中学的最后一年发生"文革"。我对自己较为满意的是——我虽是"红五类""红卫兵",但我在"文革"中与任何"红卫兵"的劣迹无涉。我没有以"革命"的名义歧视过任何人,更没有以"革命"的名义伤害过任何人。恰恰相反，我以我当年仅能表现的方式，暗中有时甚至是公开地同情过遭到这样那样政治厄运的人。

"文革"对我最大的也最深刻的影响是——促使我以中学生的头脑思考政治。无论是当知青的六年多里，抑或是"工农兵学员"的三年多里，我都是一名对"四人帮"的专制采取抵牾态度的青年。这一点使我那样一名默默无闻的知识青年，竟有幸与一些"另册"知识分子建立了友情。这也同时是成为作家的我，后来为什么不能成为"纯粹为文学"的作家，某些作品总难免具有政治色彩的原因。

成为作家的我依然是敏感的。我曾相信成为作家的我，是足以有能力来朝自认为更好的方面培养自己的人格了。我曾说过——人格非人的外衣，也非人的皮肤，而是人的质量的一方面。

我承认我对关乎自己人格的事，以及别人对自己人格的评价是敏感的。正因为这样，我承认——我常常以牺牲"自我"的方式，来换取别人对我的人格的赞许和肯定。这一点从好的方面讲，渐渐形成了我做人的某些原则。那些原则本身绝对没什么问题；从不好的方面讲，任何人刻意而求任何东西，其实都是不自然的。

我承认，我对文学和作家这一职业，曾一度心怀相当神圣的理解。因为文学曾对我有过那么良好的影响。这一种越来越不切实际的理解，很费了一番"思想周折"才归于客观的"平常心"。

我承认，恰恰是在我成为作家以后，所受的伤害是最多的。从一九八二年我获全国短篇小说奖以后，我几乎不间断地在友情和人格两方面受伤。原因诸多，有时因我的笔；有时因我的性格；有时那原因完完全全起于别人方面。我也冒犯过别人，故我对因此而受的伤害甘愿承担。

我承认，每当我被严重地误解时，我总会产生辩白的念头……

我承认，每当我受了过分的伤害，我总会产生"以牙还牙"的冲动……

我承认，每当我遭到辱骂和攻击时，即使表面不以为然，心头已积隐恨……

我承认，我很自慰地承认，后来我渐渐具有了相当强的"免疫力"……

我承认，即使具有了相当强的"免疫力"的我，也很难真的无动于衷……因为我具有了相当强的"免疫力"，并不等于我的妻儿、亲友，以及一切关爱着我的人也同时具有。一想到他们和她们也许同时受到伤害，我常打算做出激烈的反应。我的笔使我不无这种能力。它在作为武器时也肯定是够锐利的……

但是近来我逐渐形成了另一种决心，那就是——从我写这篇文章的此时此刻起，我要求自己对于一切公开的辱骂、攻击、蓄意的合谋的伤害，不再做丝毫的反应。不再敏感，而要迟钝，而要麻木。这也是一种刻意。这一种对自己的要求也是不太自然的。这与所谓表现气度无关,而与珍惜所剩的生命有关。所以即使也是一种刻意,即使也是不太自然的,却是必须如此的。

我觉得,一个人的敏感,和一个人血管里的血,大脑中的脑细胞,和一个人的所有生命能动性一样,也是有限量的。生命像烟一样,不可能活一天附加一天。生命是一个一直到零的减法过程。

我觉得,我的敏感已大不如前。我的精力状况和身体状况也大不如前。

我的精力正在一天天变得颓萎。

我的敏感"水平"正在一天天下降。

我只能而且必须极其"节省"地运用它。

故我要公开地发一个毒誓,从此时此刻起直至我死,我坚决地对一切伤害不再做出丝毫的反应。我也坚决地对一切误解不再做出任何辩白——今天以前的反应不包括在内。比如对吴戈其人的攻击所做的反应。它可能在今天以后见诸报刊,已无法撤销。

如果我竟不能做到这一点——那么让我死于非命——患癌的可能性不包括在内。我们都知道,癌症是与遗传基因有关的。

我既发此毒誓,那么恭请一切报刊,万勿再就辱骂和攻击性、贬低性内容对我进行采访;倘明知我发此毒誓还一味企图从我口中讨个说法,显然便是不人道的了。

我既发此毒誓,那么恭请一切报刊放心,凡登载涉及我的文章,无论攻击性多么强,无论辱骂的话语多么恶劣,皆可毫无顾虑。我将一概地保持绝对沉默。近一时期我深受被采访之苦，远比对我的文字伤害更使我身心受损。而实际上，我的誓言其实早已悄悄生效——我基本做到了无论怎样"启发"，坚决地不对任何误解进行辩白；坚决地不对任何攻击、辱骂、贬低和人格侵犯说出一句反击性的话——今日《光明日报》一名女记者对我进行的采访又当例外。其中有对一件事的辩白，我经考虑认为是必要的。

那么，以后，我的敏感将仅仅体现在如下方面：

对感情的敏感反应——包括亲情、友情、同情。

对社会和时代现象的敏感反应……

对想象与虚构能力的职业性的敏感反应……

对驾驭文字的能力和对修辞之职业水平的敏感反应……

对自己责无旁贷的种种义务的敏感反应……

我真的认为我的敏感将渐成我生命的微量元素，它是必须节省使用的了。倘在以上方面我仍能保持着它，我觉得对于我就已经是不容易之事了。

我预先做一个与鲁迅先生截然相反的声明：我死之际将不带走对一个世人的嫌恶和憎恨。因为归根结底，我们人类也只不过是地球上的一种动物。我们既然公认每一种动物的习性都有其必然性、合理性，那么自己的同类也何妨如此？

我将严格恪守我的誓言至死不悔。倘我竟不能，我甘愿遭世人唾弃和嘲笑！

最合适的，便是最美的

哪一个青年没有过理想？谁甘愿度过平庸的一生？

当这样的问题摆在面前，很多人也许会想到宗教。

其实宗教也是一种理想。

人和植物、动物的区别，重要的一点恰恰在于人会设计自己的愿望，有实现这一愿望的冲动。理想使人高出宇宙万物。理想使人具有百折不挠的精神力量。因而当人实现这一愿望的冲动受挫，理想便使人痛苦。

如果能够进行统计的话，实现了自己的理想的人必然是少数。那么是否绝大多数的人又都是不幸的呢？我相信不是这样。

理想，说到底，无非是对某一种活法的主观的选择。客观的限制通常是强大于主观的努力的。只有极少数人的主观努力，最终突破了客观的限制，达到了理想的实现，这便使人对"主观努力"往往崇拜起来，以为只要进行了百折不挠的努力，客观的限制总有一天将被"突破"。其实不然。

所以我认为,有理想是一种正确的生活态度,放弃理想也是一种生活态度。有时,后一种态度,作为一种活着的艺术,是更明智的。有理想有追求是一种积极主动的活法,不被某一不切实际的理想或追求所折磨,调整选择的方位,更是积极主动的活法。

一种活法,只要是最适合自己的,便是最好的、最美的。当然,这活法,首先该是正常的正派的活法。如果人觉得,盗贼或骗子的活法,才最适合自己的话,那我们就无法与之沟通了。

曾有一位大学生,来信倾诉自己对文学的虔诚,以及想成为作家的愿望,并且因为自己是学工的,便感到自己是世界上最不幸的人了。

我回信向他指出——首先他是不实事求是的。因为考入一所名牌大学,与同龄青年相比,已经使他成为最幸运的人了。其次,是大学生,那么学习,目前对他是最适合的。学习生活,目前对他是最好的、最美的生活。

即使他最终还是要专执一念当作家,目前的学习生活,对他日后当作家,也是有益的积累。而且作家是各式各样的——无职无业的"个体作家";有职有业的半专业作家;比如我这样的作家,以创作为唯一职业的专业作家。

随着社会结构的变化,拿工资的专业作家会少起来。不拿工资的"个体作家"和有职有业的半专业作家会多起来。他究竟要当哪一种作家呢？马上就当不拿工资的"个体作家"？生活准备不足，靠稿费养得了自己吗？连我自己目前也不能，所以我为他担忧。

我劝他目前要安心学习，先按捺下当作家的迫切愿望，将来大学毕业了，从业余作家当起，继而半专业，继而专业，如果他确有当作家的潜质的话……

可是他根本听不进我的劝告。他举例说巴尔扎克就是根本不理睬父母希望他成为律师的预想，终于成大作家的。他那么固执，我对他的固执无奈。结果他学习成绩下降，一篇篇稚嫩的"作品"也发表不出来，连续补考又不及格，不得不离开了大学校园。

他在北京流落了一个时期，写作方面一事无成，在我的资助下回老家去了。

现在他精神失常了。

这多可悲呢。

北京电影制片厂曾有过一百六七十位演员。设想，一旦成为演员，谁不想成大明星呢？但这受着个人条件的局限，受着种种机遇的摆布，致使有些人，空怀着明星梦，甚至十几年内，没上过什么影片。

其中一些明智的人，醒悟较快，便改行去当剪辑、录音，或其他方面的工作。有些是我的朋友。他们在人到中年这个关键时刻，毅然摆脱过去曾怀抱过那引起不切实际的理想的纠缠，重新选择最适合自己的活法，活得自然也活得好了。

著名女作家铁凝也有过和我类似的与青年的接触。

一位四川乡村女青年不远万里寻找到她，希望在她的指导之下早日成为作家。须知一位作家培养另一个人成为作家这种事，古今中外实在不多。一个人能不能成为作家，关键恐怕不在培养，而在自身潜质。

铁凝是很善良，很真挚，很会做思想工作的。铁凝询问了她的情况之后，友好地向她指出——对于她，第一是职业问题，因为有了职业就有了工资，有了工资就有了衣食住行的起码保障。

曹雪芹把高粱米粥冻成坨，切成块，饿了吃一块，孜孜不倦写《红楼梦》，那对于他实在是无奈的下策，不是非如此便不能写出《红楼梦》。十年辛苦一部书。如果那十年的情况好些，他的身体也便会好些，也许在完成《红楼梦》之后，还能完成另一部名著。对于今天的青年，没有效仿的意义和必要。

今天的青年，如果有可能找到一份工作，取得衣食住行的起码保障，为什么不呢？当然，你要一心想在什么中外合资的大公司当上一位公关小姐，每月拿着高于旁人的工资，是另一回事了。须知如今大学生、研究生找到完全合乎自己愿望的工作都很难，你凭什么指望生活格外地垂青于你呢？

那女青年悟性很好，听从了铁凝的劝告，回到家乡去了，在一个小县城找到了一份最普通的工作。以后她常把她的习作寄给铁凝，铁凝也很认真地予以指导。终于她的文章开始在地区的小报刊上陆续刊登了，当然都是些小文章。她终于在自己生活的那个地方，渐渐引起了人们的注意。

后来因这"一技之长"，她被调到了县里计划生育办公室搞宣传。后来她寻找到了一个好丈夫，组成了一个温暖的小家庭，有了一个可爱的孩子，生活得挺幸福。她在她生活的那个地方，寻找到了最适合她的"坐标"，对她来说，那是最好的生活，也是最美的，起码目前是这样。至于以后她是否会成为作家，那就非铁凝能帮得了的了。

有些青年谈论理想的时候，往往忽略了现实和理想之间的时空距离。或者虽然承认有距离，但却认为只要时来运转，一步便能跨越。其实有些距离，是终生不能跨过的。嗓子天生五音不全而要成为歌星，身材不美而要成为芭蕾舞演员，没有表演才能而迷恋影视生涯，凡此种种，年轻时想一想是可爱的，倘若当作人生理想、人生目标去耿耿追求，又何苦呢？

倘一位中国的乡村女孩的理想是有朝一日做西方某国的王妃，并且发誓不达目的誓不罢休，这"理想"本身岂不是就怪令人害怕吗？正如哪一位中国的作家如若患了"诺贝尔情结"，发誓不获诺贝尔文学奖便如何如何，也是要不得的。

一切生活都是生活，无论主观选择的还是客观安排的，只要

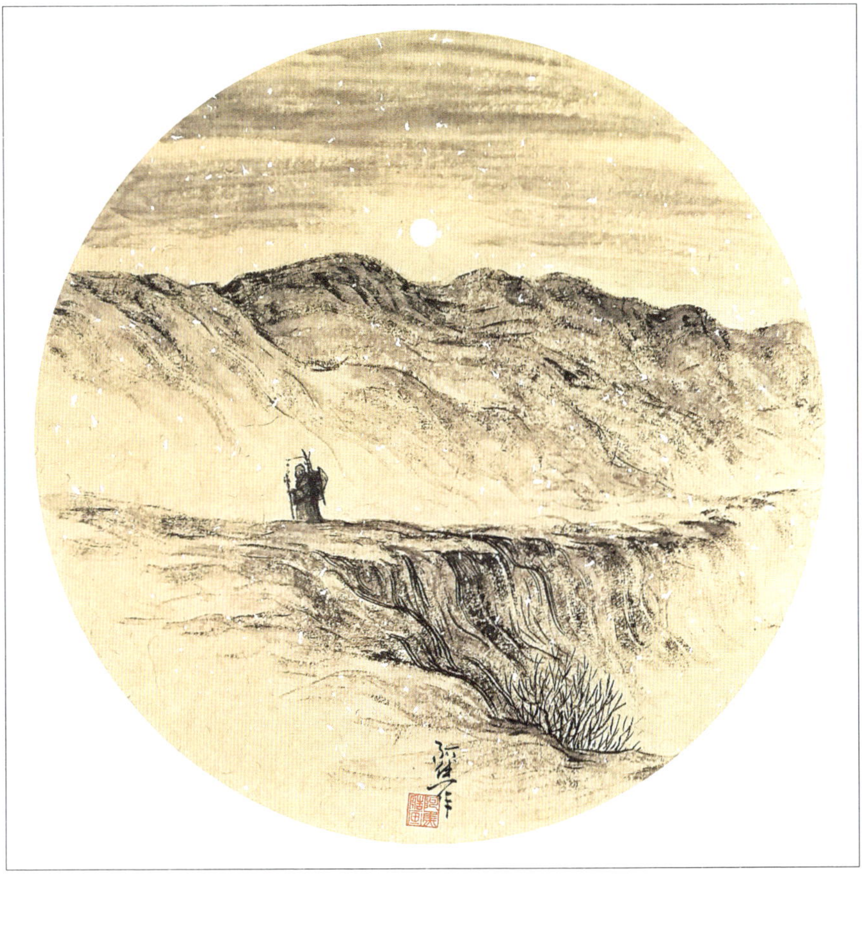

所谓"人生的意义",它一向至少是由三部分组成的:一部分是纯粹自我的感受;一部分是爱自己和被自己所爱的人的感受;还有一部分是社会和更多有时甚至是千千万万别人的感受。

——《人生和它的意义》

不是穷困的、悲惨的、不幸接踵不幸的，便是正常的生活，也都是值得好好生活的。须知任何一种生活都是有正面和负面的。

帝王的权威不是农夫所能企盼得到的，但农夫却不必担心被杀身篡位。一切名流的生活之负面的付出，都是和他们所获得的正面成比例的。人往高处走，水往低处流，一人改变自己的命运的想法永远是天经地义无可指责的，但首先应是从最实际处开始改变。

荀子说过一句话："自知者不怨人，知命者不怨天。"字面看来有点儿听天由命的样子，其实强调的是一种乐观的生活态度。没有乐观的生活态度，哪还谈得上什么积极进取呢？不必在二十多岁的时候，便给自己的一生设计好什么"蓝图"。在以后的几十年中，机遇可能随时会向你招手，只要你是有所准备的。

社会越向前发展，人的机遇将会越多而不会越少。三十岁至四十岁得到的，绝不会是你最后得到的，失去它的机会像得到它一样偶然。同样三十岁至四十岁未得到的，并不意味着你一生不能实现。

你的一生也许将几次经历得到、失去、再得到、再失去，有时你的人生轨迹竟被完全彻底地改变，迫使你一切从头开始。谁准备的方面多，谁应变的能力强，谁就越能把握住一份儿属于自己的生活。

当代社会越向前发展，则越将任何一种事业与人的关系，变成为不离不即、离离即即、偶尔合一、偶尔互弃的关系……

论温馨

温馨是纯粹的汉语词。

近年常读到它，常听到它；自己也常写到它，常说到它。于是静默独处之时每想——温馨，它究竟意味着什么呢？

是某种情调吗？是某种氛围吗？是客观之境？抑或仅仅是主观的印象？它往往在我们内心里唤起怎样的感觉？我们为什么不能长期地缺少了它？

那夜失眠，倚床而坐，将台灯罩压得更低，吸一支烟，于万籁俱寂中细细筛我的人生，看有无温馨之蕊风干在我的记忆中。

从小学二三年级起，母亲便为全家的生活去离家很远的工地上班。每天早上天未亮便悄悄地起床走了，往往在将近晚上八点时才回到家里。若冬季，那时天已完全黑了。比我年龄更小的弟弟妹妹都因天黑而害怕，我便冒着寒冷到小胡同口去迎母亲。从那儿可以望到马路。一眼望过去很远很远，不见车辆，不见行人。终于有一个人影出现，矮小，然而"肥胖"，那是身穿了工地上发的过膝的很厚的棉坎肩所致，像矮小却穿了笨重铠甲的古代兵卒。断定那便是母亲。在幽蓝清冽的路灯光辉下，母亲那么快地走着。她知道小儿女们还饿着，等着她回家胡乱做口吃的呢！

于是边跑着迎上去，边叫："妈！妈……"

如今回想起来，那远远望见的母亲的古怪身影，当时对我即是温馨。回想之际，觉得更是了。

小学四年级暑假中的一天，跟同学们到近郊去玩，采回了一大捆狗尾草。采那么多狗尾草干什么呢？采时是并不想的。反正同学们采，自己也跟着采，还暗暗竞赛似的一定要比别的同学采得多，认为总归是收获。母亲正巧闲着，于是用那一大捆狗尾草为弟弟妹妹们编小动物。转眼编成一只狗，转眼编成一只虎，转眼编成一头……她的儿女们属什么，她就先编什么。之后编成了十二生肖。再之后还编了大象、狮子和仙鹤、凤凰……母亲每编成一种，我们便赞叹一阵。于是母亲一向忧愁的脸上，难得地浮现出了微笑……

如今回想起来，母亲当时的微笑，对我即是温馨。对年龄更小的弟弟妹妹们也是。那些狗尾草编的小动物，插满了我们破家的各处。到了来年，草籽干硬脱落，才不得不一一丢弃。

我小学五年级时，母亲仍上着班。但那时我已学会了做饭。

从前的年代，百姓家的一顿饭极为简单，无非贴饼子和粥。晚饭通常只是粥。用高粱米或苞谷糁子煮粥，很费心费时的。怎么也得两个小时才能煮软。我每坐在炉前，借炉口映出的一小片火光，一边提防着粥别煮煳了，一边看小人书。即使厨房很黑了也不开灯，为的是省几度电钱……

如今回想起来，当时炉口映出的一小片火光，对我即是温馨。回想之际，觉得更是了。

由小人书联想到了小人书铺。我是那儿的熟客，尤其冬日去。倘积攒了五六分钱，便坐在靠近小铁炉的条凳上，从容翻阅；且可闻炉上水壶嗞嗞作响，脸被水蒸气润得舒服极了，鞋子被炉壁烘得暖和极了；忘了时间，忘了地点；偶一抬头，见破椅上的老大爷低头打盹儿，而外边，雪花在土窗台上积了半尺高……

如今想来，那样的夜晚，那样的时候，那样的地方，相对是少年的我便是一个温馨的所在。回想之际，觉得更是了。

上了中学的我，于一个穷困的家庭而言，几乎已是全才了。抹墙、修火炕、砌炉子，样样活儿都拿得起，干得很是在行。几乎每一年春节前，都要将个破家里里外外粉刷一遍。今年墙上滚这一种图案，明年一定换一种图案，年年不重样。冬天粉刷房子别提有多麻烦，再怎么注意，也还是会滴得到处都是粉浆点子。

母亲和弟弟妹妹们撑不住打盹儿，东倒西歪全睡了。只有我一个人还在细细地擦、擦、擦……连地板都擦出清晰的木纹了。

第二天一早，弟弟和妹妹们醒来，看看这儿，瞅瞅那儿，一切干干净净有条不紊，看得他们目瞪口呆……

如今想来，温馨在母亲和弟弟妹妹眼里，在我心里。他们眼里有种感动，我心里有种快乐。仿佛，感动是火苗，快乐是劈柴，于是家里温馨重重。尽管那时还没生火，屋子挺冷……

下乡了，每次探家，总是在深夜敲门。灯下，母亲的白发是一年比一年多了。从怀里掏出积攒了三十几个月的钱无言地塞在母亲瘦小而粗糙的手里，或二百，或三百。三百的时候，当然是向知青战友们借了些的。那年月，二三百元，多大一笔钱啊！母亲将头一扭，眼泪就下来了……

如今想来，当时对于我，温馨在母亲的泪花里。为了让母亲过上不必借钱花的日子，再远的地方我都心甘情愿地去，什么苦都算不上是苦。母亲用她的泪花告诉我，她完全明白她这一个儿子的想法。我心使母亲的心温馨，母亲的泪花使我心温馨……

参加工作了，将老父亲从哈尔滨接到北京。十几平方米的一间筒子楼宿舍，里里外外被老父亲收拾得一尘不染。经常地，傍晚，我在家里写作，老父亲将儿子从托儿所接回来。但听父亲用浓重的山东口音教儿子数楼阶："一、二、三……"所有在走廊里做饭的邻居听了都笑，我在屋里也不由得停笔一笑。那是老父亲在替我对儿子进行学前智力开发，全部成果是使儿子能从一数到了十。

父亲常慈爱地望着自己的孙子说："几辈人的福都让他一个

人享了啊!"

其实呢,我的儿子,只不过出生在筒子楼,渐渐长大在筒子楼。

有天下午我从办公室回家取一本书,见我的父亲和我的独生子相依相偎睡在床上,我的儿子的一只小手紧紧揪住我父亲的胡子(那时我父亲的胡子蓄得蛮长)——他怕自己睡着了,爷爷离开他不知到哪儿去……

那情形给我留下极为温馨的印象。还有老父亲教我儿子数楼阶的语调,以及他关于"福"的那一句话。

后来父亲患了癌症,而我又不得不为厂里修改一部剧本,我将一张小小的桌子从阳台搬到了父亲床边,目光稍一转移,就能看到父亲仰躺着的苍白的脸。而父亲微微一睁眼,就能看到我,和他对面养了十几条美丽金鱼的大鱼缸。这是父亲不能起床后我为他买的。十月的阳光照耀着我,照耀着父亲。他已知自己不久于世,然只要我在身旁,他脸上必呈现着淡对生死的镇定和对儿子的信赖。一天下午一点多我突觉心慌极了,放下笔说:"爸,我得陪您躺一会儿。"尽管旁边备有我躺的钢丝床,我却紧挨着父亲躺了下去。并且,本能地握住了父亲的一只手。五六分钟后,我几乎睡着了,而父亲悄然而逝……

如今想来,当年那五六分钟,乃是我一生体会到的最大的温馨。感谢上苍,它启示我那么亲密地与老父亲躺在一起,并且握着父亲的手。我一再地回忆,不记得此前也曾和父亲那么亲密地躺在一起过；更不记得此前曾在五六分钟内轻轻握着父亲的手不放过。真的感谢上苍啊，它使我们父子的诀别成了我刻骨铭心的温馨……

后来我又一次将母亲接到了北京，而母亲也病着了。邻居告诉我，每天我去上班，母亲必站在阳台上，脸贴着玻璃望我，直到无法望见为止。我不信，有天在外边抬头一看，老母亲果然在那样望我。母亲弥留之际，我企图嘴对着嘴，将她喉间的痰吸出来。母亲忽然苏醒了，以为她的儿子在吻别她。母亲的双手，一下子紧紧搂住了我的头。搂得那么紧那么紧。于是我将脸乖乖地偎向母亲的脸，闭上眼睛，任泪水默默地流。

如今想来，当时我的心悲伤得都快要碎了。所以并没有碎，是有温馨粘住了啊！在我的人生中，只记得母亲那么亲爱过我一次，在她的儿子快五十岁的时候。

现在，我的儿子也已大三了。有次我在家里，无意中听到了他与他同学的交谈：

"你老爸对你好吗？"

"好啊。"

"怎么好法？"

"我小时候他总给我讲故事。"

其实，儿子小时候，我并未"总给"他讲故事。只给他讲过几次，而且一向是同一个自编的没结尾的故事，也一向是同一种讲法——该睡时，关了灯，将他搂在身旁，用被子连我自己的头一起罩住，口出异声："呜……荒郊野外，好大的雪，好大的风，好黑的夜啊！冷呀！呱嗒、呱嗒……爪子落在冰上的声音……大怪兽来了，它嗅到了我们的气味儿了，它要来吃我们了……"

儿子那时就屏息敛气，缩在我怀里一动也不敢动。幼儿园老师觉出儿子胆小，一问方知缘故，曾郑重又严肃地批评我："你一位著名作家，原来专给儿子讲那种故事啊！"

熟料，竟在儿子那儿，变成了我对他"好"的一种记忆。于是不禁地想，再过若干年，我彻底老了，儿子成家了，也会是一种关于父亲的温馨的回忆吗？尽管我给他的父爱委实太少，但却同一切似我的父亲们一样抱有一种奢望，那就是——将来我的儿子回忆起我时，或可叫作"温馨"的情愫多于"呜……呱嗒、呱嗒……"

某人家乔迁，新居四壁涂暖色漆料，贺者曰："温馨。"

年轻夫妻终于拥有了自己的小家，他们最在乎的定是卧室的装修和布置，从床、沙发的样式到窗帘的花色，无不精心挑选，乃为使小小的私密环境呈现温馨。

少女终于在家庭中分配到了属于自己的房间，也许很小很小，才七八平方米，摆入了她的小床和写字桌再无回旋之地；然而几天以后你看吧，它将变得每一个角落都充满了温馨。

新房大抵总是温馨的。倘一对新人恩爱无限，别人会感到连床边的两双拖鞋都含情脉脉的；吸一下鼻子，仿佛连空气中都飘浮着温馨。反之，若同床异梦，貌合神离，那么新房的此处或彼处，总之必有一处地方的一样什么东西向他人暗示，其实反映在人眼里的温馨是假的。

在商业时代，温馨是广告语中频频出现的词语之一。我曾见过如下广告：

"饮××酒吧，它能使你的人生顿变温馨。"

我想，那大约只能是对斯文的醉君子而言，若是酒鬼又醉了，顿时感到的一定是他人生的另一种滋味。

最令我讶然的是一则妇女卫生巾广告：

"用××卫生巾，带给你难忘的温馨。"

余也愚钝，百思不得其解。

酒吧总是刻意营造温馨的。

我虽一向拒沾酒气，却也被朋友邀至过酒吧几次。朋友问："够温馨吧？"

烛光相映，人面绰约，靡音萦绕，有情人或耳鬓厮磨，或呢哝低语。

我说："温馨。"

然内心里却半点儿体会到温馨的真感觉也没有。

我想，温馨肯定是多种多样的。除了那两条广告其意太深我无法理解，以上种种皆是温馨，也不该成为什么问题。

我想，温馨一定是有共性前提的。首先它只能存在于较小的空间。世界上的任何宫殿都不可能是温馨的，但宫殿的某一房间却会是温馨的。最天才的设计大师也不能将某展览馆搞成一处温馨的所在；而最普通的女人，仅用旧报纸、窗花和一条床单几个相框，就足以将一间草顶泥屋收拾得温馨慰人；在一辆奔驰车内放一排布娃娃给人的印象是怪怪的，而有次我看见一辆奥拓车内那样，却使我联想到了少女的房间。其次温馨它一定是同暖色调相关的一种环境。一切冷色调都会彻底改变它，而一切艳颜丽色也将使温馨不再。那时它或者转化为浪漫，或者转化为它的反面，变成了浮媚和庸俗。温馨也当然的是与光线相关的一种环境。黑暗中没有温馨，亮亮堂堂的地方也与"温馨"二字无缘。所以几乎可以断言，盲人难解温馨何境。而温馨所需要的那一种光，是半明半暗的，是亦遮亦显的，是总该有晕的。温馨并不直接呈现在光里，而呈现在光的晕里。故刻意追求温馨的人，就现代的人而言，对灯的形状、瓦数和灯罩，都是有极讲究的要求的。

这样看来，离不开空间大小、色彩种类、光线明暗的温馨，往往是务须加以营造的效果了。人在那样的环境里，男的还要流露多情，女的还要尽显妩媚，似乎才能圆满了温馨。若无真心那样，作秀既是难免的，也简直是必要的。否则呢，岂不枉对于那不大不小的空间，那沉醉眼球的色彩，那幽晕迷人的灯光，那使人神经为之松弛的气氛了吗？

是的是的，我承认以上种种都是温馨，承认人性对它的需要就像我们的肉体需要性和维生素一样。但我觉得，定有另类的一种温馨，它不是设计与布置的结果，不是刻意营造出来的。它储存在寻常人们所过的寻常的日子里，偶一闪现，转瞬即逝，溶解在寻常日子的交替中。它也许是老父亲某时刻的目光；它也许曾浮现于老母亲变形了的嘴角；它也许是我们内心的一丝欣慰；甚至，可能与人们所追求的温馨恰恰相反，体现为某种忧郁、感伤和惆怅。

它虽溶解在日子里，却并没有消亡，而是在光阴和岁月中渐渐沉淀，等待我们不经意间又想起了它。

而当我们想起了它的时候，我们往往会对自己说温馨吗？我知道那是什么！并且，顿感其他一概的温馨，似乎都显得没有多少意味了……

沉默的墙

在一切沉默之物中，墙与人的关系最为特殊。

无墙，则无家。

建一个家，首先砌的是墙。为了使墙牢固，需打地基。因为屋顶要搭盖在墙垛上。那样的墙，叫"承重墙"。

承重之墙，是轻易动不得的。对它的任何不慎重的改变，比如在其上随便开一扇门，或一扇窗，都会导致某一天突然房倒屋塌的严重后果。而若拆一堵承重墙，几乎等于是在自毁家宅。人难以忍受居室四壁的肮脏。那样的人家，即使窗明几净也还是不洁的。人尤其忧患于承重墙上的裂缝，更对它的倾斜极为恐慌。倘承重墙出现了以上状况，人便处于坐卧不安之境。因为它时刻会对人的生命构成威胁。

在墙没有存在以前，人可以任意在图纸上设计它的高度、长度、宽度，和它在未来的一个家中的结构方向。也可以任意在图纸上改变那一切。

然而墙，尤其承重墙，它一旦存在了，就同时宣告着一种独立性了。这时在墙的面前，人的意愿只能徒唤奈何。人还能做的事几乎只有一件，那就是美观它，或加固它。任何相反的事，往往都会动摇它。动摇一堵承重墙，是多么的不明智不言而喻。

人靠了集体的力量和智慧足以移山填海。人靠了个人的恒心和志气也足以做到似乎只有集体才做得到的事情。于是人成了人的榜样，甚至被视为英雄。一个再平凡不过的人，在自己的家里，在家扩大了一点儿的范围内，比如院子里，又简直便是上帝了。他的意愿，也仿佛上帝的意愿。他可以随时移动他一切的家具，一再改变它们的位置。他可以把一盆花从这一个花盆里挖出来，栽到另一个花盆里。他也可以把院里的一棵树从这儿挖出来，栽到那儿。他甚至可以爬上房顶，将瓦顶换成铁皮顶。倘他家的地底下有水层，只要他想，简直又可以在他家的地中央弄出一口井来。无论他可以怎样，有一件事他是不可以的，那就是取消他家的一堵承重墙。而且，在这件事上，越是明智的人，越知道不可以。

只要是一堵承重之墙，便只能美观它，加固它，而不可以取消它。无论它是一堵穷人的宅墙，还是一堵富人的宅墙。即使是皇帝住的宫殿的墙，只要它当初建在承重的方向上，它就断不可以被拆除。当然，非要拆除也不是绝对不可以，那就要在拆除它之前，预先以钢铁框架或石木之柱顶替它的作用。

承重墙纵然被取消了,承重之墙的承重作用,也还是变相地存在着。

人类的智慧和力量使人类能上天了,使人类能蹈海了,使人类能入地了,使人类能摆脱地球的巨大吸引力穿过大气层飞入太空登上月球了;但是,面对任何一堵既成事实的承重墙,无论是雄心大志的个人还是众志成城的集体,在科学高度发达的今天,还是和数千年前的古人一样,仍只有三种选择——要么重视它既成事实了的存在;要么谨慎周密地以另外一种形式取代它的承重作用;要么一举推倒它炸毁它,而那同时等于干脆"取消"一幢住宅,或一座厂房,或高楼大厦。

墙,它一旦被人建成,即意味着是人自己给自己砌起的"对立面"。

而承重墙,它乃是古今中外普遍的建筑学上的一个先决条件。是砌起在基础之上的基础。它不但是人自己砌起的"对立面",并且是人自己设计的、自己"制造"的、坚固的现实之物。它的存在具有人不得不重视它的禁忌性。它意味着是一种立体的眼可看得见手可摸得到的实感的"原理"。它沉默地立在那儿就代表着那一"原理"。人摧毁了它也还是摧毁不了那一"原理"。别物取代了它的承重作用恰证明那一"原理"之绝对不容怀疑。

而"原理"的意思也可以从文字上理解为那样的一种道理,一种原始的道理,一种先于人类存在于地球上的道理。因为它比人类古老,因为它与地球同生同灭,所以它是左右人类的地球上的一种魔力。是地球本身赋予的力。谁尊重它，它服务于谁；谁违背它，它惩罚谁。古今中外，地球上无一人违背了它而又未自食恶果的。

墙是人在地球上占有一定空间的标志。承重墙天长地久地巩固这一标志。

墙是比床，比椅，比餐桌和办公桌与人的关系更为密切的东西。因为人每天只有数小时在床上。因为人并不整天坐在椅上。也不整天不停地吃着或伏案。但人眼只要睁着，只要是在室内，几乎每时每刻看到的都首先是墙。即使人半夜突然醒来，他面对的也很可能首先是墙。墙对于人，真是低头不见抬头便见。

所以人美化居住环境或办公环境，第一件要做的事便是美化墙壁。为此人们专门调配粉刷墙壁的灰粉，制造专门裱糊墙壁的壁纸。壁纸在从前的年代只不过是印有图案的花纸，近代则生产出了具有化纤成分的壁膜和不怕水湿的高级涂料。富有的人家甚至不惜将绸缎包在板块上镶贴于墙。人为了墙往往煞费苦心。

然而墙却永远地沉默着。永远的无动于衷。永远的宠辱不惊。不像床、椅和桌子，旧了便发出响声。而墙，凿它，钻它，钉它，任人怎样，它还是一堵沉默的墙。

我童年的家，是一间半很低很破的小房子。它的墙壁是根本没法粉刷的，也没法裱糊，再说买不起墙纸。只有过春节的时候，用一两幅年画美观一下墙。春节一过，便揭下卷起，放入旧箱子,留待来年春节再贴。穷人家的墙像穷人家的孩子,年画像穷人家的墙的一件新衣,是舍不得始终让它"穿在身上的"。

后来我家动迁了一次。我们的家终于有了四面算得上墙的墙。那一年我小学五年级。从那一年起,我开始学着刷墙。刷墙啊!多么幸福多么快乐的事啊!那年代石灰是稀有之物。为了刷一遍墙,我常常预先满城市寻找,看哪儿在施工。如果发现了哪儿堆放着石灰,半夜里去偷一盆。有时在冬天,端着走很远的路,偷回来时双手都冻僵了。刷墙前还要仔细抹平墙上的裂纹。我将石灰用筛子筛过,掺进黄泥里,合成自造的水泥。几次后我刷墙不但刷出了经验,而且显示出了天分。往石灰浆里兑些蓝墨水,墙就可以刷成我们现在叫作"冷色"的浅蓝色;兑些红墨水,墙就可以刷成我们现在叫作"暖色"的浅红色。但对于那个年代的小百姓人家来说,墨水是很贵的。舍不得再用墨水,改用母亲染衣服的蓝的或红的染料。那便宜多了,一包才一角钱,足够用十几次。我上中学后,已能在墙上喷花。将硬纸板刻出图案,按在墙上;一柄旧的硬毛刷沾了灰浆,手指反复刮刷毛,灰点一番番溅在墙上,不厌其烦,待纸板周围遍布了浆点,一移开,图案就印在墙上了。还有另一种办法,也能使刷过的墙上出现"印象派"的图案。那就是将抹布像扭麻花似的对扭一下,蘸了灰浆在墙上滚。于是滚出了一排排浪;滚出了一朵朵云;滚出了不可言状的奇异的美丽。是少年的我,刷墙刷得上瘾,往往一年刷三次。开春一次,秋末一次,春节前一次。为的是在家里能面对自己刷得好看的墙，于是能以较好的心情度过夏季、"十一"和春节。因而，居民委员会检查卫生，我家每得红旗。因而，我在全院，在那一条小街名声大噪。别人家常求我去刷墙，酬谢是一张澡票，或电影票……

后来我下乡了，我的弟弟们也被我带出徒了。

住在北影一间筒子楼的十年，我家的墙一次也没刷过。因为我成了作家，不大顾得上刷墙了。

搬到童影已十余年，我家的墙也一次没刷过。因为搬来前，墙上有壁膜。其实刷也是刷过的。当然不是用灰浆，而是用刷子蘸了肥皂水刷刷干净。四五次刷下来，墙膜起先的黄色都变浅了……

现在，墙上的壁膜早已多处破了，我也懒得刷它了，更懒得装修，怕搭赔上时间心里会烦，亦怕扰邻。

但我另有美观墙的办法。哪儿脏得破得看不过眼去，挂画框什么的挡住就是。于是来客每说："看你家墙，旧是太旧了，不过被你弄得还挺美观的。"

现在，我家一面主墙的正上方，是方形的特别普通的电池表。大约是一九八三年，一份叫《丑小鸭》的文学杂志发给我的奖品，时价七八十元。表的下方，书本那么大的小相框里，镶着性感的玛丽莲·梦露的照片。

我这个男人并不是对玛丽莲·梦露多么着迷。壁膜那儿只破了一个小洞，只需要那么小的一个相框，就能把小洞挡住，也只有挂那么小的一个相框才形成不对称的美。正巧逛早市时发现摊上在卖，于是以十元钱买下。满墙数镶着玛丽莲·梦露照片的相框最小，也着实有点儿委屈梦露了。"她"的旁边，是比"她"的框子大出一倍多的黑框的俄罗斯铜版画，其上是庄严宏伟的玛丽亚大教堂。是在俄罗斯留学学过俄罗斯文学史，确实沾亲的一位表妹送给我的。玛丽莲·梦露的下方，框子里镶的是一位青年画家几年前送给我的小幅海天景色的油画。另外墙上同样大小的框子里还镶着他送给我的两幅风景油画。都是印刷品。再下方的竖框里，是芦苇丛中一对相亲相爱的天鹅的摄影。是《大自然》杂志的彩页，我由于喜欢，就剪下来镶墙上了。一对天鹅的左边，四根半圆木段卡成的较大的框子里，镶着列维斯坦的一幅风景画：静谧的河湾，水中的小船，岸上的树丛，令人看了心往神驰。此外墙上另一幅黑相框里，镶着金箔银箔交相辉映的耶稣布道全身像。还有两幅是童影举行电影活动的纪念品，一幅直接在木板上镶着苗族少女的头像，一幅镶着艺术化了的牛头，那一年是牛年。那一幅上边是《最后的晚餐》，直接压印在薄板上，无框。墙上还有两具瓷的羊头，一模一样；一具牛头，一具全牛，我花一百元从摊上买的。还有别人送我的由一小段一小段树枝组成的带框工艺品；还有两名音乐青年送给我的他们自己拍的敖包摄影；还有湖南某乡女中学生送给我的她们自己粘贴的布画，是扎着帕子的少女在喂鸡。连框子也是她们自己做的，它是我最珍视的。因为少女们的心意实在太虔诚。还有一串用布缝制的五彩六色的十二生肖，我花 10 元钱在早市上买的，还有如意结，如意包，小灯笼什么的，都是早市上二三元钱买的……

以上一切，挡住了我家墙上的破处，脏处，并美观了墙。

我这么详尽地介绍我家一面主墙上的东西，其实是想要总结我对墙的一种感想——墙啊，墙啊，永远沉默着的墙啊，你有着多么厚道的一种性格啊！谁要往你身上敲钉子，那么敲吧，你默默地把钉子咬住了。谁要往你身上挂什么，那么挂吧，管它是些什么，美观也罢，相反也罢，你都默默地认可了。墙啊，墙啊，你具有着的，是一种怎样的包容性啊！

尽管，人可以在墙上想写什么就写什么，想画什么就画什么，想挂什么就挂什么，想把墙刷成什么颜色就刷成什么颜色——然而，无论多么高级的墙漆，都难以持久，都将随着岁月的流逝渐渐褪色，剥落；自欺欺人或被他人所骗往墙上刷质量低劣的墙漆，那么受害的必是人自己。水泥和砖构成的墙，却是不会因而被毁到什么程度的。

时过境迁，写在墙上的标语早已成为历史的痕迹，写的人早已死去，而墙仍沉默地直立着；画在墙上的画早已模糊不清，画的人早已死去，而墙仍沉默地直立着；挂在墙上的东西早已几易其主，由宝贵而一钱不值，或由一钱不值而身价百倍，而墙仍沉默地直立着；战争早已成为遥远的大事件，墙上弹洞累累，而墙沉默地直立着……

墙什么都看见过,什么都听到过,什么都经历过,但它永远地沉默地直立着。墙似乎明白,人绝不会将它的沉默当成它的一种罪过。每一样事物都有它存在着的一份天职。墙明白它的天职不是别的,而是直立。

墙明白它一旦发出声响,它的直立就开始了动摇。墙即使累了,老了,就要倒下了,它也会以它特有的方式向人报警,比如倾斜,比如出现裂缝……

人知道有些墙是不可以倒下的,因而人时常观察它们的状况,时常修缮它们。人需要它们直立在某处,不仅为了标记过去,也是为了标志未来。

比如法国的巴黎公社墙。

人知道有些墙是不可以不推倒它的。比如隔开爱的墙;比如强制地将一个国家和一个民族一分为二的墙。

比如含有种族歧视的无形的墙;比如德国的柏林墙。

人从火山灰下,沙漠之下,发掘出古代城邦,那些重见天日的不倒的墙,无不是承重之墙啊!它们沉默地直立着,哪怕在火山灰下,哪怕在沙漠之下,哪怕在地震和飓风之后。

像墙的人是不可爱的。像墙的人将没有爱人,也会使亲人远离。

墙的直立意象,高过于任何个人的形象。

宏伟的墙所代表的乃是大意象,只有民族、国家这样庄严的概念可与之互喻。

一个时代又一个时代过去了,像新的墙漆覆盖旧的墙漆;一批风云际会的人物融入历史了,又一批风云际会的人物也融入历史了,像挂在墙上的东西换了又换;战争过去了,灾难过去了,动荡不安过去了,连辉煌和伟业也将过去,像家具,一些日子挪靠于这一面墙,一些日子挪靠于另一面墙……

　　而墙,始终是墙。沉默地直立着。

　　而承重墙,以它之不可轻视告诉人:人可以做许多事,但人不可以做一切事;人可以有野心,但人不可以没有禁忌,哪怕是面对一堵墙……

人生和它的意义

确实,我曾多次被问到——"人生有什么意义?"往往,"人生"之后还要加上"究竟"二字。

迄今为止,世上出版过许许多多解答许许多多问题的书籍,证明一直有许许多多的人思考着许许多多的问题。依我想来,在同样许许多多的"世界之最"中,"人生有什么意义"这一个问题,肯定是人的头脑中所产生的最古老、最难以简要回答明白的一个问题吧?而如此这般的一个问题,又简直可以算得上是一个"哥德巴赫猜想"或"相对论"一类的经典问题吧?

动物只有感觉;而人有感受。

动物只有思维;而人有思想。

动物的思维只局限于"现在时";而人的思想往往由"现在时"推测向"将来时"。

我想,"人生有什么意义"这一个问题,从本质上说,是从

"现在时"出发对"将来时"的一种叩问。是对自身命运的一种叩问。世界上只有人关心自身的命运问题。"命运"一词,意味着将来怎样。它绝不是一个仅仅反映"现在时"的词。

"人生有什么意义"这一个问题既与人的思想活动有关,那么我们查一查人类的思想史便会发现,原来人类早在几千年以前就希望自我解答"人生有什么意义"的问题了。古今中外,解答可谓千般百种,形形色色。似乎关于这一问题,早已无须再问,也早已无须再答了。可许许多多活在"现在时"的人却还是要一问再问,仿佛根本不曾被问过,也根本不管有谁解答过。

确实,我回答过这一问题。

每次的回答都不尽相同;每次的回答自己都不满意;有时听了的人似乎还挺满意,但是我十分清楚,最迟第二天他们又会不满意。

因为我自己也时常困惑,时常迷惘,时常怀疑,并时常觉出自己人生的索然。

我想,"人生有什么意义"这一个问题,最初肯定源于人的头脑中的恐惧意识。人一次又一次地目睹从动物到植物甚而到无生命之物的由生到灭由坚到损由盛到衰由有到无,于是心生出惆怅;人一次又一次地眼见同类种种的死亡情形和与亲爱之人的生离死别,于是心生出生命无常人生苦短的感伤,以及对死的本能恐惧——于是"人生有什么意义"的沮丧便油然产生。

在古代,这体现于一种对于生命脆弱性的恐惧。"老汉活到六十八,好比路旁草一棵;过了今年秋八月,不知来年活不活。"从前,人活七十古来稀,旧戏唱本中老生们类似的念白,最能道出人的无奈之感。而古希腊的哲学家们,亦有认为人生"不过是场梦幻,生命不过是一茎芦苇"的悲观思想。

然而现代了的人类,已有较强的能力掌控生命的天然寿数了。并已有较高的理性接受生死之规律。现代了的人类却仍往往会叩问"人生的意义"何在,归根结底还是源自一种恐惧。

这是不同于古人的一种恐惧。这是对所谓"人生质量"尝试过最初的追求而又屡遭挫折,于是竟以为终生无法实现的一种恐惧。这是几乎就要屈服于所谓"厄运"的摆布而打算听天由命时的一种恐惧。这种恐惧之中包含着理由难以获得公认而又程度很大的抱怨。

是的,事情往往是这样,当谁长期不能摆脱"人生有什么意义"的纠缠时,他也就往往真的会屈服于所谓"厄运"的摆布了,也就往往会真的听天由命了,也就往往会对人生持消极到了极点的态度了。而那种情况之下,人生也就往往会由"有什么意义"的疑惑,快速变成了"没有意义"的结论。

对于马,民间有种经验是——"立则好医,卧则难救"。那意思是指——马连睡觉都习惯于站着,只要它自己不放弃生存的本能意识,它总是会忍受着病痛顽强地站立着不肯卧倒下去;而它一旦竟病得卧倒了,则证明它确实已病得不轻,同时也证明它本身生存的本能意识已被病痛大大地削弱了。而没有它本身生存本能意识的配合，良医良药也是难以治好它的病的。

所以兽医和马的主人，见马病得卧倒了，治好它的信心往往也大受影响。他们要做的第一件事，往往是用布托、绳索、带子兜住马腹，将马吊得站立起来，如同武打片中吊起那些飞檐走壁的演员们那样。为什么呢？给马以信心。使马明白，它还没病到根本站立不住的地步。靠了那一种做法，真的会使马明白什么吧？我相信是能的。因为我下乡时多次亲眼看到，病马一旦靠了那一种做法站立着了，它的双眼竟往往会一下子晶亮了起来。它往往会咴儿咴儿嘶叫起来。听来那确乎有些激动的意味，有些又开始自信了的意味。

一般而言，儿童和少年不太会问"人生有什么意义"的话，他们倒是很相信人生总归是有些意义的，专等他们长大了去体会。厄运反而不容易一下子将他们从心理上压垮，因为父母和一切爱他们的人，往往会在他们不完全知情时，默默地替他们分担和承受了。

老年人也不太会问"人生有什么意义"的话。问谁呢？对晚辈怎么问得出口呢？哪怕忍辱负重了一生，老年人也不太会问谁那么一句话。信佛的，只偶尔独自一人在内心里默默地问佛。并不希冀解答，仅仅是委屈和抱怨的一种倾诉而已。他们相信即使那么问了，佛品出了抱怨的意味，也是不会责怪他们的。反而，会理解他们，体恤他们。中年人是每每会问"人生有什么意义"

的。相互问一句，或自说自话问自己一句。相互问时，回答显然多余。一切都似乎不言自明，于是相互获得某种心理的支持和安慰。自说自话问自己时，其实自己是完全知道这一种意义的。

上有老下有小的人生，对于大多数中年人来说都是有压力的。那压力常常使他们对人生的意义保持格外的清醒。人生的意义在他们那儿是有着另一种解释的——责任。

是的，责任即意义。是的，责任几乎成了大多数是寻常百姓的中年人之人生的最大意义。对上一辈的责任、对儿女的责任、对家庭的责任，总而言之，是子女又为子女，是父母又为父母，是兄弟姐妹又为兄弟姐妹的林林总总的责任和义务，使他们必得对单位对职业也具有铭记在心的责任和义务。

在岗位和职业竞争空前激烈的今天，后一种责任和义务，是尽到前几种责任和义务的保障。这一点无须任何人提醒和教诲，中年人一向明白得很，清楚得很。中年人问或者仅仅在内心里寻思"人生有什么意义"时，事实上往往等于是在重温他们的责任课程，而不是真的有所怀疑。人只有到了中年时，才恍然大悟，原来从小盼着快快长大好好地追求和体会一番的人生的意义，除了种种的责任和义务，留给自己的，即纯粹属于自己的另外的人生的意义，实在是并不太多了。他们老了以后，甚至会继续以所尽之责任和义务尽得究竟怎样，来掂量自己的人生意义。"究竟"二字，在他们那儿，也另有标准和尺度。中年人，尤其是寻常百姓的中年人，尤其是中国之寻常百姓的中年人，其"人生的意义"，至今，如此而已，凡此而已。

"人生有什么意义"这一句话，在某些青年那儿，特别在是独生子女的小青年们那儿问出口时，含义与大多数是他们父母的中年人问出口的是很不相同的。其含义往往是——如果我不能这样；如果我不能那样；如果我实际的人生并不像我希望的那样；如果我希望的生活并不能服务于我的人生；如果我不快乐；如果我不满足；如果我爱的人却不爱我；如果爱我的人又爱上了别人；如果我奋斗了却以失败告终；如果我大大地付出了竟没有获得丰厚的回报；如果我忍辱负重了一番却仍竹篮打水一场空；如果……如果……那么人生对于我究竟还有什么意义？

他们哪里知道啊，对于他们的是中年人的父母，尤其是寻常百姓的中年人的父母，他们往往即父母之人生的首要的、最大的，有时几乎是全部的意义。他们若是这样的，他们是父母之人生的意义；他们若是那样的，他们也是父母之人生的意义；换言之，不论他们是怎样的，他们都是父母之人生的意义；而当他们备觉人生没有意义时，他们还是父母之人生的意义；若他们奋斗成为所谓"成功者"了，他们的父母之人生的意义，于是似乎得到一种明证了；而他们若一生平凡着呢？尽管他们一生平凡着，他们仍是父母之人生的意义。普天下之中年人，很少像青年人一样，因了儿女之人生的平凡，而备感自己之人生的没意义。恰恰相反，他们越平凡，他们的平凡的父母，所意识到的责任便往往越大、越多……

由此我们得到一种结论，所谓"人生的意义"，它一向至少是由三部分组成的：一部分是纯粹自我的感受；一部分是爱自己和被自己所爱的人的感受；还有一部分是社会和更多有时甚至是千千万万别人的感受。

当一个青年听到一个他渴望娶其为妻的姑娘说"我愿意"时，他由此顿觉人生饱满着一切意义了，那么这是纯粹自我的感受。

"世上只有妈妈好，有妈的孩子像块宝"这两句歌词，其实唱出的更是作为母亲的女人的一种人生意义。也许她自己的人生是充满苦涩的，但其绝对不可低估的人生之意义，宝贵地体现在她的孩子身上了。

爱迪生之人生的意义，体现在享受电灯、电话等发明成果的全世界人身上；林肯之人生的意义，体现在当时美国获得解放的黑奴们身上；曼德拉的人生意义体现于南非这个国家了；而俄罗斯人民，一定会将普京之人生的意义，大书特书在他们的历史……

如果一个人只从纯粹自我一方面的感受去追求所谓人生的意义，并且以为唯有这样才会获得最多最大的意义，那么他或她到头来一定所得极少。最多，也仅能得到三分之一罢了。但倘若一个人的人生在纯粹自我方面的意义缺少甚多，尽管其人生作为的性质是很崇高的；那么在获得尊敬的同时，必然也引起同情。比如阿拉法特，无论巴勒斯坦在他活着的时候能否实现艰难的建国之梦，他的人生之大意义对于巴勒斯坦人都是明摆在那儿的。然而，我深深地同情这一位将自己的人生完完全全民族目标化了的政治老人……

权力、财富、地位、高贵得无与伦比的生活方式，这其中任何一种都不能单一地构成人生的意义。即使合并起来加于一身，对于人生之意义而言，也还是嫌少。

这就是为什么戴安娜王妃活得不像我们常人以为的那般幸福。贫穷、平凡、没有机会受到高等教育、终生从事收入低微的职业，这其中任何一种都不能单一地造成对人生意义的彻底抵消。即使合并起来也还是不能。因为哪怕命运从一个人身上夺走了人生的意义，却难以完全夺走另外一部分，就是体现在爱我们也被我们所爱的人身上的那一部分。哪怕仅仅是相依为命的爱人，或一个失去了我们就会感到悲伤万分的孩子……

而这一种人生之意义，即使卑微，对于爱我们也被我们所爱的人而言，可谓大矣！人生一切其他的意义，往往是在这一种最基本的意义上生长出来的。好比甘蔗是由它自身的某一小段生长出来的……

图书在版编目（CIP）数据

那时我在山间歌唱：梁晓声散文精选 / 梁晓声著．－－ 北京：北京联合出版公司，2023.4
ISBN 978-7-5596-6714-4

Ⅰ．①那… Ⅱ．①梁… Ⅲ．①散文集 – 中国 – 当代 Ⅳ．①I267

中国国家版本馆CIP数据核字（2023）第034757号

那时我在山间歌唱：梁晓声散文精选

作　　者：梁晓声
出 品 人：赵红仕
责任编辑：高霁月
选题策划：大愚文化
产品总监：孙淑慧
特约编辑：温雅卿
装帧设计：宋祥瑜

北京联合出版公司出版
（北京市西城区德外大街 83 号楼 9 层 100088）
北京盛通印刷股份有限公司印刷　　新华书店经销
字数 216 千字　880×1230 毫米　1/32　11 印张
2023 年 4 月第 1 版　2023 年 4 月第 1 次印刷
ISBN 978-7-5596-6714-4
定价：59.80 元

版权所有，侵权必究。
未经许可，不得以任何方式复制或抄袭本书部分或全部内容
本书若有质量问题，请与本公司图书销售中心联系调换。电话：（010）64258472-800